KB048728

8

알기 쉬운 한국고전문학선

박씨부인전

황국산 編著

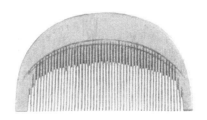

太乙出版社

♣차 례♣

박씨부인전
朴 氏 夫 人 傳

◇작품 해설◇

　작자와 제작 연대가 알려져 있지 않은 이 소설은 임경업전(林慶業傳)과 함께 청(淸)나라에 대한 적개심과 복수심을 표현한 작품이다. 조선 인조때 일어났던 병자호란(丙子胡亂)을 배경으로 하여 당시의 실존 인물이었던 이시백과 가공 인물인 그의 부인 박씨를 주인공으로 등장시켜 조국에 대한 충성과 침략자에 대한 적개심, 그리고 치욕적인 항복에 대한 정신적인 복수 등을 박진감있게 묘사하고 있다.

　이 작품은 특히 규방의 아녀자인 박씨부인을 내세워 신묘한 도술(道術)로써 갖가지 난국을 헤쳐 나가게 함으로써 우리 민족이 갖고 있는 무한한 잠재력을 과시하고 있다. 청나라 장수가 조선 임금의 항서(降書)를 받고 박씨부인에게 대적하려 하였으나 천병만마(千兵萬馬)가 박씨부인의 도술에 묶여 꼼짝달싹도 하지 못하게 된다. 이때 조선국은 박씨부인의 도움을 빌어 오랑캐들을 충분히 무찌를 수도 있었다. 그러나 한 번 항서를 써준 임금의 책임이 또한 중한지라 침략자들을 온전히 돌려 보낸다. 이러한 줄거리는 곧 동방 예의지국으로서 언행(言行)에 책임을 질 줄 아는 우리 민족성을 여실히 나타내 보여준 것이라 할 수 있다.

박씨부인전(朴氏夫人傳)

제1회

　이조 인조대왕(仁祖大王) 때 한양(漢陽) 성(城) 안의 북쪽 마을 안국방(安國坊)에 한 분 재상(宰相)이 있었으니, 성(姓)은 이(李)요, 이름은 귀(貴)라. 어릴 적부터 배우기를 게을리하지 아니하여 열살(十歲)이 되기 전에 총명함이 과인(過人)하여 그 문무 재덕(文武才德)이 한 나라(一國)에 으뜸이었다. 그의 벼슬이 한 나라의 재상(宰相)에 이르러 나라를 충성(忠誠)으로 섬기고 만백성(萬百姓)을 인의(仁義)로 다스려 그 인품(人品)과 덕망이 온 천하(天下)에 날리었다.

　상공(相公)이 어질고 두터운 재덕(才德)으로 귀한 아들을 두었으니, 이름은 시백(時白)이라. 어릴 적부터 총명(聰明)하고 영리(怜悧)하여 한 가지를 들으면 열 가지를 알고(聞一知十), 나이 서른 다섯에 어질고 위엄있는 풍채(風采)와 문장(文章)은 이두(李杜)를 누르고, 글씨(筆法)는 왕희지(王羲之)를 본받고, 지혜는 제갈공명(諸葛公明)을 능가하매, 아울러 초패왕(楚霸王)의 용맹(勇猛)함을 갖추었으니, 공(公)이 금지옥엽(金枝玉葉) 사랑하고, 그 누가 칭찬하지 않으리오. 이리하여 그 이름과 신망(信望)이 온 누리에 덮이었다.

한편 공(公)이 바둑 두기와 퉁소 불기와 달밤에 고기 낚는 일을 더없이 좋아하였는데, 한 도인(道人)을 찾아 퉁소 불기를 견주어 본즉, 그 조화(造化)가 무궁(無窮)하여 명월(明月)을 데리고 노니, 화원(花園)에 피어 있던 꽃들이 퉁소 소리에 흥(興)을 못이기어 저절로 떨어지니 이러한 재주는 일찍이 공(公) 뿐이었다.

바둑 두기와 퉁소 불기를 견줄 만한 상대가 없음을 늘 한탄하였는데, 하루는 어떤 사람이 거지 차림으로 형색(形色)이 초췌(憔悴)한데, 와서 하룻밤 자고 가기를 부탁하는지라, 공(公)이 자세히 살펴본즉 비록 차림새는 남루하나 보통사람(凡人)과는 다른지라 상공의 명감(明鑑)으로 어찌 이같은 도인(道人)을 모를 것인가.

단번에 보고 속으로 생각하되, '저 사람이 본디 촌인(村人) 같으면 어찌 당돌하게 당상(堂上)에 오를 것인가. 분명히 보통사람은 아니로다'하고, 상공이 말하기를,

"어떤 귀객(貴客)이신지 모르오나 이와 같은 누추(陋醜)한 곳을 찾아주시니 황공(惶恐)하나이다."

하고 당(堂)에 오르기를 청하니, 그 사람이 당에 올라 앉은 후 서로 통성명(通姓名)을 하는데 그 사람이 말하되,

"저는 원래 부산(釜山)사람으로 명산대찰(名山大刹)을 찾아 다니며 미륵(彌勒)을 벗삼아 해와 달(歲月)을 보내다가 지금은 천

(賤)한 나이가 많아져서 그다지 널리 놀지를 못하고 기껏 금강산(金剛山)에 눌러앉아 죽기만 바라고 있사옵는데, 성(姓)은 박(朴)이요, 세상 사람들이 부르기를 처사(處士)라 하옵나이다."

공(公)이 말하되,

"나의 성은 이(李)요, 세상 사람들이 나를 가리켜 득춘(得春)이라 합니다."

하고 크게 웃으며 말하기를,

"손님께서는 어찌 누추한 곳에 오셨나이까?"

공의 말에 처사가 대답하기를,

"나는 산 속에 처박혀 바둑 두기와 퉁소 불기를 좋아하였는데, 소문에 듣자하오니 상공(相公)께옵서 저와 같이 바둑 두기와 퉁소 불기를 좋아하신다기로 불원천리(不遠千里)하고 상공 문하(門下)에 구경하고자 왔나이다."

공이 그 사람의 말(言語)이 정직함을 보고 쾌히 기인(奇人)인 줄 알고 자리에서 물러나며 말하기를,

"어찌 보통사람이 선인(仙人)의 문답을 대하겠나이까?"

하고 공이 공손히 다시 말하기를,

"지금까지 적수(敵手)가 없음을 한탄하였는데 이제 처사를 대하오니 반가움을 이기지 못하겠습니다만, 선생의 높은 퉁소를 감히 어찌 따라 화답(和答)하오리까? 부디 용렬(庸劣)한 사람을 가르치심을 본받고자 하여 주인(主人)이 먼저 시험하겠나이다."

하고 한 곡조를 부니, 그 청아(淸雅)한 소리 구름 속에 사무치는지라 그 노래 부르기를,

"창 앞에 모란꽃 송이 다 떨어져 화단 위에 가득하누나."

하였더라.

　처사가 그 노래를 다 듣고 나서 칭찬하여 마지 않다가 말하되,

　"손님이 주인의 노래만 듣고 있기가 미안하오니 잠시 퉁소를 빌려 주시면 손님도 미흡한 곡조로 화답할까 하나이다."

　공이 불던 옥피리를 내어주니, 처사가 받아 한 곡조를 화답하니 그 노래 부르기를,

　"맑은 하늘에 날아가는 청학(靑鶴) 백학(白鶴)이 춤추고 화원의 꽃이 피어 가득 가득 넘치도다."

하였다.

　공이 다 듣고 나서 크게 칭찬하여 마지 않으며 말하기를,

　"저같은 용둔(庸鈍)한 재주도 세상이 칭찬하거늘 저의 퉁소 소리는 다만 꽃송이만 떨어질 뿐이온데 선인(仙人)의 저 소리는 봉황이 춤추고 낙화(落花)를 부발(附發)하오니 옛날 장자방(張子房)의 곡조도 따라올 수 없나이다."

하고 칭찬이 자자하였다,

　이리하여 주객이 서로 어울려 바둑과 퉁소로 날을 보내더니 하루는 처사가 상공께 부탁하여 말하기를,

　"듣자하오니 상공께 귀자(貴子)가 있다 하오니 한 번 보고 싶나이다."

　공이 허락하고 아들 시백(時白)을 부르니, 공의 아들이 명을 받들고 들어와 절하므로, 처사가 절을 받고 자세히 보니 만고영웅지재(萬古英雄之材)요 일대호걸(一代豪傑)이며 출장입상(出將入相)할 기상이 아름다운 얼굴에 은은하게 나타나니 마음에 기쁨을 이기지 못하여 곧바로 상공께 부탁하여 말하기를,

"미천한 소인이 상공을 찾아뵈온 것은 다름이 아니오라 상공께 감히 청(請)할 일이 있어서 왔나이다."

공이 대답하여,

"무슨 말씀이신지 자세히 들려 주십시오."

처사가 말하되,

"미천한 소인에게는 한 딸이 있사오나 나이 스물 여덟에 아직 가연(佳緣)을 정하지 못하였기로 두루 널리 구하던 차에 다행히 귀댁에 들어와 귀자(貴子)를 대한 즉 마음에 드는지라 못난 자식이 용둔질박(庸鈍質朴)하오나 귀댁의 가문에 용납할 만하오니 외람된 말씀이오나 부디 정혼케 하여 주시옵소서."

공이 그의 말을 듣고 생각한즉,

'처사의 사람됨이 저러할진대 딸자식은 범연할 리 없을 것이다.'

처사가 다시 말하되,

"상공은 한 나라의 재상이요, 저는 산 속의 보잘 것 없는 촌부라 딸자식을 귀댁에 구혼(求婚)함이 불가능한 줄로 아오나 물리치지 아니하시면 한이 없을까 하옵니다."

상공은 흔쾌히 혼인을 허락하였다. 처사가 반겨 곧바로 택일(擇日)한즉 이 날로부터 석달 후가 되었다.

혼인을 완전히 정하고 술과 안주를 내어 서로 권하며 바둑 두기와 명월사창(明月紗窓)에 옥피리로 즐기더니, 하루는 처사가 헤어지기를 청하거늘 상공이 못내 아쉬워하였지만 어쩔 수 없이 작별하고 처사는 산 속으로 돌아갔다.

한편, 상공이 온 가족을 모아놓고 처사의 딸자식과 정혼함을 이야기하니 부인과 온 가족들이 혼인 정함을 듣고 크게 꾸짖어 말하기

를,

"혼인은 인륜대사(人倫大事)이온데, 어찌 재상의 집안에서 산중
처사의 근본도 모를 뿐더러 그 집안도 모르시면서 정혼하였나이
까?"

이에 상공은 웃으면서 말하였다.

"듣자하니 박처사의 딸자식은 재덕(才德)과 인물이 요조숙녀(窈窕
淑女)라 하기로 청혼을 허락한 것이니라."

하고 온 가족의 식견이 부족함을 한탄하였다.

날짜가 임박하여 혼인을 할 즈음 위엄과 예의를 갖추어 혼행(婚
行)을 떠나는데, 공이 직접 아들을 데리고 길을 떠나니 신랑이 준마
(駿馬)에 관복을 갖추고 큰 길로 의젓하게 나아가니 소년의 풍채가
가히 선인 같았다.

수일만에 금강산에 도착하여 보니 산천경개(山川景槪)도 절승
(絶勝)하고 갖가지의 꽃들이 활짝 피어 있는데 꿀벌이 쌍쌍이 날아들
어 꽃송이를 보고 춤도 추고 푸른 버들 늘어진 곳에 황금같은 꾀꼬리
가 소리를 높여 반기면서 사람의 흥을 돋구었다.

경치를 구경하며 안으로 들어가니 인적이 고요하고 사람 다닌 자취
가 없어 처사의 집을 찾을 길이 없었다. 주점을 찾아 쉬고, 다음 날
다시 걸어서 산 계곡으로 들어가니 인적은 전혀 없고 층을 이룬 바위
는 주춤하여 마치 병풍을 두른 듯하고, 산골물은 잔잔하여 남청(藍
靑)을 부르는 듯, 비죽새는 슬프게 울어 허황된 일을 비꼬는 듯, 두견
새 소리는 처량하여 인간의 근심 걱정을 돕는 듯하였다.

공이 자기 일을 돌아보니 도리어 허황하여 후회가 막급이라 마음
속에 의아(疑訝)하였다. 어느 덧 해는 서산으로 기울고 동쪽 산마루

엔 달이 떠올라, 할 수 없이 또 다시 주점을 찾아 쉬고, 다음 날 계곡으로 찾아 들어가서 깊은 산 끝없는 골짜기에 갈 것을 생각하니 아득하여 진퇴유곡(進退維谷)이었다. 공이 동쪽을 바라보고 생각하되 '한(漢)나라 임금의 친족 유황숙(劉皇叔)은 남양(南陽) 땅에 삼고초려(三顧草廬)하여 제갈량을 만났다 하였으나 나에게는 허황하도다' 하고 망설이는데, 문득 산 계곡으로부터 은자(隱者)의 노래를 부르며 목동(牧童) 셋이 내려왔다. 공이 반겨 말하기를,

"아이들아, 게 좀 섰거라."

하고 아이들을 불러 세웠다.

"앞길을 안내하여 나그네의 약한 마음을 밝게 인도함이 어떠한가?"

초동(樵童)이 대답하여 말하되,

"이곳은 다름 아닌 금강산이오, 이 길은 박처사 사는 곳으로 가는 길이요, 우리가 박처사 사는 곳에서 내려오는 중입니다."

공이 기뻐서 묻기를,

"지금 박처사가 댁에 계시는가?"

초동이 다시 대답하여,

"박처사가 계신다는 말은 옛 노인에게 들었사온데 수백 년 전에 이곳에 있는 사람이 나무로 집을 짓고 나무 열매를 먹으며 살기에 존호(尊號)를 박처사라 일렀으며 그후 간 곳을 모르노라 하고 말씀하시는 것만 들었습니다만, 지금 살고 계신다는 말은 금시초문(今時初聞)입니다."

공이 초동의 얘기를 듣고 보니 더욱 정신이 아득해지는지라 또 묻기를,

"처사가 그 곳에서 산 지는 몇 해나 되는가?"

동자가 웃으며 말하기를,

"그 곳에서 산 지는 삼천 삼백 년이라 하였습니다."

하고는 다시는 묻는 말에 대답도 하지 않고 가버렸다. 공이 이 말을
듣고 보니 더욱 의심이 생겨 하늘을 향해 크게 웃으며 말하되,

"세상에는 근거없는 거짓말도 많도다."

하고 망설이다가 다시 생각하고 주점에 돌아와 있을 즈음, 시백(時
白)이 또한 부친을 위로하되,

"옛날 이야기로 후회하시는 것은 다시 돌아가는 것보다 못하옵니
다."

그러자 공이 웃으면서 말하되,

"그냥 돌아간다 하여도 남의 웃음거리가 될 것이요, 돌아가지 않는
다고 하면 허황함이 심하구나. 내일은 또한 혼인날이라."

하고, 그 다음 날 노복을 데리고 발길을 재촉하여 반나절을 산속으로
왕래하여 힘이 다하도록 찾아 헤매는데, 오후에는 한 사람이 갈건야
복(葛巾野服) 차림에 죽장을 짚고 산 속에서 내려오는데 이는 바로
박처사였다.

처사가 상공을 보자 반겨 말하였다.

"저같은 사람을 만나 몇날 몇일을 심산궁곡(深山窮谷)에서 심사
(心思)가 매우 불편하게 지내셨을 것이온즉 그저 황공무지로소이
다."

공이 웃고 서로 이야기한 후, 처사가 공을 데리고 산 속으로 들어
가니 이 때는 바야흐로 봄이 한창이라, 꽃들은 좌우로 활짝 피었는데
꿀벌은 쌍쌍이 날아들어 꽃을 보고 반겨 춤을 추고, 노송은 늘어지

고, 온갖 버들은 실버들이 되고, 그 가운데 황금같은 꾀꼬리는 실버들
속으로 왔다갔다 하며 거문고 소리 흘러 넘치니 공이 생각하되 진실
로 속세를 떠나 선경(仙境)을 보는 듯도 하였다

처사가 공을 보고 말했다.

"저는 원래 빈한(貧寒)하여 방도 없고 달리 계실만한 집도 없사오
니 잠시 돌 위에 편히 앉으소서."

하고, 늘어진 소나무 밑에 돌마루(石榻)을 가지런히 모아 놓고 자리
를 정한 후에 처사가 또 말하였다.

"산 속에서 예법을 다 갖출 수는 없는 일이오니 죄송하기 그지
없사오나 성례(成禮)는 되는대로 하시지요?"

하고 성례를 하는데, 공이 시백을 데리고 교배석(交拜石)에 들어갔
다. 신랑을 안내하여 내당(內堂)으로 들어가고 뒷 손님은 돌마루로
나아가 앉아 있으니 얼마 후 처사가 나와 송화주(松花酒)를 권하면서
말하였다.

"산 속의 음식물이 별로 맛이 없사오나 과히 허물치 마옵소서."

하고 수삼배(數三杯)를 서로 권하였다. 처사가 저녁을 차려 신랑
신부에게 먹인 다음 또한 공에게 권하니 술이 너무 취하여 다시 먹을
생각이 없었다. 공과 노복 등이 술을 이기지 못하여 정신없이 졸더니
조금 후에 깨어보니 날이 이미 밝았는지라, 처사를 찾아 말하기를,

"어제 먹던 술이 참으로 인간의 술은 아니요, 생각컨대 선가지주
(仙家之酒)가 아닌가 하나이다."

그러자 처사는 웃으면서 말하였다.

"송화주 한 잔에 그토록 취하여 계시나이까?"

공이 대답하되,

"속세의 보통 사람이 선인의 한 잔 술을 감히 마시니 참으로 넘치나이다."

하고 서로 주고 받다가 이날 돌아가고자 부탁하니 처사가 말하기를,

"이곳은 산이 깊어 너무 길이 멀므로 이번 길에 딸자식을 데리고 가소서."

공이 옳게 여겨 허락하고 처사가 길 떠날 채비를 할 즈음 신부의 얼굴을 나삼(羅衫)으로 가리어 온 몸을 남이 보지 못하게 하고 공더러 말하기를,

"가신 후에 다시 뵙겠나이다."

하였다.

제2회

공이 서둘러 작별한 후에 며느리를 데리고 그 산 입구에 내려오니 해는 서산으로 기울어져 주점을 찾아 쉴 즈음 그때서야 신부의 용모를 본즉, 얽은 얼굴에 거칠고 더러운 때가 줄줄이 맺혀 얽은 구멍에 가득하며, 눈은 달팽이 구멍처럼 횡하였고, 코는 심산궁곡(深山窮谷)의 험악한 바위같고, 이마는 너무 벗겨져 마치 태상노군(太上老君)의 이마와 같고, 키는 너무 커서 팔척장신(八尺長身)이요, 팔은 저절로 늘어진 듯하고, 한 쪽 다리는 저는 것 같으니 그 용모는 차마 눈뜨고는 못볼 것이었다.

공과 시백이 한 번 보고 정신이 아찔하여 다시는 쳐다볼 마음이 없어 부자(父子)가 서로 입을 다물었으나 하릴없이 그럭저럭 날이

밝으니 길을 서둘러 수일만에 서울에 다다랐다. 집에 들어가니 일가 친척이 신부를 구경하려고 모두 모였는데 신부가 가마에서 내려 곁방으로 들어가 얼굴을 가리웠던 나삼을 벗어 놓으니 그 몰골은 가히 일대가관지물(一大可觀之物)이었다. 방 안의 모든 사람이 다 보고 '이런 구경은 정말 처음하는 구경이다'하며 서로 얼굴만 물끄러미 쳐다보고 그날부터 빈정거림이 날개돋친 듯하였다. 비록 경사(慶事)이지만 그 상황은 오히려 걱정이 쌓인 집 같았다.

상하노소(上下老少)가 다 경황이 없어 하는 가운데 부인은 공을 원망하며 말하였다.

"서울에는 고갓집의 아리따운 숙녀도 많거늘 하필이면 산 속에 들어가 남의 웃음거리를 사시나이까?"

공이 이를 꾸짖어 말하기를,

"제아무리 절세가인을 구하여 며느리를 삼는다 해도 여자로서의 행실이 바르지 않으면 인륜(人倫)이 패망하여 집안을 보전치 못할 것이요, 이 비록 추한 모습이라도 덕행이 있으면 한 집안이 다행하며 복록을 누리거늘 무슨 말씀을 그와 같이 하시오? 지금 며느리 얼굴은 비록 추하나 태임태사(太任太姒)의 덕행이 있으니 하늘이 도와 저와 같은 현부를 얻어 왔거늘 어찌 부인은 식견 없는 말을 하시오? 다시는 그런 말을 하지 마시오."

이에 부인이 대답하되,

"대감의 말씀이 지당하오나 자식에게 부부 사이의 화락(和樂)이 없을까 걱정 되나이다."

공이 대답하되,

"자식의 화락 여부는 우리 집안의 가문(家門) 흥망에 있거늘 무엇

20

을 그리 근심하시오? 하지만 부인도 항상 조심하여 구박하지 마시
오. 부모가 사랑하는데 자식이 어찌 사랑하지 않으리오?"
하며 경계하여 마지 않았다.

　이때 시백이 박씨(朴氏)의 추한 모습을 보고 한 편으로는 미워도
하며 쳐다보지를 아니하니 종들도 또한 같이 미워하며 밤낮으로 규방
에만 홀로 있어 잠자기만 일삼고 있었다. 이를 보고 시백이 더욱 마음
이 놓이지 않아 쫓아 내보내고자 하였지만 부친이 두려워 감히 뜻대
로 못하는지라 공이 그 눈치를 알고 시백을 불러 크게 꾸짖어 말하였
다.

　"사람의 덕행을 모른 채 아름다운 용모에만 신경을 쓰면 모든 일이
　집안을 망하게 하는 근원이 되느니라. 내가 듣자 하니 너의 부부
　사이에 화락함이 없다는데 그리하고 어찌 수신제가(修身齊家)를
　하겠다는 말이냐?"
하고,

　"옛날 제갈공명의 아내 황(黃) 발 부인은 비록 인물이 추하였으나
　재덕이 있었기로 공명(孔明)의 도덕이 삼국(三國)에 제일이요,
　그 이름을 천하에 떨쳤는데, 그것이 다 부인의 교훈이라 만약 경망
　하게 버렸던들 바람과 구름을 일으키고 변화시키는 재주를 누구에
　게 배워 영웅 호걸이 되었으랴? 너의 아내도 비록 용모는 없으나
　월출한 절행(節行)과 범상치 아니한 재질이 있을 것인즉 부디
　가볍게 알지 말라."
하고,

　"부모가 개와 말이라 할지라도 그것을 사랑하면 자식이 또한 그것
　을 따라 사랑하는 것이 그 부모에게 효도함이라."

하고,

"하물며 내가 총애하는 사람을 구박하면 이는 불효니 어찌 부모
를 섬기는 도리리요? 그러므로 인륜이 패망하는 것이니 부디 마음
에 새겨 조심하여 옛 법도를 어기지 말라."

하시므로, 시백이 듣기를 마친 후 머리를 땅에 닿도록 엎드려 용서를
빌며 말하였다.

"사람을 모르고 인륜을 어겼으니 만 번 죽어 마땅하나이다. 이후로
어찌 다시 아버님의 교훈을 버리오리까?"

그러자 공이 또 이르되,

"너가 그렇게 안다면 오늘부터 부부 간에 화락함이 있을 것이
냐?"

하므로, 시백이 명(命)을 받아들여 부명(父命)을 거역치 못하고 없는
정을 있는 체하고 마음을 굳게 먹고 내당에 들어가 본즉 부친의 훈계
는 아랑곳없이 박씨가 미워지는 마음이 전보다 더하였다. 등잔 뒤에
서 부채로 얼굴을 가리고 밤을 지내다가 이윽고 닭울음 소리가 나자
곧장 나와 부모께 문안 인사 올리니 상공이야 어찌 이런 줄을 알
것인가? 상공이 또 하루는 노복 등을 불러놓고 꾸짖어 말하기를,

"내가 듣자 하니 너희들이 어진 상전을 몰라보고 무례를 범한다
하니 차후에 만일 다시 그런 일이 있다면 너희들을 엄히 다스리
리라."

하시니 노복 등이 황공사죄(惶恐謝罪)하였다.

이 때에 부인이 박씨를 좋잖게 여기어 시비(侍婢) 계화(桂花)를
불러 이르되,

"가운(家運)이 좋지 않아 많고 많은 사람 중에 저런 것을 며느리라

고 얻었으나 하릴없이 게으름만 피우고 잠만 즐기니, 여자들이 하는 길쌈질은 못하는 것이 가만히 앉아 포식(飽食)하려하니 어디다가 쓸 것인가? 이 후부터는 밥도 적게 먹이리라."

하며 끝없이 허물을 만들어내어 헐뜯으니 친척도 결코 화락하지 못하였다.

박씨는 여러 사람의 구박을 참으며 냉소하고 있더니 시비 계화를 불러 말하기를,

"대감께 여쭐 말씀이 있으니 사랑(舍廊)에 나아가 여쭈어라."

하여, 계화가 명을 받들어 곧바로 나아가 그 말씀을 상공에 아뢰니 공이 즉시 들어간즉 박씨는 태연하게 한숨을 쉬고 여쭙기를,

"박복한 인물이 얼굴과 모양이 추하여 부모께 효도를 못하옵고 부부간 화락도 못하옵고 집안이 화락치 못하오니 무릇 무용지물입니다. 자식으로 인정 하시오면 뒷뜰에 초당 삼간(三間)만 지어 주시면 지내기에 좋을 듯 하옵니다."

하며 말을 끝마치고 슬피 울거늘 공이 그 모양을 보고 함께 눈물을 흘리며 불쌍히 생각하여 말하기를,

"자식이 못난고로 내 교훈을 듣지 아니하고 너를 구박하니 이는 가운(家運)이 기울어진 탓이요, 하지만 내 수시로 경계할 것이니 이제 안심하거라."

하시므로 박씨가 그 말을 듣고 감격하여 다시 여쭙기를,

"대감의 말씀은 지극히 황공 감사하오나 이는 본시 소부(小婦)의 용모가 추하고 덕행이 부족한 탓이오니 누구를 원망하오리까마는 소부의 원대로 뒷뜰에 초당을 지어 주시기를 바라옵니다."

공이 이르되,

"내 그렇게 하리라."

하고 바깥채에 나와 시백을 불러 크게 꾸짖으며 말하기를,

"너가 내 교훈을 알지 못하여 말을 거역하니 어찌할 셈이냐"

하고 또한,

"효도를 알지 못하면서 충성을 어떻게 알 것인가? 네 부모의 명 (命)을 어기고 마음을 바로 고치지 아니하면 부자간의 의(義)는 더 말할 나위 없고 네 아내가 원한을 품으리니 여자는 편파된 성질 에 얽매여 뒷 일을 모를 뿐더러, 여자가 한 번 원을 품으면 오월에 도 서리가 내린다고 하였으니 너가 부명(父命)을 어이할 것이며, 만일 불행하여 빈 방에 혼자 자면서 슬퍼하다가 목숨을 스스로 버린다면 첫째는 조종(祖宗)에 용납치 못할 죄인이요, 둘째는 집안 에 큰 화가 미칠 것이니 어찌 걱정하지 않을손가? 너는 도대체 어쩌자고 미색(美色)만 생각하고 고치지 아니하느냐?"

시백이 땅에 엎드려 사죄하고 말하기를,

"소자는 불초하여 부친의 교훈을 어기어서 부부 사이에 화락함이 없사오니 죽어 마땅하옵니다. 이후로는 다시 거역치 않을 것이옵니 다."

하고는 물러나와 생각하며 '앞으로는 그렇게 하지 않으리라'하고 마음을 가다듬고 다시 박씨 부인의 방으로 들어가 보니 눈이 저절로 감기고 얼굴을 쳐다본즉 기절할 것만 같았다. 제아무리 마음을 굳게 가지자 한들 그 괴물을 보고 어찌 감응(感應)할 것인가? 공이 그것을 알고는 급히 뒷뜰에 협실(夾室)를 지어 주고 시비 계화로 하여금 함께 거처하게 하니 박씨의 불쌍하고 가련함을 차마 눈뜨고는 볼 수 없었다.

　여기에 있어서 상감이 공(公)을 명하여 일품(一品) 벼슬을 내리시고 전교(傳敎)하시기를 '내일 입조(入朝)하라'하시니 공이 임금이 계시는 북쪽을 향해 네 번 절하고 조복(朝服)을 준비하는 동안,

　　"옛 옷은 색이 바랬고, 새옷은 아직 준비하지 못하였는지라 내일 입시(入侍)하라시는 전교가 계시니 하룻밤 동안에 어찌 준비할 것인가?"

하고 걱정하여 마지 않으니 부인이 말하되,

　　"일이 급하오니 아무려면 바느질을 잘하는 사람을 구해 지어보십시오."

하며 서로 걱정이 태산같더니, 이때 계화가 이 말을 듣고는 초당에 들어가 상공의 벼슬이 올라가신 말이며 조복 준비로 걱정이 태산같다는 말을 여쭙는데 박씨가 듣고 계화더러 말하기를,

　　"일이 이토록 급하거든 어서 가서 조복 지을 감을 가져오너라."

하니, 계화가 더욱 신기하게 여겨 박씨의 얼굴을 보며 급히 상공께 여쭈니 공이 크게 기뻐하며 말하기를,

　　"나의 며느리가 선인의 딸자식이라 분명 뛰어난 재주가 있으리라."

하고 조복 지을 옷감 등을 급히 갖다 주라 하시니 공의 부인이 크게 웃으며 말하기를,

　　"그 애가 모양이 그러한데 무슨 재주가 있으리오?"

　　많은 사람들이 또한 말하되,

　　"옷감만 버릴 것이 분명하니 아예 들여 보내지 않음이 옳다."

하고, 의견이 분분하므로 공이 웃으며 말하기를,

　　"속담에 이르되 '형산백옥(荊山白玉)이 진흙 속에 묻혀 있고 보배

구슬이 바위 속에 들었으되 보는 눈이 무식하면 알아보지 못한다'
고 하였으니 사람의 인품을 측정하기는 어렵다. 부인은 남의 속
마음을 그다지 가볍게 알고 경솔한 말씀을 하시오?"

부인이 상공의 말씀을 거역하지 못하여 조복 지을 옷감 등을 초당
으로 보내고는 염려가 대단하였다.

이때 여기서 계화가 조복 지을 옷감 등을 드리니 박씨가 이르되,
"이 옷은 결코 혼자 지을 옷이 아니니 도와서 함께 일할 사람 몇
명을 구하여 오너라."

하시니, 계화가 이 말씀을 상공께 그대로 여쭈니 바느질 일을 도울
사람을 얻어 보내었다. 박씨는 등촉을 밝히고 옷을 짓는데 수(繡)
를 놓는 법은 육괘(六卦) 같고, 바느질은 월궁항아(月宮姮娥)와 같으
며, 대여섯 사람이 할 일을 혼자서 처리하고 이삼 일 동안이나 걸릴
일을 단 하룻밤 동안에 하여 내니, 앞쪽에는 봉황수(鳳凰繡)를 놓고
뒷쪽에는 청학수(靑鶴繡)를 놓았으니 봉황은 춤추고 청학은 날아드
는지라 바느질하는 사람이 말하되,
"우리는 우러러보나 따를 수 없도다."

하고 탄복하였다.

제3회

박씨가 계화를 불러 말하되,
"조복을 어서 대감께 갖다 올려라."

하니 계화가 받아들고 와 상공께 올리니 공이 크게 칭찬하여 가로되,

"이것은 필시 선인의 솜씨이지 사람의 솜씨는 아니로구나."
하고 극찬을 멈추지 못하였다.

공이 다음 날 조복을 입고 대궐 안으로 들어가 공경히 절을 하니 상감이 공의 조복을 한참 보시다가 묻기를,

"경의 조복을 누가 지었는고?"

공이 아뢰기를,

"신(臣)의 며느리가 지은 줄로 아뢰오."

상감이 이르되,

"그렇다면 저런 며느리를 두고 주림과 추위에 빠져 빈 방에 혼자 자게 함은 어인 일인가?"

공이 크게 놀라 땅에 엎드려 아뢰기를,

"황송하오나 전하께옵서는 어찌 이다지도 소상히 알으시나이까?"

상감이 말하되,

"경의 조복을 살펴보니 뒷쪽에 붙인 청학은 선경(仙境)을 떠나 넓고 푸른 바다 가운데로 오가며 주리는 모양이요, 앞쪽에 붙인 봉황은 짝을 잃고 슬퍼하는 모양이 분명하니 그것을 보고 짐작하였노라."

공이 대답하여 아뢰되,

"미천한 신이 밝지 못한 탓이옵니다."

상감이 이르되,

"혼자 자는 것은 그러하지만, 날마다 주림과 추위에 견디지 못하여 눈물로 세월을 보내는 것은 어인 일인가?"

공이 황공함을 이기지 못하여 망설이다가 다시 아뢰기를,

"신은 바깥채에 거처하옵기 때문에 안채의 일은 알지 못하오나

이는 모두 신이 불민한 탓이오니 지은 죄 죽어 마땅하오이다."

상감이 이르되,

"알지 못하였구나. 경의 며느리가 비록 외모가 아름답지는 못하다 할지라도 영웅의 풍채로다. 결코 박대하지 말라."

하시며 또 이르기를,

"날마다 흰 쌀 서말(三斗)씩 줄 것이니 지금부터는 한 끼에 한 말씩 지어 먹이되, 경의 집사람들이 모두 박대할 것이니 각별히 유의하라."

하시니, 공이 절을 하고 물러나와 집으로 돌아와서는 집안 사람들을 모아 놓고 부인에게 임금의 전교를 소상히 일러준 후에, 또 시백을 불러 놓고 크게 꾸짖어 이르기를,

"부모의 마음을 편하게 하는 것이 곧 자식의 효성이요, 임금의 마음이 편한 것과 나라가 평화롭고 백성이 살기가 평안한 것은 신하의 충성에 달려 있느니라. 네 마음 내키는 대로 하여 이 아비로 하여금 황송한 전교를 받들게 하며, 또한 여러 동료 신하에게 책망을 입게 하니 이것은 모두가 다 자식의 불효니라."

하며 큰 소리로 크게 꾸짖어 이르기를,

"너같은 자식을 무엇에 쓸 것인고?"

하며 꾸지람을 더하니, 시백이 황송하여 넘어져 엎드려 아뢰기를,

"소자가 불초하여 아버님의 교훈을 받들지 못하여 아버님께옵서 임금께 황송한 처분과 대신의 무거운 책임을 당하시옵게 하였사오니 이 죄는 만 번 죽어 마땅하오며, 또한 이같이 크게 노하시옵게 하였사오니 그저 몸둘 바를 모르겠나이다."

공이 분노를 이기지 못하여 잠자코 있다가 한참 후에 다시 임금의

전교를 소상히 일러 주며 말하기를,

"네가 다시 어기면 첫째는 나라에 불충함이 될 것이요, 둘째는 부모에게 큰 불효를 짓는 것이 될 터이니 이후부터는 각별히 조심하여 지내도록 하라."

하니, 그 후부터 시백과 집안 사람들이 박씨에게 구박함이 덜하였다.

이 때 박씨에게 날마다 서말(三斗)씩의 밥을 지어 드리는데 박씨가 그 밥을 능히 다 먹으니 곁에서 구경하는 사람들이 모두 놀라며 말하기를, '여장군(女將軍)'이라 하였다.

하루는 박씨가 계화를 불러 말하기를,

"대감께 여쭈올 말씀이 있으니 그렇게 여쭙고 오너라."

하니 계화가 명을 받고 나와 상공께 아뢰었다. 공은 즉시 안채로 들어가 묻기를,

"알지 못하겠구나. 내 무슨 말인지 들으려 왔노라."

박씨가 상공께 아뢰기를,

"집안이 빈한하지는 아니하오나 그렇다고 넉넉하지도 못하오니 부디 소부(小婦)의 말씀대로 하여 주소서."

공이 반겨 묻기를,

"어찌하면 좋느냐, 어서 자세히 일러다오."

박씨가 이르되,

"내일 종로에 사람을 보내시면 각처의 사람들이 말을 팔기 위해 모여있을 것이오니, 여러 말 가운데 작은 말 한 마리가 있을 것이옵니다. 비루먹고 창백하여 볼품은 없지만 근실한 노복에게 돈 삼백 냥만 주어 사 오게 하시옵소서."

공이 들어보니 허황된 얘기이긴 하나 며느리는 보통 사람과는 다른 줄을 알고 곧장 허락하고 나와 근면 성실한 노복을 불러 분부하여 이르되,

"내일 종로에 나가면 말 장수들이 있을 것인즉 말 한 마리를 사올 것이로되, 여러 말 가운데 비루먹고 창백한 망아지 한 마리가 있을 것이니 돈 삼백 냥을 주고 꼭 그 말을 사오도록 하라."

하시며 돈을 내어주니 노복 등이 받아가지고 나와 서로 말하되,

"대감께옵서는 무슨 연유로 비루먹고 창백한 말을 삼백 냥씩이나 주고 사오라고 하시는지 참으로 이상하도다."

하고, 서로 의아해 하며 그 다음 날 삼백 냥을 가지고 종로에 나가 보니 과연 말 열 필(匹)이 있어서 그 가운데 가장 비루먹고 초췌한 망아지를 보고 임자를 만나 값을 물어보니 그 임자가 대답하여 가로되,

"그 말 값은 닷 냥이거니와 그 가운데 더 좋은 말이 많은데 왜 하필이면 저다지 볼품없는 말을 비싸게 사다가 무엇하려 하는가?"

하며,

"좋은 말을 사시오."

하니 노복 등이 대답하되,

"우리 대감 분부가 그러하니 어쩔 수 없이 사 가야 합니다."

하므로 말 장수가 말하기를,

"원래 값이 닷 냥인데 어찌 더 받으라 하는가?"

하니 노복 등이 말하되,

"이것은 대감 분부대로 주는 것이니 여러 소리 말고 어서 받으시오."

하며 주거늘 장수가 어인 일인지 몰라 의심하고 굳이 사양하며 받으려 하지 아니하자 노복 등이 할 수 없이 억지로 백 냥을 주고 이백 냥은 꺼리어 감추고 숨겨 가지고 돌아와 여쭈기를,

"말씀하신대로 망아지가 있어서 비싼 삼백 냥을 주고 사 왔나이다."

공이 곧장 며느리에게 말 사온 것을 알리니 박씨는 노복더러 그 말을 가져오라 하여 자세히 살펴보다가 상공에게 여쭙기를,

"이 말 값이 비싼 값인 삼백 냥을 주어야 쓸모가 있사온데 무지한 노복이 백 냥만 치르고 이백 냥은 감추어 숨기고 말 장수를 주지 아니하였기로 쓸모가 없으니 다시 갖다 주라고 이르소서."

공이 이 말을 듣고 박씨의 신명(神明)함에 놀라 탄복하고, 곧장 바깥채로 나와 노복 등을 불러 크게 꾸짖어 가로되,

"너희들이 말값 삼백 냥 중에 이백 냥은 숨겨 놓고 일백 냥만 주고 사 왔으니 상전을 속인 죄는 앞으로 무겁게 다스릴 것이니 감추어 둔 돈 이백 냥을 가지고 다시 가서 말 주인을 주고 오너라. 만일 지체되면 너희들 목숨은 보전하기 힘들 것이니라."

하니 노복 등이 사죄하여 이르되,

"이처럼 꿰뚫어 보시니 어찌 속이오리까? 과연 대감 말씀대로 삼백 냥을 모두 주온즉 그 말의 원래 값이 다섯 냥이라고 하여 받지 아니하기로 할 수 없이 억지로 백 냥만 주고 이백 냥은 숨겨 가지고 왔었더니, 이렇듯 신명하오시면 소인 등의 죄는 만 번 죽어도 싼 줄로 아옵나이다."

하고, 곧장 종로에 나아가 말 장수를 만나 돈 이백 냥을 주며 이르되,

"이 사람아, 주는 돈을 곱게 받지 않고 고집 피우더니, 우리들이
상전에게 죄를 지어 당하게 되었으니 이 어찌 통분치 아니하리요?"
하며 이백 냥을 억지로 쥐어주고 돌아와서 여쭙기를,

"말장수를 찾아 다시 갖다 주었나이다."
하므로, 공이 바로 안채로 들어가 박씨에게 이르니, 박씨가 여쭙기를,

"그 말을 먹이시되, 한 끼에 보리 서 되와 콩 서 되를 섞어 죽을
쑤어 먹이시되 앞으로 삼 년 동안만 각별히 일러서 먹이소서."

공이 허락하고 노복을 불러 분부하였다.

한편, 시백이 부친의 교훈을 거역하지 못하여 부부간에 동침하려
고 결심하고 부인을 대하면 차마 쳐다볼 마음이 없어 부부 사이의
정이 점점 멀어져 갔다.

이때 여기에 박씨가 거처하는 초당 이름을 '피화당(被禍堂)'이라
써서 붙이고 시비 계화를 시켜 뒷뜰 초당 앞뒤 양 옆에 갖가지 나무
를 심되 오색토(五色土)를 가져다가 동쪽에는 푸른 기운을 불러 청토
를 나무 뿌리에 북돋아 주고, 서쪽에는 하얀 기운을 불러 백토로 북돋
아 주고, 남쪽에는 빨간 기운을 불러 적토로 북돋아 주고, 북쪽에는
까만 기운을 불러 흑토로 북돋아 주고, 가운데에는 노란 기운을 불러
황토로 북돋아 주고, 시간을 맞추어 정성으로 물을 주니, 그 나무들이
날이 갈수록 무럭무럭 자라서 모양이 엄숙하고 신묘한 일이 있어
오색 구름이 자욱하고 나뭇가지는 용이 날아오르는 듯, 잎사귀는
범이 호령하는 듯, 갖가지의 새와 수많은 뱀들이 변화가 끝이 없으니
그 신묘한 재주는 귀신도 비할 바가 아닌지라 무지한 사람이야 누가
알아볼 것인가?

이때 공이 계화를 불러 이르되,

"요즈음 부인이 무엇으로 소일하더냐?"

공의 물음에 계화가 여쭙기를,

"뒷뜰에 갖가지 나무를 심으시고 시간을 맞추어 소녀로 하여금 물을 주어 기르라고 하셨나이다."

공이 이 말을 듣고는 계화를 따라 뒷뜰 좌우를 살펴본즉 갖가지 나무가 사방 무성한데 그 모양이 엄숙하여 바로 보기 어려웠다. 계화를 붙잡은 채 겨우 정신을 차려서 보니 나무는 용과 범이 변화하여 바람과 비를 부르려 하고 가지는 수많은 새와 뱀들이 수미(首尾)를 접대하는 듯하여 변화가 무쌍한지라 공이 크게 탄복하여 가로되,

"이 사람은 바로 신인이로구나. 여자의 몸으로 이와 같은 영웅대략(英雄大略)을 지녔으니 그 신령한 재주란 이루 헤아릴 수가 없구나."

하시며 박씨에게 물어 가로되,

"저 나무는 어인 일로 심었으며, 이 집의 당호(堂號)를 피화당이라 이름하였으니 이해하지 못하겠구나. 어인 일이냐?"

박씨가 여쭙되,

"길흉화복(吉凶禍福)은 사람에게 흔히 있는 일이오나 앞으로 급한 일이 있다 하더라도 이 나무로 막아낼 수 있겠기에 심었나이다."

공이 그 말을 듣고 이유를 물으니 박씨가 여쭈오되,

"아울러 하늘의 도움을 받을 수 있는 시기이온데 어이하여 하늘의 비밀을 누설할 수 있으오리까? 앞으로 자연히 알으실 수가 있사오니 누설하지 않게 하여 주소서."

공이 감탄하여 말하되,

"너는 참으로 나 같은 사람의 며느리가 되기는 너무나 아깝구나.

나의 팔자가 기구하여 법도를 알지 못하는 자식이 있어 아비의 가르침을 듣지 아니하고 부부 사이에 화락하지도 못하며 허송세월만을 보내고 있으니 생전에는 너의 부부 화락함을 못볼 것만 같구나."

하며 탄식을 마지 아니 하였다.

박씨가 다소곳이 위로하여 가로되,

"소부의 용모가 너무 보잘 것이 없어 부부 사이에 금실지락(琴瑟之樂)을 알지 못하오니 이는 모두 소부의 죄인지라 그 누구를 원망하오리까마는 다만 소부의 원하옵는 바는 지아비께옵서 과거에 급제하여 부모님께 영화를 뵈옵게 하고 입신양명(立身揚名)하여 나라를 충성으로 도와 용봉비간(龍逢比干)의 그 이름 천추(千秋)에 길이 남음을 본받은 연후에 다른 가문의 부인을 얻어 유자유손(有子有孫)하고 만수무강하시오면 소부가 죽어도 여한이 없겠나이다."

하니, 공이 그 말을 듣고 나니 그 넓은 마음을 탄복하여 더욱 불쌍한 생각이 들며 눈물이 흘러 두 볼을 적시었다. 이를 보고 박씨는 너무 황송하여 위로하되,

"아버님께옵서는 잠간 안심하옵소서. 언젠가는 설마 화락한 때가 없겠나이까? 너무 심려 마옵소서."

하였다.

제4회

박씨가 고(告)하여 이르되,

"지아비의 허물을 들추어 내면 집안 사람이 불효이고 이를 드러내어 꼬집으면 이는 다 소부의 허물이오니, 소부가 악명(惡名)을 들을까 하옵나이다."

공이 듣고는 탄복하여 그 넓은 아량과 충후(忠厚)함을 칭찬해 마지 않았다.

박씨가 망아지를 기른 지 삼 년만에 준총(駿驄)이 되어 빠르기가 비호같았다. 박씨가 시부모에게 고하여 이르되,

"모월(某月) 모일(某日) 대명국(大明國) 칙사가 올 것이니 그 말을 데려다가 칙사 오는 길목에 매어 두면 칙사가 보고 사고자 할 것이오니 값을 삼만 냥으로 결정하여 팔아 오라고 하옵소서."

공이 듣고 며느리의 말대로 노복을 불러 이른 후에 칙사 오기를 기다리니, 과연 그날 대명국 칙사가 온다 하여 노복이 말을 데리고 가서 칙사 오는 길목에 매어 두었다. 칙사가 지나가다가 말을 보고는 '말을 팔 것인가?'하고 물었다. 노복이 대답하되,

"팔 말이옵니다."

칙사가 다시 물어 가로되,

"값은 얼마나 받으려 하는가?"

노복이 대답하여 가로되,

"값은 삼만 냥이옵니다."

칙사는 크게 기뻐하여 삼만 냥을 아끼지 아니하고 사가지고 가므로, 노복들이 말값을 받아가지고 돌아와 상공께 그 자초지종을 소상하게 여쭈오니 공이 삼만 냥을 얻었으므로 재산이 풍부하여져 박씨에게 물어 가로되,

"삼만 냥이나 비싼 값을 받았으니 알 수 없구나. 어인 일인가."

박씨가 여쭙되,

"그 말은 원래 천리마(千里馬)이온데 조선은 소국(小國)인지라 이를 알아볼 사람도 없거니와 지방이 성기고 어설퍼서 써먹을 곳이 없나이다. 호국(胡國)은 넓어서 앞으로 쓸 곳이 있삽기에 칙사가 준마를 알아보고 삼만 냥을 아끼지 아니하고 사갔습니다만 조선이야 어찌 준마를 알 수 있으오리까? 그러므로 칙사에게 판 것이옵나이다."

공이 듣고 탄복하여 이르되,

"이는 여자로서 명견만리(明見萬里)하니 참으로 아깝구나. 만약에 남자가 되었다면 보국충신(輔國忠臣)이 되었을 것을 여자됨이 한이로구나."

하며 탄식하였다.

한편, 나라가 평화롭고 백성이 평안하여 풍년이 들므로 나라에서 인재를 발굴하고자 과거(科擧)를 보게 할 때에, 시백이 과령(科令)을 듣고 시험에 응시하고자 하였다. 그날 밤에 박씨가 꿈을 꾸니 뒷뜰 연못 한가운데 꽃이 만발한데 꿀벌이 날아드는 속에 벽옥(碧玉) 연적이 변하여 청룡이 되어 노닐다가 여의주를 얻어 물고 오색 구름을 타고 옥경(玉京)으로 올라가는 것이었다. 박씨가 꿈을 깨어 생각하는데 동쪽이 밝았거늘 급히 나와보니 과연 벽옥 연적이 놓여있지 않는가? 자세히 살펴보니 꿈 속에서 보던 연적이 분명하였다. 박씨는 그것을 반겨 갖다 놓고 계화를 시켜,

"이생(李生)께 여쭈올 말씀이 있사오니 잠깐 다녀 가시옵시라고 여쭈어라."

하므로 , 계화가 이를 시백에게 여쭈자 시백이 듣고 정색하여 이르되,

"요망한 계집 같으니, 감히 나를 부르다니."

하며 꾸짖었다. 계화가 무안해져 들어와 부인께 자초지종을 고하니 박씨가 다시 계화를 시켜 전갈하여 이르되,

"잠깐 들어오시면 드릴 것이 있사오니 한 번 수고하심을 아끼지 말으시옵소서."

하므로 시백이 크게 노하여 이르되,

"요망한 계화년을 다스려 그 요망함을 없애리라."

하고 잡아놓고 크게 꾸짖으며 볼기 서른 대를 때려 엄히 다스려 물리치니, 계화가 어이없이 맞고 울며 들어오는지라 박씨가 크게 놀라 하늘을 우러러 탄식하여 말하되,

"슬프구나, 나의 죄로 죄없는 네가 중죄를 얻었으니 이처럼 분한 일이 어디 있겠는가?"

하며 슬피 탄식한 후 계화를 불러 연적을 내어주며 이르되,

"이 연적의 물로 먹을 갈아 글을 짓는다면 분명히 장원급제할 것이니 입신양명하거든 부모께 영화를 뵈여 가문을 빛낸 다음 나처럼 박명한 사람을 잊고 명문거족의 아름다운 숙녀를 얻어서 만수무강 해로화락(偕老和樂)하소서 하라."

계화가 명을 받고 나아가 박씨가 일러준 대로 전하니, 시백이 다 듣고난 후 연적을 받아 살펴 보니 천하에 없는 보배인지라, 오히려 불쌍하게 여기어 자기의 과실을 뉘우치고 스스로를 꾸짖어 답으로 전갈하여 이르되,

"나의 졸렬함을 부인의 넓은 뜻으로 풀어 주시고 안심하소서. 나와

더불어 태평화락하옵기를 바라나이다."
하고 또한 계화에게 죄없이 벌을 준 것을 개탄하고 좋은 말로 타일렀
다.

　다음 날 수험장에 들어가 글 제목을 기다려 시험지를 펼쳐놓고
그 연적의 물로 먹을 갈아 일필휘지(一筆揮之)하여 모든 사람 가운데
서 가장 먼저 글장을 바치니 글이 너무 잘 되어 고칠 데가 없었다.
생(生)이 글을 바치고 방(榜)을 기다리는데 한참 있다가 방을 붙이
거늘 보아하니 장원에 이시백이었다. 높은 춘당대(春堂臺)에서 새로
문과에 급제한 사람들을 재촉하는 소리 장안 천지에 울리거늘 시백이
몸을 굽히고 입궐하여 납시니, 상감이 새로 뽑힌 사람들을 차례로
진퇴시키고 시백을 가까이 오라 하시며 자세히 보시다가 극구 칭찬하
시며 충성을 다할 것을 못내 당부하시었다. 장원이 감사하여 큰절을
하고 집에 돌아오는데, 어사화(御賜花)며 몸에 금옥대를 두르고 말등
위에 의젓하게 앉았으니 바람에 가벼이 나부끼는 그 풍채도 좋거니와
기구(器具) 역시 찬란하였다. 청홍기(靑紅旗)는 앞에 세우고 삼현
육각 전후 좌우에 바람소리 장안천지 가득하며 한 분 소년이 말 위에
침착하게 앉아 물밀듯 나아오니 그 모습은 진실로 땅 위의 선인 같았
다. 즐비하니 늘어선 구경꾼들은 저마다 칭찬하기를 입에 침이 마를
정도였다.

　집에 들어와 풍악을 갖추고 큰 잔치를 베풀어 며칠을 즐기는데
이같은 경사에 박씨는 참여하지 못하고 홀로 쓸쓸히 초당에 앉았으니
어찌 슬프지 아니할 것인가? 계화가 박씨의 쓸쓸한 빈 방의 고생을
불쌍히 여겨 박씨께 고하여 이르되,

　"요즈음 경사로 며칠 동안 잔치에 일가친척이 위아래 없이 모두

즐기는데 부인께옵서는 홀로 참여하시지 못하옵고 쓸쓸한 초당에서 근심으로 세월을 보내시니 소비(小婢)가 뵈옵기에 참으로 답답하고 민망하나이다."

박씨가 태연히 말하되,

"사람의 길흉화복은 하늘에 있는 것이거늘 이에 무슨 슬픔이 있을소냐?"

이 말을 듣고 계화는 마음 속으로 부인의 관대하심과 어진 성품을 못내 탄복하였다.

세월이 흘러 이미 시가(媤家)에서 고생한 지도 삼 년이 지났다. 박씨는 슬픔을 이기지 못하여 상공께 고하여 이르되,

"소부가 출가하여 이곳에 온 지도 어언 삼 년이온데 그 동안 친정 소식을 알지 못하였사오니 잠시 다녀올까 하나이다."

하므로 공이 듣고 대답하기를,

"여기에서 길이 수백 리 험로인지라 남자도 출입하기가 썩 어려운데 아녀자의 몸으로 어찌 다녀오려 하는가?"

박씨가 다시 고하되,

"길이 험하여 다니기가 어려운 줄은 아옵니다만 그리 염려 마시옵고 갔다오게 하옵소서."

공이 이르되,

"너가 그토록 간다고 하니 말리지는 못하겠다마는 내일 기구를 갖추어 줄 것이니 다녀오도록 하라."

박씨가 다시 고하되,

"기구는 준비하지 마시고 소부가 말 한 필로 수삼일 안에 다녀오겠나이다. 너무 시끄럽게 이야기하지 마옵소서."

공이 며느리의 신명한 재주를 믿는 까닭에 할 수 없이 허락하였지만 그 곡절을 알 수 없어 속으로 염려되어 침식이 불안하였다.

박씨가 초당으로 돌아와 계화를 불러 이르되,

"내 잠시 친정에 다녀올 것이니 너 혼자만 알고 시끄럽게 이야기하지 말라."

하고는 그날 밤에 홀로 떠나갔다.

수삼일이 지나자 박씨가 과연 돌아와 공께 삼일 간의 문안 인사를 드리는지라 공이 보고는 한 편으로는 놀라고 한 편으로는 기뻐하여 말하되,

"며느리의 신묘한 술법은 귀신도 헤아리지 못할 것이로다."

하며 친정의 안부를 물으니 박씨 대답하여 아뢰되,

"아직 무고하시옵고 모월 모일에 한 번 오시겠다고 하셨사옵니다."

공이 날마다 처사 오기를 기다렸다. 그 누가 박씨의 축지법(縮地法)하는 줄을 알 것인가?

하루는 공이 처사 온다는 날을 맞이하여 혼자 바깥 사랑채에 앉아 있었다. 그때 박처사가 들어오니 공이 의관을 바로잡고 뜰 아래로 내려와 맞아들여 예의를 다한 후에 좌정하고 그 동안 만나뵙지 못한 소회(所懷)를 이야기하며 술과 안주를 내어 대접할제, 술이 거나하여감에 이공이 처사더러 말하기를,

"사돈 어른을 뵈오니 반가운 마음 비길데 없사오니 한 편으로는 미안한 마음 헤아릴 길이 없나이다."

처사가 대답하여 가로되,

"무슨 말씀이신지 알고 싶나이다."

공이 공손히 대답하되,

"나의 자식이 불초하여 영애(令愛)를 구박하여 부부 사이에 화락하지 못하옵기에 항상 주의하오나 끝내 부모의 명을 거역하오니 이 어찌 불안한 일이 아니오이까?"

처사가 대답하되,

"공의 하해 같으신 덕으로 나의 못난 자식을 주하다 아니하시고 또한 지금 슬하에 두시오니 지극히 감사하옵는데 오히려 이와같이 말씀하시니 되려 미안하오며 사람의 팔자 길흉과 고락(苦樂)은 다만 하늘에 있는 것이오니 어찌 걱정하오리까?"

공이 이 말을 듣고 더욱 부끄럽게 여기었다.

공이 처사와 더불어 날마다 바둑과 노래로 소일하다가, 하루는 처사가 들어가 딸자식을 보고 조용히 일러 말하되,

"너의 액운이 다 지나갔으니 더럽고 못생긴 그 허물을 벗으라."
하고는 탈갑변화지술(脫甲變化之術)을 가르쳐 이르되,

"너가 둔갑하여 더럽고 못생긴 허물을 벗거든 그 허물을 버리지 말고 부공(父公)께 아뢰어 옥상자를 만들어 달라 하여 그 속에 넣어 간직하거라."
하고 나와 곧장 헤어지니 부녀 간에 떠나는 정이 차마 비길 데가 없었다.

처사가 바깥채로 나와 공과 이별함에 이공이 며칠 더 머물음을 권하였으나 이를 듣지 아니하고 떠나려 하므로 공이 하는 수 없이 한 잔 술로 작별하고 문 밖에 전송할 즈음,처사가 이공더러 말하기를,

"이제 작별하오면 다시는 상봉하기 어려울 것 같사오니 두루 무양(無恙)하시옵고 내내 복록을 누리시옵소서."

공이 듣고 나서 크게 놀라 말하기를,

"이 어인 말씀이신지 알고자 하옵나이다."

처사가 대답하여 가로되,

"서로가 떠나고 다시 만날 기한이 없는 회포는 한 마디로 얘기하기 어려우나 이번에 이별하고 산에 들어가면 다시 어지러운 세상에 나오기가 어려워 그런 말씀을 드리는 것이옵니다."

공은 어쩔 수 없이 슬퍼하며 작별을 하였다.

제5회

하루는 박씨가 목욕재계하고 둔갑지술(遁甲之術)을 써서 변화를 부리니 허물이 벗겨지는 것이었다. 날이 밝자 계화를 불러 들어오라 하니, 계화가 무심코 들어가니 갑자기 예전에는 못보던 절대가인(絶代佳人)이 방안에 앉아 있는지라 계화가 눈을 비비고 다시 자세히 보니 아름다운 얼굴과 기이한 자태는 월궁항아(月宮姮娥)가 아니면 무산신녀(巫山神女)라 하더라도 믿지 못할 것이었다. 한 번 보고 정신이 아찔하여 숨도 못쉬고 멀리 앉아 있으려니, 박씨가 화월(花月)같은 얼굴을 들고 붉은 입술을 반쯤 열어 계화에게 이르되,

"내가 지금 허물을 벗었으니 밖에 나가더라도 시끄럽게 떠들지 말고 대감께 여쭈어 옥상자(玉函)를 만들어 주십사고 아뢰어라."

계화가 명을 받들고 급히 바깥채로 나오며 희색이 만면한지라 공이 반겨 묻기를,

"너는 무슨 좋은 일을 보았기에 그리 즐거운 얼굴이냐?"

계화가 고하여 아뢰되,

"피화당에 신묘한 일이 일어났으니 어서 급히 들어가 보시옵소
서."

공이 이상히 여겨 계화를 따라 급히 들어가 방문을 열어보니 향기
로운 냄새가 코를 찌르며 한 명의 젊은 여인이 방 가운데 앉아 있는
데 아리땁고 호화로우며 인품이 점잖고 정조가 곧음이 요조숙녀요,
한 마디로 일색가인(一色佳人)이었다. 그 여자가 부끄러움을 무릅쓰
고 일어나 맞이하거늘 공이 또한 속으로 이상하게 생각하여 도리어
잠자코 있으려니, 계화가 상공께 고하여 아뢰되,

"부인께옵서 어제밤에 허물을 벗으시고 대감께 여쭈어 옥상자를
구하여 쓸 곳이 있다고 하시나이다."

공이 그제서야 가까이 다가가 말하되,

"너가 어찌 오늘 이같이 절대가인이 되었느냐? 이것은 정말 천고
(千古)의 희한한 일이로구나."

박씨가 고개를 숙인 채 여쭙기를,

"소부가 이제야 액운이 다하였사옵기로 보기 흉한 허물을 어제밤
에 벗었사오니 옥상자 하나를 만들어 주시오면 그 허물을 넣어둘까
하옵니다."

공이 그 신묘함을 탄복하고 곧바로 나와 옥장인(玉匠人)을 구하여
옥상자를 만들어 며칠만에 들여 보내고 아들 시백을 불러 말하기
를,

"급히 들어가 네 아내를 보거라."

시백이 부친의 명을 받들고 들어가면서 얼굴을 찌푸리고 생각하되
'그런 추물을 무슨 이유로 들어가 보라고 하실까'하고 수없이 망설이

거늘, 계화가 바삐 나와서 난간 밖에서 맞이하였다.

시백이 계화에게 묻기를,

"피화당에 무슨 연유가 있길래 너의 기뻐하는 모습이 외모로 나타나는가?"

계화가 대답하여 가로되,

"방에 들어가 보시오면 자연히 아시오리이다."

시백이 듣고 보니 더욱 의아심이 생겨 급히 들어가 문을 열고 바라본즉 한 명의 여인이 단정히 앉아 있는데 그 모습은 실로 월궁항아요 또한 요조숙녀라, 한 번 보는 것만으로도 정신이 아찔하고 마음이 취한 듯도 하고 미친 듯도 하여 바삐 들어가서 얘기를 나누고 싶었으나 박씨 얼굴색을 잠시 살펴보니 추풍한설(秋風寒雪) 같아서 말을 붙일 수가 없었다. 시백은 감히 들어가지 못하고 다시 나오며 계화에게 묻기를,

"그런 흉칙한 인물은 어디로 가고 저런 월궁항아가 되었느냐"

계화가 만면에 웃음을 담은 채 아뢰기를,

"부인께옵서 어제밤에 허물을 벗고 변화하여 항아가 되셨나이다."

시백이 듣고는 크게 놀라 스스로 한탄하며 그 동안의 박대를 생각한즉 도리어 부끄러워져 바깥채에 나와 부친을 뵈옵는데, 공이 묻기를,

"지금 들어가 보니 네 아내의 얼굴이 과연 어떻더냐?"

시백이 몸둘 바를 몰라 대답을 못하므로 공이 다시 일러 말하기를,

"사람의 길흉화복은 뜻대로 못하는 것이거늘 너에게 맡긴 사람을

삼사 년 동안 박대하였으니 이제 무슨 낯으로 네 아내를 대하려 하느냐? 그렇게 지감이 없이 어찌 공명(功名)을 바랄 것인가? 앞으로는 모든 일을 이와 같이 하지 말라."

시백이 땅에 엎드려 듣고 나서 더욱 몸둘 바를 몰라 침묵을 지키다가 그냥 물러났다. 날이 저물어서 시백이 피화당에 들어가니 박씨가 촛불을 밝히고 얼굴빛을 엄정(嚴正)히 하고 앉아 있는데 그 기운이 서리 같아서 감히 말을 걸지 못하고 박씨가 먼저 말하기만을 기다리고 있었으나 끝내 말 한 마디가 없거늘 시백이 과거를 뉘우치며 스스로를 꾸짖어 말하기를,

"부인께서 이와같이 하심은 내가 삼사 년 박대한 때문이로다."

스스로 탄식하기를 마지 아니 하였으나, 부인은 그대로 한 마디의 대답도 없는지라 시백이 하는 수 없이 촛불 아래에 앉아 있으려니 어느 덧 닭울음 소리가 멀리 떨어진 마을에서 들려오는지라 바깥채로 나와 세수를 하고 모친께 문안 인사를 드리고 물러나왔다. 서당에서 지내며 하루 종일 마음을 바로잡지 못한 채 날이 저물기를 기다리다가 밤이 되자 피화당으로 들어갔다. 박씨를 보니 또 엄숙함이 어제보다 더하여 갈수록 태산이었다. 시백이 죄인처럼 박씨가 말할 때만을 기다리고 앉아 있으려니 밤이 또한 새므로 말없이 나와 부모님께 문안 올리고 물러나서 서당에 나와 생각하니 지난 날의 잘못이 후회막급이었다. 이처럼 밤이 되면 피화당에 들어가 앉아서 밤을 새우고 낮에는 서당에 나와 탄식하기를 무려 수일에 이르니 자연 병이 되어 촛불 아래에 앉아 생각하기를 '아내라고 구한 것이 추물이라 일생 원이 맺혔더니 지금은 월궁항아가 되었으나 대화가 이루어지지 못하고 뼛속 깊이 병이 되었으니, 이것 모두가 첫째는 나의 지감이 없었던

탓이요, 둘째는 나의 영민하지 못한 탓이요, 세째는 부친의 교훈을 어기고 불초한 탓이로다'하고, 다시 정신을 가다듬어 피화당에 들어가 박씨에게 사죄하여 가로되,

"부인의 침소(寢所)에 여러 날 들어 왔으나 한결같이 정색을 하고 마음을 풀지 아니하시니 이는 다 나의 잘못이라, 명대로 살 수 없으리라. 부인에게 삼사 년 동안 공방에서 혼자 고초를 겪게 한 죄는 지금에 이르러 무어라 변명할 여지가 없사오니, 부디 부인께서는 마음을 돌이켜 사람을 구해 주소서. 죽기는 서러운 것이 아니나 양친께 불효하여 젊은 나이에 비명횡사하면 이 또한 불초라, 지하에 간들 무슨 낯으로 선령(先靈)을 뵈올 수 있으리오? 이것저것 생각하오면 심히 곤경하오니 아무쪼록 부인께서는 다시 한 번 생각하소서."

하고 슬퍼하며 눈물을 흘리거늘, 박씨가 이 말을 듣고 보니 불쌍하고 가엾은 마음이 없지 아니하여 화월같은 얼굴을 더욱 씩씩하게 하고 책망하여 이르기를,

"조선은 예의지국(禮義之國)이라 하였사온데 사람이 오륜(五倫)을 알지 못하면 어찌 예의를 알 수 있으리요? 당신은 아내가 못생겼다 하여 삼사 년을 박대하였으니 부부유별(夫婦有別)은 어디 있으며, 선인(先人)이 말씀하시기를 '조강지처(糟糠之妻)는 불하당(不下堂)이라' 하였사온데 당신은 오로지 용모의 아름다움만을 생각하고 부부 사이의 오륜을 생각지 아니하면서 어찌 덕을 알며, 처자의 존재를 모르고 입신양명하여 어찌 나라를 보살피며 백성을 편안하게 다스릴 재주가 어디 있을 것이리요? 아는 것이 저토록 없을지니 효와 충심을 어찌 알며 백성을 편안하게 하는 법도를

46

어찌 알으시리요? 앞으로는 효도를 다하여 수신제가하심을 명심하소서. 첩(妾)은 비록 아녀자이오나 당신같은 남자는 부러워하지 아니하옵나이다."

하니, 말마다 정직하고 표현이 절도가 있으매, 시백이 듣고 보니 자기가 지은 죄를 생각하고는 아무말도 못하였다. 무료한 마음을 억지로 참으며 거듭 사죄할 뿐이었다. 박씨가 자세히 눈여겨 보다가 한참 후에 말하기를,

"첩이 원래 모양을 감추고 추한 모습을 한 것은 군자(君子)로 하여금 색(色)에 빠지지 못하게 하여 한 마음으로 공부에만 열중하게 함이요, 그 동안 첩이 말을 아니함은 군자로 하여금 과거를 뉘우치고 스스로 깨닫게 하려 함이요, 이제 원래의 모습을 가졌으나 한 평생 마음을 열지 아니하려 하였사오나 여자의 약한 마음으로 장부를 속이지 못하여 지난 일을 헤쳐 버리겠사오니 부디 앞으로는 명심하시옵소서."

시백이 듣기를 다한 후에 크게 기뻐하여 가로되,

"미천한 소인(僕)은 그저 무식한 사람이요, 부인께서는 하늘 나라 선녀의 풍도(風度)로 뜻이 넓어 범인(凡人)과는 달라서 정신이 맑고 언어가 바르므로 정대(正大)하고 씩씩하나니, 나와 같은 사람이야 신세가 못난 인물로 아는 것이 보잘 것 없어 착한 사람을 알아보지 못하였으니 어찌 선인에 비하리이까? 그러므로 부부 사이에 화락하지 못하여 인륜을 저버릴 지경에 이르렀사오니 지난 일을 다시 마음에 담아 두지 마옵소서. 하물며 옛 성인이 말씀하시기를, '지자천려 필유일실(知者千慮 必有一失)이라' 하였사오니 부인의 마음 속에 맺힌 한을 풀어 헤쳐 버리소서."

박씨가 자리를 비키며 대답하기를,

"지난 일은 다시 말씀하시지 마시옵고 이젠 안심하소서."

하고 서로 얘기를 나누니 밤이 이미 삼경이라, 옥같은 손을 잡고 금침(衾枕)에 올라 삼사 년 쌓아 온 회포를 풀고 운우지정(雲雨之情)을 즐기니 그 정(情)의 두터움이 새로이 산과 같고 바다 같았다.

제6회

그 후부터는 시어머니며 노복 등이 지난 날 박씨를 구박함을 뉘우치고 자책하여 박씨의 신명함을 경탄해 하고 상공의 가슴에 품은 큰 뜻을 못내 칭송하며 온 집안이 뜻을 모아 화평하였다.

박씨가 모습이 바뀌었다는 소문이 장안에 퍼져서 더러는 개별적으로 들어와서 보기도 하고 재상가(宰相家)의 부인들이 신기하게 생각하여 더러는 청하여 보기도 하였는데, 하루는 한 재상의 집에서 청하여 본 후에 주과(酒果)로 대접할 즈음, 여러 부인들이 서로 다투어 권하여 거나하여 짐에 많은 부인들이 박씨의 재주를 보기를 부탁하는지라, 박씨는 재주를 부리고자 하여 술잔을 받아 거짓으로 내리쳐서 술을 치마에 적신 후 치마를 벗어 계화에게 주며 말하기를,

"치마를 불꽃 가운데 넣어 태워라."

하니, 계화가 명을 받들어 치마를 불 가운데로 던지니 치마는 타지 않고 그 광채가 더욱 빛나는지라 계화가 다시 치마를 가져다가 부인께 드리니 많은 부인들이 그 이유를 물었다. 박씨가 대답하여 가로되,

48

"이 비단은 이름을 화염단(火焰緞)이라 하옵는데 더러 빨려고
할 때는 물에다가 빨지를 못하고 불에 태워 빠나이다."
여러 부인들이 모두 신기하게 여기고 못내 경탄하며 묻기를,
"그러하시다면 그 비단은 어디서 났사오이까?"
박씨가 대답하되,
"인간 세계에는 없사옵고 월궁(月宮)에서 만드나이다."
여러 부인이 다시 묻기를,
"입고 계신 저고리는 또 무슨 비단이오이까?"
박씨가 대답하여 가로되,
"이 비단의 이름은 패월단이라 하옵고, 첩의 부친께옵서 동해 용궁
에 가신 때에 얻어오신 것이라, 이 비단 역시 용궁에서 만든 것이
옵니다."
그 비단은 물에 담가도 젖지 아니하고 불에 넣어도 타지 아니하는
비단이라 하므로, 자리에 모인 여러 부인들이 듣고는 신기하게 여겨
칭찬이 자자하였다.
모든 부인들이 술을 따루어 박씨에게 권하니 박씨는 술이 과하여
사양하자 여러 부인들이 한사코 권하였다. 박씨는 마지 못하여 술을
받아가지고 금봉채(金鳳釵 : 봉황모양의 금비녀)를 빼어 잔 가운데를
반으로 가로막으니 완전하게 술잔 한 쪽은 없어지고 또 한 쪽은 칼로
벤 듯하게 반만 남았는지라 여러 부인들이 그 술잔을 보고는 신통함
을 이기지 못하여 가로되,
"부인께옵서는 선녀의 기틀이 있다고 들었사온데 그 말이 정녕
옳도다."
하며,

"이와같은 신통함은 고금에 아직 없는 일인데 어찌하여 인간 세상에 내려 왔을까? 옛날 진시황(秦始皇)과 한무제(漢武帝)도 얻지 못하였던 선인을 우리들은 우연하게 만났으니 이 어찌 기쁘지 아니하리요?"

서로가 봄기운을 일러 글로써 화답(和答)하는데, 이때 계화가 고하여 이르되,

"이와같은 좋은 봄 경치에 흥을 돕고 백화가 만발하여 봄빛을 자랑하오니 소비도 이처럼 좋은 때를 맞이하여 반주 없이 한 곡조 노래를 불러 모여 계신 부인들께 위로를 드릴까 하옵니다."

하므로, 그곳에 모인 모든 사람들이 더욱 기특하게 여겨 노래하기를 독촉하는지라 계화는 붉은 입술을 반쯤 열어 맑은 목소리로 한 곡조 노래를 부르니 그 소리 맑고 아름다와 산호채를 들어 부친 듯 하였다. 그 곡조에 소리하되,

"하늘과 땅은 만물의 객사(客舍)요, 빛과 그늘은 오랜 동안의 길손이라. 하루살이 같은 이 세상에 허무하게 떠 있는 삶이 곧 약몽(若夢)이라, 봄바람 실버들 좋은 때에 아니 놀면 어이하리. 지난 날을 헤아리고 지금을 살펴보니 일백 대(一百代)에 걸친 흥망은 봄바람에 어지러운 그림자요, 한 순간의 변화는 장생호접(莊生蝴蝶)이라. 청산에 두견화는 촉중(蜀中)의 원혼이며, 들꽃의 봄을 비추는 경계는 왕소군(王昭君)의 눈물일레. 세상의 일을 생각하니 인생이 덧없구나. 푸른 바다로 술을 빚어 만세동락(萬歲同樂)하리로다."

하니 여러 부인이 듣기를 다하자 정신이 쇄락하여 계화를 거듭보며 칭찬이 자자하였다.

즐거움의 극치가 끝없이 다하는 가운데 해가 서산으로 기울고 동쪽 산 마루에 달이 솟아오르니 모든 부인이 각기 집으로 돌아갔다.

이 때 이공이 나이가 많아 벼슬을 하직하므로 상감이 이를 허락하시고 시백을 승지(承旨)에 명하시니 시백이 감사하여 숙배(肅拜)하고 나라를 충성으로 받들며 나랏일에 부지런하니 그 명망이 온 나라에 떨치었다. 충성이 과인(過人)한 까닭에 상감이 더욱 사랑하시고 아끼시사 특별히 평안감사(平安監司)를 내리시니 시백이 사은숙배한 후 집에 돌아와 부모님께 이를 고하니, 양친께서 크게 기뻐하시고 일가 친척과 집안 사람들 모두가 그 즐거움을 헤아리지 못하였다.

시백이 탑전(榻前)에 하직 인사를 올리고 집에 돌아와 치행(治行) 준비로 쌍가마를 지으려 할 때, 박씨가 물어 가로되,

"쌍가마는 만들어 무엇 하려 하시나이까?"

감사(監司)가 대답하여 이르되,

"나같은 사람을 평안감사에 명하시니 그 맡긴 임무를 감당하기 어려우므로 부인과 함께 가고자 함이오."

박씨가 대답하되,

"남자가 출세하신 후에 입신양명하게 되면 나라 받들 날은 많고 부모받들 날은 적다고 하였사오니 나랏일에 골몰하오시면 처자를 돌아보지 못하시옵나니 첩도 함께 가오면 늙으신 양 부모님은 누가 있어 봉양하리까? 낭군께옵서는 충성을 다하여 나라를 애극(愛極)히 도우심이 옳은 일인 줄로 아옵니다."

감사가 듣고는 그 언변이 올바름을 탄복하여 도리어 무색해져 대답하기를,

"나처럼 불충불효하여 천지간에 용납하지 못할 사람이 또 어디 있으리요? 늙으신 양 부모님을 생각지 아니하고 망녕된 생각을 가졌사오니 지나치게 나무라지 마시옵고 두 분 노부모를 극진히 봉양하여 나의 마음을 지켜주어 남의 웃음거리가 되지 않게 하여 주소서."

하고 사당(祠堂)에 들어가 하직 인사를 올리고 부모께 또한 하직한 다음, 박씨와 작별하는데 두 분 노부모님을 잘 뫼시기를 거듭 당부하고 곧장 길에 오르므로 수일만에 도임(到任)하였다.

각 고을의 사또들 중에 백성의 재물을 몹시 착취하는 수령(守令)이 민간에 나타나 그 작폐가 무쌍하니, 백성이 도탄에 빠져 인심이 흉흉한지라 각 고을 사또의 잘잘못을 가리어, 백성을 다스릴 줄 모르는 사또는 우선 그 직위를 파직하고 잘 다스리는 사또는 백성에게 알리고 또한 임금에게 글로써 올림으로 중앙 관직으로 승직(昇職)하여 올라가게 하고, 백성을 어진 법도로 다스려 민심을 진정케 하니 일 년 안에 모든 고을이 아무 탈없이 되어 백성이 즐겨 노래하고 격양가(擊壤歌)를 주고 받으며 서로 일러 말하되,

"이제는 살겠구나. 요순 시절처럼 국태민안 하는구나. 역산(役山)에 밭을 갈아 농사 지어 우리 부모 공양하고, 형제지간에 우애있게 살아보세. 구관 사또 어찌하여 백성을 침해하고 학대할 때에, 무식한 백성들이 어진 법도를 어찌 알며 효제충절(孝悌忠節)을 어찌 알까? 효자가 불효되고 양민이 도적 되었었네. 신관 사또 새로 오신 후에 충효가 함께 하서 어진 법도로 다스리사 덕화(德化)가 넓으시니 우리 백성 편하구나. 산에 도적이 없고 밤에도 대문을 열고 자니, 길에 떨어진 남의 물건 주워 갖지 아니할 때에 선정비

(善政碑)를 세워 보세 입석송덕(立石頌德) 하여 보세."
하며 격양가가 울려 퍼졌다.

이와 같이 선정을 베푸는지라 이감사(李監司)의 소문이 원근(遠近)에 울려 퍼지고 급기야는 조정에까지 미쳤다. 상감이 이 소식을 들으시고 아름답게 여기시사 다시 병조판서(兵曹判書)로 부르시니, 감사가 교지(教旨)를 받은 후 임금이 계시는 곳을 향하여 네번 절하고 곧장 행장을 차려 서울로 올라갈 때, 모든 고을 수령과 만백성이 송덕(頌德)하는 소리 천하를 울리었다. 수일만에 서울에 도달하여 대궐에 들어가 숙배하올 때에 상감이 보시고 반기며 격찬이 끝없었다. 이판서가 조정을 물러나와 집에 돌아와 부모님께 문안 인사 올린 후에 친척과 옛 친구들을 모아 잔치를 베풀어 여러 날을 즐기었다.

이 때 갑자(甲子)년 팔월에 남경(南京)이 요란하거늘 나라에서는 병조판서 이시백으로 정사(正使)를 삼으시니, 정사가 어명을 받들어 명(明)나라로 떠날 때, 이 때 임경업(林慶業)이라 하는 신하가 있었으니 총명하고 영리하여 영웅변화의 지략이 뛰어났기로 마침 철마산성(鐵馬山城) 중군(中軍)으로 있었는데, 정사가 임금께 아뢰어 임경업으로 부사(副使)를 삼아 명나라로 들어가니 명나라 황제가 조선의 사신이 들어옴을 알고는 영접하여 들이었다. 이때, 명나라가 가달(可達)의 난을 만나 크게 패하였으므로 위급함이 불꽃같은지라 명나라 승상(丞相) 황자명(皇子明)이 잔치 중에 황제께 아뢰기를,

"조선에서 오신 사신 이시백과 임경업을 보아하니 비록 작은 나라의 인물이라 하나 만고흥망(萬古興亡)과 천지조화(天地造化)를 은은하게 감추고 있사오니 어찌 기특하지 아니하오리이까?신은 원하옵건대 이 분(人) 등으로 구원군(救援軍)의 사령관으로 정함

이 마땅한 줄로 아뢰오."

황제가 들으신 후 이시백과 임경업으로 구원군 사령관을 봉(封)하여 구해 달라 하시니, 두 사람이 사은하고 군사를 이끌어 가달국(可達國)에 들어가 싸움할 제 백전백승하여 수일 동안에 이기고 승전고(勝戰鼓)를 울리며 들어가니, 황제가 보시고 극구 칭찬하시며 상을 후하게 하사하여 그 공을 나타내 조선으로 보내었으니, 시백과 경업이 황제께 하직 인사를 올리고 밤낮으로 조선에 도달하여 궐내로 입조(入朝)하였는데 상감이 보시고 반갑게 맞이하시며 기특하게 여기시어 이르시되,

"중국을 구하여 가달을 꺾고 그 이름이 천하에 떨치며, 또한 위엄이 조선 천지에 빛나니 그대들과 같은 영웅지재(英雄之材)는 이 세상에 처음이로구나."

하시고는 두 사람을 승직(昇職)하시는데 시백에게는 우승상(右丞相)을, 임경업에게는 부원수(副元帥)를 제수(除授)하시니, 이 때 북호국(北胡國)이 점차로 강성하여 다시 조선을 노략질하므로 상감이 크게 걱정하시어 임경업으로 하여금 의주부윤(義州府尹)을 시키시어 자주 노략질하는 북호(北胡)를 물리치게 하시었다.

제7회

기쁨이 다하고 슬픔이 오는 것은 인간에게 흔히 있는 일이다. 이공의 춘추(春秋)가 팔십에 갑자기 병을 얻어 점점 무거워짐에 백약(百藥)이 무효(無效)였다. 공이 마침내 일어나지 못할 줄을 알고는

부인과 시백 부부를 불러 가로되,

"내가 죽더라도 집안 일을 소홀히 여기지 말고 후사(後嗣)를 이어
조상에 대한 예의를 극진히 다하도록 하라."

하시고는 결국 세상을 떠나시니 일가(一家)가 발상(發喪) 통곡하
고, 어머님이 애통해 하고 슬퍼하시다가 몇 달이 못되어 세상을 또한
버리시니, 시백의 부부가 일 년 동안에 크나큰 슬픔을 당하였으니
어찌 망극하지 않으랴? 처음부터 끝까지 모든 예절을 극진히 하여
선산에 장사지내고 부부가 함께 슬픔을 못내 통곡하였다. 세월이
흘러 삼년상(三年喪)을 마치니 부부와 온 집안 노복들의 애통해함은
실로 헤아릴 수 없었다.

북방의 호적(胡賊)이 점점 강하여져 조선 북변(北邊)을 침범하므
로 임경업이 백전백승하여 이들을 물리치고 북방을 지키니 무식한
호제(胡帝)는 조선을 침략하기 위해 조정에서 의논하여 가로되,

"우리 호국(胡國)은 지방(地方)이 광활하여도 조선 장수 임경업을
꺾을 사람이 없으니 이 어찌 불쌍한 일이 아니리오? 어찌하면 조선
을 쳐들어갈 수 있겠는가?"

하니, 모든 신하가 침묵한 채 대답을 하지 못하였다.

이때, 호귀비(胡貴妃)는 비록 여자의 몸이었으나 둘도 없는 영웅이
라, 하늘에 관한 일을 통달하고 또한 지리에 관한 일을 꿰뚫어 보니
가만히 앉아서도 천 리(千里)의 일을 헤아려 알며 일어서면 만 리
밖에서 일어나는 일을 소상히 아는지라 호제(胡帝)께 여쭙기를,

"조선에는 큰 신통한 사람이 있사오니 경업을 꺾는다 하여도 조선
은 쳐부술 수가 없을 것이옵니다."

하므로 호제가 크게 놀라 말하되,

"짐(朕)이 지금까지 경업을 꺼려하기를 팔년 풍진(八年風塵)에 역발산(力拔山) 하던 초패왕(楚霸王)과 삼국시대의 관운장(關雲長)과 당양(當陽) 장판(長板)에서 홀로 나아가 조조(曹操)의 백만 대군을 무찌르던 조자룡(趙子龍)과 같이 알았더니, 그 위에 더한 사람이 있다면 어찌 조선을 침략할 마음을 가질손가?"

스스로 탄식함을 마지 아니하므로, 귀비가 다시 여쭙기를,

"천기(天氣)를 보아하니 조선에 액운(厄運)이 있으나 백만대군을 만들어 보낸다 해도 그 신인(神人)을 잡지 아니하고는 무찌르기가 어려울 것이온즉 신첩(臣妾)이 한 가지 꾀를 생각하오니 자객(刺客)을 구하여 조선으로 보내어 신인(神人)을 없애버린 다음에 조선을 쳐들어 감이 가한 줄로 아옵나이다."

호제가 말하되,

"그렇다면 어떤 사람을 보내야 할꼬?"

귀비가 대답하여 아뢰되,

"조선은 재물을 탐내고 여색(女色)을 좋아하오니 계집을 구하시되 인물이 뛰어나고, 글씨는 왕희지 같고, 언변은 소진(蘇秦) 장의(張儀) 같고, 날쌔기는 조자룡 같고, 헤어 살핌은 제갈공명 같고, 지략과 용기를 함께 갖춘 계집을 구하여 보내시오면 일이 이루어질 것으로 아옵나이다."

호제가 듣고 보니 가장 옳은 말인지라 당장 재상들과 의논하여 두루 구하였는데, 이때 육궁(六宮) 시녀 중에 기홍대라 하는 계집이 있었으니, 인물을 볼 것 같으면 당현종(唐玄宗)의 양귀비(楊貴妃)와 같고, 말(言) 솜씨는 소진 장의를 비웃으며, 검술(劍術)은 당할 사람이 없고, 용맹스럽기는 용호(龍虎)와 같았다. 이를 보고 귀비가

호제께 아뢰기를,

"기홍대라는 계집은 검술과 용모가 뛰어나고, 도량과 지용(智勇)을 함께 갖추어 만 사람이 당해내지 못할 용맹을 가졌으니 기홍대를 보내심이 좋은 줄로 아옵니다."

하므로 호제가 크게 기뻐하여 기홍대를 오라 하여 말하되,

"너의 지용(智勇)과 재모(才貌)의 뛰어남을 익히 알고 있는 바라 조선에 나아가 성공할 수 있겠느냐?"

기홍대가 대답하여 이르되,

"소녀가 비록 큰 재주 없사오나 성은이 망극하와 어찌 물불이라도 피하리이까?"

호제 가로되,

"조선으로 나아가 신인(神人)의 머리를 베어 온다면 그대 이름을 천추(千秋)에 남기게 되리라."

하니 기홍대가 아뢰기를,

"소녀가 비록 보잘 것이 없사오나 충성을 다하여 조선으로 나아가 신인의 머리를 베어 전하의 근심을 만분지 일이라도 덜어 드리겠나이다."

하고 곧장 하직 인사 올리고 물러나오니 귀비가 홍대를 불러 가로되,

"조선에 나아가면 언어가 익숙치 못할 것이니……"

하고는 조선말과 조선 풍속을 상세히 가르친 후에, 또 일러 말하기를,

"조선 땅에 나아가면 자연히 신인(神人)이 누구인지를 알게 될 것이니 문답을 여차여차 두 번을 하고 꼭 재주를 아껴 조심하여

머리를 베어가지고 돌아오는 길에 의주(義州)로 들려 임경업의
머리마저 베어 가지고 돌아오도록 하라. 부디 몸 조심하고 큰
일을 그르치지 않도록 하라."
하므로 기홍대는 명령을 듣고 나와 행장을 준비해 가지고 호국을
떠나 곧장 조선 나라 서울에 도달하여 들어갔다.

이때, 박씨가 홀로 피화당에 있었는데 문득 천문(天文)을 보고는
크게 놀라 승상(丞相)을 뵈옵고 당부하여 가로되,

"모월 모일에 계집 하나가 집에 들어와 답변을 여차여차하게 늘어
놓을 것이오니 조심하여 가까이 접대하지 마시고 이리이리 하여
피화당으로 안내하여 보내시오면 저와 더불어 할 말이 있나이다."
하므로 승상이 가로되,

"어떠한 여자길래 찾아온다고 하시오?"

부인이 대답하여 이르되,

"그것은 차후에 아실 것이오니 시끄럽게 입밖에 내지 말으시고
첩(妾)의 말대로 하시와 그르치지 마시옵소서. 그 계집은 얼굴이
아름답고 글씨가 달필이며 백 가지 자태를 감추고 있으므로 추호라
도 그 용모를 탐내시어 가까이 하신다면 큰 화를 면하지 못할 것이
오니 아무쪼록 그 간사한 꾀에 속지 마시옵고 피화당으로 오게
하소서."
하고는,

"그 동안 술을 빚어 담그시되 한 그릇은 쌀 두 말에 누룩 두 되를
넣어 빚고, 또 한 그릇은 순주(醇酒)를 빚어 두고 안주를 준비하여
놓았다가 그 날을 맞이 하오시면 첩의 말대로 여차여차 하시옵소
서."

부인의 말을 들은 승상은 한 편으로는 이상하게 여기고 있었다. 그런데 과연 그 날이 되니 한 여자가 집에 들어와 승상을 뵙고 문안 인사를 올리거늘, 승상이 그 용모를 자세히 살펴본즉 말대로 절대가 인이요 요조숙녀였다. 승상이 묻기를,

"어떤 여자이길래 감히 사랑채를 들어오느냐?"

그 여자가 대답하기를,

"소녀는 하향(遐鄉)에 살고 있사옵는데 마침 장안(長安)에 구경을 나왔다가 부끄러움을 무릅쓰고 상공께 이르렀나이다."

승상이 다시 묻기를,

"너가 태어난 곳은 어디이며, 성명은 무엇이라 하느냐?"

그 여자가 대답하되,

"소녀의 고향은 원래 강원도 회양(淮陽)이온데 어려서 일찍 부모를 여의옵고 정처없이 떠돌아 다니옵다가 우연하게 관비(官婢)가 되어 일하였사오나 성(姓)은 알지 못하옵고 이름은 설중매(雪中梅)라 하옵니다."

공이 그 여자의 행동거지를 보아하니 예사사람이 아닌고로 사랑(舍廊)에 오르라 하였다. 그 여자가 몸둘 바를 몰라 사양하다가 사랑으로 올라 자리를 잡고 앉으니 공이 지극히 사랑하여 문답이 오고 가니 그 여자의 문장과 언변이 청산유수와 같고 뜻이 넓은지라 승상이 마음 속으로 생각하되 '장안에 재상이 많기는 하지만 저 여자와 같은 문필과 언변을 감히 당할 사람이 없을 듯 하니 참으로 시골의 천한 기생이 되기는 아깝구나'하고, 감탄하며 사랑하다가 문득 부인이 신신당부하던 말을 기억하고는 의심스럽게 생각하여 다시 일러 말하되,

"지금 해가 서산으로 떨어지고 동쪽 산마루에 달이 떠올라 밤이 깊게 되었으니 뒷뜰 피화당에 들어가 편히 쉬도록 하라."

하니 설중매가 대답하되,

"소녀는 몸이 이미 천한 기생으로 사랑(舍廊)에 들어왔사온즉 사랑에서 머물러 대감을 모시고서 그 동안 그리웠던 심회를 밝히고 싶사옵니다."

승상이 이르되,

"나도 또한 마음이 하릴없어 적적함을 깨뜨리고자 하나 오늘밤은 국사(國事)에 매우 급한 일을 처리할 게 있고 관원(官員)들이 찾아올 것이니 너와 함께 밤을 지낼 수가 없구나."

그러자 그 여자가 대답하여 가로되,

"소녀처럼 이와같이 천박한 몸이 어찌 생심(生心)을 내어 부인을 모시고 하룻밤이라도 머무르리이까?"

승상이 이르되,

"너도 여자인데 부인과 함께 자는 것이 무슨 허물이 되겠느냐"

하며 계화를 불러 이르되,

"이 여자를 모시고 피화당으로 들어가 편히 쉬시도록 하라."

계화가 명을 받들어 곧장 그 여자를 데리고 피화당으로 들어가 사연을 고하자, 부인이 듣고 그 여자를 불러들여 자리를 내어 준 후 묻기를,

"그대는 어떤 사람이길래 나의 집을 찾아 왔느냐?"

여인이 대답하여 가로되,

"소녀는 시골 천기(賤妓)이옵는데 서울에 구경 왔었다가 외람되이 귀댁을 찾아 왔사오니 황공한 마음을 이기지 못하겠나이다."

부인이 가로되,

"그대의 차림새를 보니 보통 사람과는 달라 보이는데 어찌하여
헛되이 날자만 허비하고 내집을 부질없이 찾아왔느냐?"

하며 계화를 불러 이르기를,

"지금 손님이 왔으니 술과 안주를 들이라."

하니 계화가 명을 받고 나가더니 얼마 후에 미주성찬(美酒盛饌)을
준비하여 들여오고 독한 술과 순한 술을 구별하여 놓으니, 부인이
계화더러 술을 따르라고 이르자, 계화가 명을 받고 독한 술은 그 여인
에게 권하고 순한 술은 부인에게 드리었다. 그 여자가 지난 여정에
피곤하여 갈증이 심하던 차에 술을 두어 순배(巡杯)에 다 마시니
그 행동거지가 보통 사람과는 다르므로 그 술과 안주를 먹는 모습을
보고는 놀라지 않을 사람이 없었다.

과연 그 여자는 어찌될 것인가?

제8회

그 여자가 독한 술을 마음껏 마시고 어찌 견딜 것인가? 술이 몹시
취하여 말하되,

"소녀가 지나온 여정의 피로가 겹쳐 노곤하온 가운데 주시는 술을
많이 마시옵고 크게 취하였사오니 베개를 내어 주시옵기를 감히
청하옵니다."

부인이 대답하여 가로되,

"어찌 내 집에 찾아온 손님을 공경하여 모시지 않으리이까?"

하며 베개를 내어 주니 그 여자가 더욱 몸둘 바를 몰라 했다.

이때, 기홍대는 베개를 베고 누워 속으로 생각하기를, '귀비(貴妃)께 하직 인사 드릴 때에 말씀하시기를 우의정(右議政) 집을 먼저 찾아가 보면 자연히 알게 되리라고 하셨기로, 아까 이승상의 상(相)을 헤아려 본즉 다만 어질기만 할 뿐이요 별다른 재주는 없어 보여 별로 염려가 없더니, 부인의 행동거지와 기(氣)를 보니 비록 여자이지만 이마에 천지조화(天地造化)를 은은하게 감추고 가슴 속에 만고 흥망을 지녔으니 이 사람이 바로 신인(神人)이로구나. 만일 이 사람을 살려 둔다면 우리 임금이 어떻게 조선을 엿보리요? 그러므로 마땅히 조화(造化)와 묘계(妙計)를 세워 이 여자를 죽여 임금의 당면한 근심을 덜어드리고 아울러 나의 이름을 천추(千秋)에 길이 빛내리라'하고 생각하며 마음 속으로 크게 즐거워 하였더니, 술이 취하는지라 부인께 또 부탁하여 가로되,

"황송하오나 잠을 자기를 청하옵나이다."

부인이 허락하자 기홍대가 침상에 눕더니 잠이 들므로, 부인이 그 여자가 잠이 드는 것을 지켜보니 오히려 한 쪽 눈을 뜨고 있는지라 괴이하게 여겼더니 얼마 후에 또 한 쪽 눈마저 뜨는 게 아닌가? 그러자 두 눈에서 불덩이가 튀어나와 방안을 돌고 그 여자의 숨결에 방문이 열치락 닫치락 하여 사람의 정신을 어지럽게 만드니, 비록 여자이지만 천하의 명장(名將)이었으니, 어찌 놀라운 일이 아닐손가? 부인이 또한 자는 척 하다가 슬며시 일어나서 그 여자의 행장(行裝)을 열어본즉 별다른 물건은 없었으나 조그마한 칼 하나가 있기로 이상한 생각이 들어 자세히 살펴보니 빨간 글씨로 새겨져 있으되 '비연도(飛燕刀)'라고 씌여 있었다. 부인이 다시 그 칼을 만지려

하자 그 칼이 변하여 날으는 제비처럼 천정으로 치솟아 오르며 부인을 해치려 하고 자주 범하므로, 부인이 급하게 한 가지 진언(眞言)을 외우니 그 칼이 더이상 변화하지 못하고 멀리 떨어져 내리는지라 부인이 그때서야 칼을 집어 들고 크게 소리 지르니 그 소리가 벽력같은지라 홍대가 깊은 잠에 빠졌다가 그만 뇌성같은 소리에 정신이 얼떨떨한 가운데서도 잠을 깨어 일어나 앉았다. 그러자 부인이 비연도를 들고 소리를 높여 꾸짖어 이르되,

"무지하고 간교한 계집, 너는 바로 호국(胡國)의 기홍대가 아니더냐?"

하는 소리가 너무나 웅장하여 마치 종과 북을 울리는 듯하여 그 소리에 놀란 기홍대는 간담이 서늘하여 어찌할 줄을 모르다가 겨우 정신을 차려 고개를 들고 살펴보니, 부인이 칼을 들고 앉아서 소리를 지르는 그 위엄이 한(漢)나라의 유방(劉邦)과 초(楚)나라의 항우(項羽)가 천하(天下)를 다투던 8년 시절의 홍문연(鴻門宴)에 번쾌(樊噲)가 장(帳) 안에 뛰어들어 머리끝이 위로 치솟고 눈초리가 찢어지는 듯이 노려보던 그 위엄 같아서, 감히 말대꾸를 못하고 앉아 있다가 가까스로 정신을 모아 아뢰기를,

"부인께옵서는 어찌하여 그토록 자세하게 알으시나이까? 소녀는 과연 호국의 기홍대이옵니다. 이처럼 엄숙하게 물으시온즉 어쩐 연고(緣故)인지를 모르겠사옵니다."

부인이 눈을 부릅뜨고 화가 난 목소리로 크게 꾸짖어 말하기를,

"너는 한낱 자객으로 개와 같은 호제(胡帝)를 도와 그의 말을 듣고 오륜(五倫) 예의지절(禮義之節)이 당당한 조선국을 해치고자 너같은 계집으로 간사한 꾀를 꾸며 예의(禮義)를 지키려하는 사람을

해치려고 하니 어찌 살기를 바랄 것이냐? 내가 비록 재주는 없으나
너와 같은 요물(妖物)의 간계에는 속지 아니할 것이니라."
하며 성난 기세가 충천하여 곧장 비연도를 들고 기홍대를 겨냥하며
큰 소리로 외치기를,

"개같은 홍대야, 내 말을 듣거라. 너희 개같은 임금이 조선을 엿보
려 하고 있으나 아직 운수(運數)가 멀거늘 너같은 요물을 보내어
우리나라를 염탐하고자 하여 멀리 내집에 와서 감히 당돌하게도
나를 해하려고 재주를 부리다니 이는 도무지 너를 먼저 죽여 이
분을 만분지 일이라도 풀겠도다."

하고 비연도를 들고 비호같이 달려드니, 혼이 나간 기홍대가 황겁
(惶怯)한 중에도 속으로 생각하기를, 이러한 영웅을 만났으니 성사
(成事)는 둘째치고 도리어 앙갚음을 받아 목숨을 건지지 못하겠구나
싶어 다시금 애걸하여 가로되,

"황송무지로소이나 부인 앞에서 한 말씀을 어찌 속이오리까? 소녀
는 그 동안 잡술(雜術)을 배운 탓으로 시킴을 거역하지 못하여
이처럼 죄를 저질렀사오니 죄는 만번 죽어 마땅하오나 하늘이 밝으
시고 신(神)께서 도우시사 임금의 명령이 계셔 나왔다가 부인처럼
천하에 없는 영웅을 만났사오니 실오라기 같은 소녀의 명(命)이
한낱 부인의 칼끝에 달려 있사오니 부디 하늘 같으신 마음으로
은혜를 베푸소사 소녀의 남은 목숨을 살려 주시옵소서."

하며 손이 발이 되도록 빌어마지 아니하거늘, 부인이 크게 노하여
말하되,

"너희 임금은 참으로 금수(禽獸) 같구나. 우리나라를 이처럼 깔보
고 인재(人材)를 해치고자 하여 재주를 조롱하니 참으로 한이

되는구나. 어찌 살기를 바라는가?"

홍대가 끝없이 애걸하며 이르되,

"부인의 말씀을 듣고 보니 더욱 후회가 막급하여이다."

하고 사죄하기를 마지 아니 하므로, 박부인이 칼을 잠시 멈추고 분한 마음을 가라앉혀 이르되,

"나의 통분함과 너희 왕비의 괘씸한 소행을 생각하니 너를 먼저 죽여 화난 마음을 대강 가라앉히고 싶으나, 내 사람의 목숨을 해침이 옳은 일이 아니요 또한 너의 왕이 법도가 없어 지나친 뜻을 고치지 아니하므로 너를 잠시 살려 보내는 것이니 돌아가서 네 임금께 나의 말을 그대로 전감하라. 조선이 비록 나라는 작으나 인재(人材)로 말할 것 같으면 영웅호걸과 천하명장이 모두 무리 가운데 있고 나같은 사람은 차(車)에 싣고 말(斗)로 될 정도로 많으므로 그 수를 헤아리지 못하노라. 너희 왕비의 말을 믿고 너를 인재로 뽑아 보내었으니 조선에 들어와 진짜 영웅호걸을 만나기 전에 나같은 사람을 만났기에 살아 돌아가는 것이니 임금에게 그대로 전하여 앞으로는 엉뚱한 생각을 갖지 말고 하늘의 명을 순리대로 지키게 하라. 만일 그렇지 않으면 내 비록 재주는 없지만 영웅호걸과 천하명장을 모으고 군사를 만들어 너희 나라를 쳐들어 간다면 죄없는 너희 군사와 불쌍한 백성이 씨도 없이 죽게 될 것인즉 부디 하늘의 명을 거역하지 말고 따르도록 하게 하라."

하고 스스로 탄식하며 말하기를,

"이것은 도무지 국운(國運)이 불행한 탓이거늘, 그 누구를 원망하랴?"

하며 하늘을 우러러 탄식하므로, 기홍대가 그 모습을 보고 일어나

사례하며 말하기를,

"신명(神明)하옵신 덕택을 힘입어 죽을 목숨을 건졌으니 그저
감격무지(感激無地)로소이다."

하며 도리어 부끄러움을 머금고 하직 인사를 하고 나와 속으로 생각
하되, '큰 일을 이루고자 만 리(萬里)를 지척(咫尺)인 양 왔다가 성사
(成事)는 커녕 비밀이 탄로나서 하마터면 목숨도 보전하지 못할 뻔
하였구나. 돌아가는 길에 임경업을 만나 시험해 보고자 하였으나
어찌 성공할 수 있으랴? 그냥 돌아감만 같지 못하리라'하고 자기
나라로 곧장 돌아갔다.

이때, 이승상과 노복들이 이 모양을 보고 크게 죄송스럽게 여겨
부인의 신명함을 탄복하였다.

다음 날 승상이 대궐에 들어가 그 연고(緣故)를 소상히 아뢰올진
대, 상감과 만조백관(滿朝百官)들이 이 말을 듣고 크게 놀라 창백하
여지는지라 상감이 곧장 임경업에게 밀지(密旨)를 보내어 '호국의
기홍대라고 하는 계집을 우리 나라에 보내어 여차여차한 일이 있으니
그와 같은 계집이 혹시 찾아가서 달래거나 꾀이는 일이 있을 시는
각별히 조심하여 미리 방비하도록 하라'하시고 박씨의 헤아릴 수
없는 기략(機略)과 신묘한 꾀를 탄복해 마지 않으며 칭찬이 자자하시
고 박씨에게 충렬부인(忠烈夫人)의 사령서(辭令書)를 내리시고 아울
러 일품록(一品祿)을 사급(賜給)하시었다. 상감이 또한 우의정 이시
백에게 하교(下教)하여 이르시기를,

"만일 경의 부인이 아니었다면 환난을 면하지 못할 뻔 하였도다.
흉악무도한 도둑이 우리 나라를 넘보고자 하여 이와같이 한 일이니
어찌 분하지 않으리오? 앞으로 도적들의 변화를 알아 소상히 알리

도록 하라."

하시고는 온갖 비단을 상(賞)으로 하사하시었다.

제9회

기홍대가 본국으로 돌아가 호제(胡帝)에게 돌아왔음을 아뢰니 호제가 물어 가로되,

"이번에 조선에 나아간 일은 어찌 되었느냐?"

기홍대가 아뢰기를,

"소녀가 이번에 명을 받들어 큰 일을 치루기 위하여 만리 타국에 갔었사오나 성사(成事)는 고사하고 만고에 대적할 사람이 없는 영웅 박씨를 만나 목숨을 건지지 못하고 고국에도 돌아오지 못한 채 다른 나라의 원혼(冤魂)이 되었을텐데 소녀가 손이 발이 되도록 애걸하여 빌었더니 오히려 용서하여 살려 보내오며 이르기를, 폐하에게 욕(辱)이 되오며 도리어 엉뚱한 뜻을 가졌으니 또한 금수(禽獸)로 불리워져, 언변이 정직하며 깊이 나무라더이다."

하고 그 동안 지내온 일들을 아뢰니 호제가 크게 노하여 말하되,

"너 따위가 부질없이 나아가 성사(成事)는 고사하고 묘책만 일러 주고 왔으니 어찌 분하지 않겠느냐?"

하고 또한 귀비를 불러 말하되,

"이제 기홍대가 조선에 들어가서 신인과 명장을 살해하지 못하고 짐에게 욕만 미치게 하였으니 어찌 분하지 아니하며, 조선을 넘보지 못하게 되었으니 이 분한 마음을 어디 가서 풀 것인가."

하므로, 귀비가 또 아뢰되,

"또 한 가지 묘책이 있사오니 원하옵건대 그대로 행하여 보시오소서."

호제가 말하되,

"무슨 묘책이 있느냐?"

귀비가 아뢰되,

"조선국에 비록 신인과 명장이 있다 하오나 또한 간신이 있삽기로 신인(神人)의 말을 듣지 아니하며, 명장을 쓸 줄을 모르오니 폐하가 군사를 이끌어 조선을 치시되, 남쪽으로 육로(陸路)에 나아가 치시지 말고 동쪽으로 백두산을 넘어 조선 함경도를 거쳐 장안 동문으로 쳐들어 가시면 미처 막지 못하여 함락하시기 쉬울 것이옵니다."

호제가 듣고 크게 기뻐하여 즉시 한유와 용울대에게 명하여,

"군사 십 만을 불러모아 귀비의 지휘대로 행군하되 동쪽으로 백두산을 넘어 곧장 조선의 북로(北路)로 내려가 장안의 동문(東門)으로 쳐들어가 여차여차 하라."

귀비가 또 이르되,

"그대는 행군하여 조선에 들어가는 즉시 날쌘 군사를 의주(義州)와 경성 장안으로 통하는 길목에 배치시켜 소식이 전달되지 못하도록 하고 아울러 장안에 들어가거든 우의정 집 뒷뜰을 침범하지 말라. 그 집 집뜰에는 피화당이 있고 뒷뜰 초당 앞뒤 좌우에는 신기한 나무가 울창할 것인즉, 만약에 그 집 뒷뜰에 들어간다면 성공은 커녕 목숨을 보전하지 못하여 본국에 돌아오지도 못할 것이니 부디 명심하여 유의하도록 하라."

　두 장군이 시킴을 듣고 십만 대군을 이끌어 동쪽으로 행군하여 동해로 건너 곧장 장안으로 향하려고 백두산을 넘어 함경도 북로(北路)로 내려오면서 봉화(烽火)를 끊고 물밀 듯 쳐들어오니 수천리 떨어진 서울에서는 아무도 아는 이가 없었다.

　이 때에, 충렬부인(忠烈夫人)이 피화당에 앉아 있다가 문득 천기(天機)를 보고는 크게 놀라 황급히 상공을 청하여 이르되,

　"북쪽 도적이 쳐들어 내려와 조선 땅으로 들어오고 있사오니 의주부윤(義州府尹) 임경업을 조속히 부르시어 군사를 합하여 동(東)으로 쳐들어오는 도적을 막아내게 하소서."

　승상이 크게 놀라 말하기를,

　"나의 생각으로는 우리 나라에 도적이 침입하여 온다 하더라도 그것은 북쪽의 도적일진대 의주(義州)로부터 침범할 것인데, 만약 의주부윤을 불러 온다면 북쪽을 비워 두었다가 호적이 북쪽을 빼앗으면 무엇보다 위태하거늘 부인께서는 무슨 연유로 염려하지 아니하고 동쪽을 막으라 하시오?"

　부인이 가로되,

　"호적이 원래 간교가 많사와 북으로 침입해 오면 임장군이 있기에 이를 두려워 하여 의주는 감히 쳐들어 오지 못하고 백두산을 넘어 북로를 쫓아 동대문을 부수고 들어와 장안을 쑥밭으로 만들 것이오니 어찌 분하지 않으오리이까? 첩의 말을 헛되게 듣지 마시옵고 급히 상감께 아뢰어 막아내도록 하시옵소서."

　승상이 듣고 난 후에 크게 깨달은 바 있어 급히 궐내로 들어가 부인이 일러준 대로 낱낱이 아뢰이니, 상감께서 들으시고 크게 놀라시며 만조백관을 모아 의논하시는데, 좌의정 원두표(元斗杓)가 아뢰

기를,

　"북적이 꾀가 많사오니 의주부윤 임경업을 불러들여 동쪽으로
오는 도적을 막아내게 함이 옳은 일인 줄로 아뢰오."

　의견이 분분하여 자리에 있던 한 사람이 넌서 입을 열어 아뢰되,

　"좌의정의 아뢰이시는 말씀은 지극히 불가하온 줄로 아옵니다.
북적이 경업에게 패하였사온데 무슨 힘이 있어 우리 나라를 넘보
며, 군사를 일으킨다 하더라도 반드시 의주를 거쳐 들어올 것인
즉 만약에 의주를 비워두고 경업을 불러 동쪽을 지키게 하오시면
도적이 의주를 엄습할 것이오니 가장 위태로울 것이라, 국가 존망
이 순간에 있삽거늘 어찌 요망한 계집의 말을 들어 망녕되이 동쪽
을 막으라 하오시니 어찌 신명(神明)과 지혜 있다 하오리이까?
이는 반드시 나라를 해치고자 함이오니 부디 살피소서."

　상감이 말하기를,

　"박씨의 신명함이 사람의 지혜를 초월하는지라 짐이 이미 겪어
본 적이 있거늘 어이 요망하다 하겠는가? 그 말을 따라 동쪽을
방비함이 가한 줄로 아도다."

하니, 그 사람이 대답하여 아뢰되,

　"지금 시절이 화평(和平)하여 풍년이 들고 국태민안(國泰民安)
하여 백성들이 격양가를 부르고 있사온데 이같은 태평세계에 요망
한 계집의 말을 꺼내어 나라를 놀라 움직이게 하는 것은 곧 민심을
어지럽게 하는 것이오니 폐하께옵서는 이러한 요망한 말씀을 들으
사 깊이 근심하신 나머지 나랏일을 살피지 아니하시오니 신(臣)
은 원하옵건대 이 요망한 사람을 먼저 국법(國法)으로 다스려
민심을 수습하도록 하시옵소서."

하며 왕명을 한사코 막으니, 모두가 바라보니 이는 다른 사람이 아닌 바로 영의정(領議政) 김자점(金自點)이었다. 소인(小人)을 가까이하고 군자(君子)를 멀리하여 나랏일을 제 마음 내키는 대로 하는지라 이와같은 소인(小人)이 나라를 망하게 하려 하니 조정에 모인 모든 신하들이 그 권세를 두려워하여 말을 못하고 있었다. 공이 이에 대들지 못하여 분한 마음을 이기지 못한 채 집으로 돌아와 부인에게 자초지종을 상세히 이야기하니, 부인이 듣고는 하늘을 우러러 탄식하며 말하기를,

"슬프오이다. 국운(國運)이 불행하여 이와같은 소인배를 인재라 하여 조정에 들였다가 나라를 망하게 하니 어찌 비통하지 않으리요? 머지않아 도적이 장안으로 쳐들어올 것이니 신하된 도리로서 나라가 망하는 꼴을 차마 어찌 보고 있으리요? 상공께옵서는 비간(比干)의 충성을 효칙(效則)하시어 사직(社稷)을 지키시옵소서."

하고 큰 소리로 통곡하니, 공이 듣고 난 후에 의분이 복받쳐 올라와 슬퍼하고 한탄하는 마음을 이기지 못하여 하늘을 우러러 탄식하고 대궐로 들어가니 이 때는 바야흐로 병자년(丙子年) 섣달 그믐날이었다. 호적(胡賊)이 동대문을 부수고 파도처럼 밀려들어 오니 함성이 천지를 진동하는지라, 백성들의 참혹한 모습은 글로써 기록하기 어려울 정도였다. 적장(賊將)이 군사들을 호령하여 닥치는대로 잡아 죽이니 그 주검이 태산(泰山) 같고 그 피가 흘러 내(川)가 되었다.

상감이 이 때를 맞이하여 황황(遑遑)하기 그지없어 어찌할 줄 모르사 모든 신하들을 모아놓고 의논하여 가로되,

"이제 도적이 성 안에 가득하여 백성을 마구 죽이니 나라가 위태함이 눈 앞에 있는지라 앞으로 어찌하면 좋을꼬?"

하시며 하늘을 우러러 탄식하시니, 우의정(右議政) 이시백이 아뢰되,

"이제는 사태가 급하오니 남한산성(南漢山城)으로 파천(播遷)하시는 것이 좋을 줄로 아옵니다."

상감이 옳게 여기시사 곧장 옥가마를 타시고 남문(南門)으로 빠져 나와 남한산성으로 나아가시는데, 앞쪽으로 한 줄기 군사가 달려와 좌충우돌(左衝右突)하므로 상감이 크게 놀라 가로되,

"이 적(賊)을 어느 누가 물리치리요?"

하시니 우의정(右議政)이 말을 내몰아 가로되,

"신이 이 적을 무찌르겠나이다."

하고 창(槍)을 빼어들고 말을 달려 일격에 무찌르고 임금이 타신 옥가마를 모셔 남한산성으로 들어갔다.

이때, 호나라 장수 한유와 용울대는 십만 대군을 이끌고 곧장 장안을 빼앗아 들어와 대궐로 들어가니 대궐이 모두 텅 비었는지라 남한산성으로 파천한 줄을 알고, 아우 용골대(龍骨大)로 하여금 장안을 장악하여 여러 가지 물건과 미인(美人)을 모아 들이도록 한 후 군사 천여 명을 남겨두고, 나머지 군사를 이끌고 남한산성으로 달려가 성을 에워싸고 부딪히는지라 여러 날 동안 임금과 신하가 성 안에 갇히어 위태로움이 조석(朝夕)에 있었다.

이때, 충렬부인 박씨는 일가친척을 피화당(避禍堂)으로 모아 지내게 하였는데, 전란(戰亂)을 당하여 피난하던 부인들이 용골대가 장안에서 갖가지의 물건과 미인을 수탐(搜探)한다는 말을 듣고는 모두 도망치려 하므로, 부인이 그 행동을 보고는 모든 부인을 위로하여 가로되,

"이제는 도적이 곳곳에 있사오니 부질없이 왔다갔다 하지 마시옵
  소서."
하니 모든 부인들이 반신반의(半信半疑)하였다. 이때 호장(胡將)
용골대가 군사 백여 명을 이끌고 장안 곳곳을 다니며 수색하더니
한 집을 발견하여 바라보니 깨끗한 초당이 있고 앞뒤 좌우에 수목
(樹木)이 울창한 가운데 수많은 여자들이 있는지라, 용골대가 좌우를
살펴보니 나무마다 용과 범이 되어 서로 수미(首眉)를 맞대며 가지
마다 새와 뱀이 되어 변화가 무쌍하고 살기(殺氣)가 하늘을 찌르고
있었다. 그러나 용골대는 부인의 신명함을 모르고 피화당에 있는
재물과 여자들을 겁취(劫取)하고자 급히 들어서니 맑았던 날씨가
갑자기 검은 구름이 일어나며 번개와 벼락이 천지를 진동하더니 울창
한 수목이 변하여 무수한 갑병(甲兵)이 되어 점점 둘러싸고 가지와
잎은 창검이 되어 사람의 마음을 놀라게 하는지라 용골대는 그 때에
야 그곳이 우의정 이시백의 집인 줄을 알고는 크게 놀라 도망치고자
하는데 갑자기 피화당이 변화하여 첩첩산중이 되었다.

제10회

용골대는 더욱 정신이 아찔하여 어찌할 줄 모르는데, 문득 한 여자
가 칼을 들고 표연히 나서며 크게 외치기를,
  "어떠한 도적이길래 죽기를 재촉하느냐?"
  용골대가 대답하여 가로되,
  "어느 댁이신지 모르고 들어왔사오나 덕택을 입고 살아 돌아가기

를 바라옵나이다."

계화가 또 일러 가로되,

"나는 이 댁 시비(侍婢) 계화라 하는데 너는 어떤 놈이길래 죽을 곳을 모르고 적은 힘을 믿고 당돌하게 들어왔느냐? 우리 댁 부인께옵서 너의 머리를 베어 오라 하시옵기에 이처럼 나와 너의 머리를 베어 가고자 하니 어서 내 칼을 받으라."

하는 소리 천둥처럼 진동하는지라 호국 장수가 이때 이 말을 듣고 크게 노하여 칼을 뽑아들고 계화를 치려 하니 칼든 손이 맥(脈)이 없어 손으로 남을 칠 수가 없으므로 마음에 놀라 하늘을 우러러 탄식하기를,

"슬프구나, 사내 대장부가 세상에 벼슬하여 한 나라의 장수로 만리 타국에 나와 공(功)을 세우지 못하고 가냘픈 여자의 손에 죽게 될 줄을 어이 알았으랴?"

하고 탄식함을 금치 아니하니, 계화가 크게 웃으면서 가로되,

"무지한 적장놈아, 불쌍하고 가긍(可矜)하구나. 대장부로 태어나서 타국에 나왔다가 오늘날 나처럼 연약한 여자 하나 당하지 못하고 탄식만 하니 너 따위가 어찌 한 나라의 대장이 되어 타국을 침략하려 나왔는가? 너는 내 말을 한 번 들어 보라. 법도가 없는 너희 임금이 하늘의 뜻을 모르고 가당찮게 예의지국(禮儀之國)을 침해하려 하고 너처럼 아직 젖비린내가 나는 조무래기를 보내었으니 네 임금의 지모를 생각해 보니 참으로 우습고 너의 신세를 생각하니 불쌍하고 가련하나 내 칼을 받아라. 내 칼이 정머리(人情이나 事情)가 없어 용서하지 못하고 네 머리를 벨 것이니 무식한 필부(匹夫) 놈일망정 하늘의 뜻을 거역하지 말고 죽은 후에 혼백이라

　도 나를 원망하지 말라."

하고 칼을 휘둘러 호국 장수의 머리를 내리치니 금빛을 내며 말(馬) 아래로 떨어졌다. 계화가 적장의 머리를 베어 들고 피화당으로 들어가 부인께 드리니, 부인께서 그 머리를 받아 밖으로 내던질 제 그제서야 바람과 구름이 그치고 밝은 달이 은은하게 비치는지라 호국 장수의 머리를 다시 가져다가 뒷뜰 높은 나무 끝에 내딜아 두고 다른 사람이 보게 하였다.

　한편, 상감이 남한산성으로 떠나신 후 호적(胡賊)이 노도처럼 밀려들어와 만조백관들을 산(生) 채로 가두어 놓고 호령이 서릿발 같은지라 나라 운(運)이 불행하여 이토록 되었으니 영의정 최명길(崔鳴吉)이 아뢰기를,

　"이제는 호국과 강화(講和)하심이 좋을 줄로 아옵니다."

하므로 상감이 하늘을 우러러 탄식하시고는 글월을 띄워 호국 진영으로 보내시니, 호적(胡賊)이 곧장 들어가 왕비와 세자대군(世子大君) 삼 형제와 비빈(妃嬪)을 모두 산 채로 가두어 군사를 시켜 죄인취급하되 장안으로 떠나니, 상감이 그 행함을 보고는 더욱 애통해 하시거늘 모든 신하가 또한 하늘을 우러러 보며 탄식하여 위로하기를,

　"전하의 옥체 보전하시옵기를 천만축수(千萬祝手)하옵나이다"

하며 김자점(金自點)의 고기를 먹기를 원하되, '이와같이 불행하게 됨은 하늘의 명(命)이려니와 만고의 소인배 김자점이 적세(賊勢)를 도와 나라를 망하게 하였으니 이 어찌 슬픈 일이 아닌가?'하며, 모든 백성이 한결같이 자점(自點)의 고기를 원하였다.

　용울대가 강화(講和)를 받아 가지고 장안으로 행군하여 들어가니 순라 돌던 초병(哨兵)이 보고하되,

"용자군께옵서 여자의 손에 죽었나이다."

하므로 용골대의 형이 이 말을 듣고 크게 놀라 통곡하며 말하기를,

"내가 이미 조선왕의 강화를 받고 왔거늘 어느 누가 감히 내 아우를 죽였단 말이냐"

하며,

"앙갚음하는 것은 내 손 안에 있으니 어서 들어가자."

하고, 군사를 재촉하여 호령함이 서릿발같이 하여 우의정 집에 도착하여 바라보니 뒷뜰 초당 앞의 나무 위에 골대(骨大)의 머리가 매달려 있는지라 골대의 머리를 본 울대는 더욱 통분함을 참을 수 없어 칼을 뽑아 들고 말을 몰아 들어가고자 하는데, 도원수(都元師) 한유가 피화당의 울창한 나무를 보고는 크게 놀라 울대를 말려 이르되,

"용장군은 잠시 분한 마음을 가라앉혀 나의 말을 듣고 들어가지 말라. 초당에 있는 나무를 보아하니 보통 나무가 아닌지라 옛날 제갈공명의 팔문금사진법(八門金蛇陣法)을 함께 갖추었으니 어찌 두렵지 않을손가? 용장군의 아우는 원래 위험한 계략이나 험한 땅(險地)를 모르고 남을 업수히 여긴 나머지 목숨을 재촉하였으니 그 누구를 원망할 것인가? 용장군은 옛날 삼국시절(三國時節) 오(吳)나라 명장이었던 육손(陸遜)이 어복포에서 제갈량의 팔진도(八陣道)에 들어가 고생하였던 것을 생각하여 험지를 알지 못하고 들어가지 말라."

용울대는 분함이 하늘 끝까지 치솟아 올라 칼을 들고는 땅을 두드리며 하늘을 우러러 탄식하여 말하되,

"그러하옵시면 골대의 원수를 어떻게 갚으오리까? 만리 타국 땅에 우리 형제 함께 나왔다가 대사를 이룬 후에 분연(憤然)히

동생만을 죽이고 앙갚음을 못하오면 한 나라의 장수로서 한낱 여자에게 굴복하는 것이오라 이는 차마 불가(不可)하옵니다. 어찌 후세의 웃음거리를 면하오리이까?"

한유가 대답하여 가로되,

"용장군, 그대는 잠시의 분함을 참지 못하여 한갓 용맹만을 믿고 저와같은 험지(險地)에 들어갔다가는 앙갚음 하기는 커녕 도리어 목숨을 보전하기 어려울 것이니 잠깐 마음을 가라앉혀 그 신묘한 재주를 살펴보는 것이 좋을 것이로다. 비록 억만대군(億萬大軍)을 이끌어 쳐들어간다 하더라도 그 안에서는 감히 도모(圖謀)하지 못하고 또한 군사는 한 명도 살려오지 못할 것인즉 하물며 단신(單身)으로 뛰어들고자 하니 어찌 살아오기를 바랄 수 있으리요?"

용울대가 그 말을 듣고는 옳게 여겨 차마 들어가지는 못하고 한꺼번에 불을 놓으라 하니 군사들이 명을 듣고 일시에 불을 놓으니, 오색구름이 자욱한 가운데 나무가 변하여 수많은 장병(將兵)이 되어 징소리 북소리와 억만 대군의 함성이 하늘과 땅을 진동하며 수를 헤아릴 수 없을 만큼 많은 비룡(飛龍)과 맹호(猛虎)가 서로 맞대고 바람과 구름이 크게 일어나며 앞뒤 좌우로 겹겹이 에워싸며 공중에서 신장(神將)들이 갑옷과 방패를 갖추어 장창대검(長槍大劍)을 들고 내려와서 수 많은 신병(神兵)을 이끌어 닥치는 대로 죽이니 징소리 북소리와 억만 대군의 함성이 하늘과 땅을 무너뜨리는 듯하여 그 웅장한 호령(號令) 소리에 호국 병사들이 혼(魂)을 잃어 대오(隊伍)를 차리지 못한 채 서로 밟히어 죽는 자가 그 수효를 헤아릴 수 없었다. 호국 장수가 정신 못차리고 후퇴하니 살벌한 소리가 그치고 신장(神將)이 간곳 없는지라 호국 장수 등이 그 모양을 보고 더욱 분한 마음을 참지 못하여 다시 칼을 뽑아들고 지체없이 뛰어들어 가고자 하니 푸르고 맑던 날씨가 일순간에 안개가 자욱하여 눈앞을 분간치 못하게 되므로 용울대는 감히 들어가지를 못하고 골대의 머리만 쳐다보며 하늘을 우러러 탄식할 때에 갑자기 나무 사이에서 한 명의 여자가 선연하게 나오며,

"이 무지한 용울대 녀석아, 네 동생 골대가 내 칼에 놀란 혼백이 되었거늘 너마저 내 칼에 죽고 싶어 신명(身命)을 재촉하느냐?"

울대가 이 말을 듣고는 더욱 격분하여 크게 꾸짖어 말하되,

"너는 도대체 어떠한 여자이길래 장부(丈夫)를 보고 요망스런 말을 하는가? 나의 아우가 불행하여 네 손에 죽었지만 나는 이미 조선왕의 항셔(降書)를 받았거니 이제는 너희도 우리 호국의 신민(臣民)인데, 어이하여 우리를 해치려 하느냐? 이는 소위 나라를 알지 못하는 여자로구나. 참으로 살려서는 쓸 곳이 없으니 어서 나와 나의 칼을 받고 죄를 뉘우치라."

하므로 계화는 이 말을 들은 척도 하지 않고 골대의 머리만 자꾸 욕질하여 가르키고 말하되,

"나로 말할 것 같으면 충렬부인(忠烈夫人) 시비 계화(桂花)라 하는데 너의 일을 생각하니 참으로 불쌍하고 가련하구나. 네 동생 골대는 나와 같은 한낱 여자의 손에 죽고 너는 또한 나를 당하지 못하고 저다지도 분한(憤恨)함을 참지 못하니 이 어찌 가련하다 아니하겠느냐?"

울대는 더욱 분한 마음이 크게 일어나 철(鐵)로 만든 활에 짧은 화살을 꽂아 쏘니 계화는 맞지 않고 육칠걸음(六七步) 앞에 가서 땅에 떨어지는지라 울대는 더욱 분함을 이기지 못하여 군사들에게

명령하여 활을 쏘라 하니 군사가 명을 듣고 쏘는데 하나도 맞지 않는지라 울대는 화살만 허비하고 가슴이 막혀 어찌할 줄 모르는 가운데 그 신묘함을 탄복하면서 또한 분한 마음을 참지 못한 채 김자점(金自點)을 불러 말하기를,

"너희들도 이제는 우리 호국의 신민(臣民)인데, 서둘러 도성(都城) 군사를 모아 저 초당의 팔진도(八陣圖)를 부수고 박씨와 계화를 생포하여 들이라. 만일 그렇게 하지 않으면 군법(軍法)으로 다스리리라."

하며 호령이 엄숙하므로 김자점이 몸둘 바를 몰라하며 대답하여 가로되,

"어찌 장군의 명령을 어기오리이까?"

하며, 공포(空砲) 일발(一發)을 쏘아 군사를 호령하여 팔문진(八門陣)을 포위하고 좌충우돌 하였으나 어찌 능히 팔문진(八門陣)을 부술 수가 있으리오? 그때 용울대가 한 가지 꾀를 생각해 내고는 군사에게 명령하여 팔문진 사방에 화약(火藥)과 염초(焰硝)를 묻고 크게 호령하여 말하되,

"너희들이 제아무리 천변지술(千變之術)이 능(能)하다 한들 오늘에야 어찌 살기를 바랄 것인가? 목숨이 아깝거든 어서 나와 항복하라!"

하며 무수히 꾸짖어 욕을 하였으나 한 사람도 대답하지 아니하였다.

제11회

울대가 군사들에게 명령하여 한꺼번에 불을 지르니 화약(火藥)
이 폭발하는 소리가 산천이 무너지는 듯하고 불이 사방으로 치솟으며
불빛이 하늘과 맞닿으니, 부인이 계화를 시켜 부적을 던진 후, 왼
손에 홍화선(紅花扇)을 들고 오른손에는 백화선(白花扇)을 들고
오색(五色) 실을 매달아 화염(火焰) 속으로 던져 넣으니 갑자기
피화당에서 큰 바람이 일어나며 도리어 호국 군사 진영 속으로 불길
이 내달으며 호국 군사가 불빛 속에 들어 하늘과 땅을 분별하지 못하
며 불길에 타 죽는 사람이 이루 헤아릴 수 없었다. 울대가 크게 놀라
급히 후퇴하며 하늘을 우러러 탄식하여 말하되,

"군사를 일으켜 조선에 나온 후 군사 중에 피 흘린 사람이 없고
공포(空砲) 일발(一發)에 조선을 점령하고 여기에 와서 여자를
만나 불쌍한 아우를 죽이고 무슨 낯으로 임금과 귀비를 뵈올 것인
가?"

통곡하기를 그치지 않거늘, 모든 장수들이 좋은 말로 위로하며 의
논 하여 가로되,

"아무래도 그 여자에게 앙갚음을 할 수는 없을 것 같사오니 군사를
후퇴시키는 것만 같지 못하도다."

하고는 왕비와 세자 대군과 장안의 값진 물건과 미인(美人)들을 모두
거두어 서울을 떠나니 백성들의 울음 소리가 산천(山川)을 움직이는
것 같았다.

이때, 부인이 계화를 시켜 적진(賊陣)을 보고 크게 외쳐 말하기
를,

"무지한 오랑캐놈들아, 나의 말을 들어보라. 너희 왕은 우리를
몰라보고 너희같은 젖비린내 나는 놈들을 보내어 조선을 침략하니

국운이 불행하여 어쩔 수 없이 패망하였거니와 무슨 이유로 우리
나라 인물을 거두어 가려고 하느냐? 만일 왕비를 모셔갈 생각을
한다면 너희들을 모두 몰사(沒死) 시킬 것이니 목숨을 살펴보라."
하므로 호국 장수가 이 말을 듣고는 웃으며 말하기를,
"너의 말이 가장 만만하도다. 우리는 이미 조선왕의 항서(降書)
를 받았으므로 데려가고 안데려가는 것은 우리 손 안에 달려 있으
니 그 따위 말은 궁색스럽게 하지 말라."
하며 능욕(凌辱)이 무수하므로 계화가 다시 일러 말하기를,
"너희들이 한결같이 마음을 고쳐 먹지 아니할진대, 어디 나의 재주
한 번 구경해 보라."
하고 말한 후에 무슨 진언(眞言)을 외우니, 갑자기 공중에서 두줄의
무지개가 일어나며 우박이 덩어리로 쏟아지며 눈 깜짝할 사이에 폭풍
우와 눈보라가 휘날리고 얼음이 얼어 호진(胡陣)의 장졸(將卒)이며
말굽 등이 얼음에 붙어 떨어지지 아니하므로 한 치도 움직일 수 없는
지라 호국 장수가 그제서야 깨닫고 말하기를,
"처음에 귀비께서 분부하시되 조선에 신인(神人)이 있을 것인
즉 부디 우의정 이시백의 집 뒷뜰을 침범하지 말라고 하셨거늘,
우리가 일찍 깨닫지 못하고 또한 일순간의 분함을 생각하여 귀비의
당부를 잊고 이곳에 와서 오히려 앙갚음을 받아 십만 대군을 다
죽일 뿐만 아니라 골대(骨大)도 죄없이 죽고 무슨 낯으로 귀비를
뵈올 것인가? 우리가 이와 같은 일을 당하였으니 차라리 부인에게
사죄하는 것만 못하리다."
하고 호국 장수 등이 갑옷(甲衣)을 벗어 말 안장(鞍裝)에 걸고 손을
묶어 팔문진 앞에 나아가 땅에 엎드려 죄를 청하여 빌되,

"소장이 천하를 가로질러 조선까지 나왔으되 무릎 한 번 꿇어 본
적이 없었는데 이제 부인 뜰 아래에 무릎을 꿇고 비옵나이다."

하며 머리를 조아려 애걸하고 빌면서 말하되,

"왕비는 모셔가지 않을 것이온즉 길을 열어 소장(小將) 등이 돌아
가게 하여 주시옵소서."

하고 수없이 애걸하거늘, 부인이 그때서야 발(珠簾)을 걷고 나오며
크게 소리 질러 말하기를,

"너희들을 씨도 없이 몰살(沒殺)시키려 하였으나 내 사람을 죽이
기를 좋아하지 않으므로 이제 용서하노니 너희 말대로 왕비는 모셔
가지 말 것이며 너희들이 어쩔 수 없이 세자대군(世子大君)을
모셔 간다 하니 그것 역시 하늘의 뜻을 따라 거역하지 못할 것이려
니와 부디 조심하여 모셔 가도록 하라. 나는 가만히 앉아서도 다
알 수 있으니 그렇지 아니하면 내 신장(神將)과 갑병(甲兵)을
모아 너희들을 다 몰살시키고 나도 북경(北京)으로 들어가 너희
국왕(國王)을 사로잡아 분을 풀 뿐만 아니라 죄없는 백성마저
한 사람도 남김없이 모조리 죽일 것이니 내 말을 명심하고 거역하
지 말라."

하므로, 울대가 다시 애걸하여 말하기를,

"소장(小將)의 동생 골대의 머리를 내어 주시오면 부인의 덕택을
입어 고국으로 돌아가겠사옵니다."

부인이 크게 웃으며 말하기를,

"옛날 춘추전국(春秋戰國) 시대의 조양자(趙襄子)는 지백(知伯)
의 머리를 옻칠하여 그릇(飮器)을 만들어 예전의 원수를 갚았다
하니 나도 옛일을 생각하여 골대의 머리에 옻칠하여 남한산성에서

패한 분을 만분지 일이라도 풀까 하노라. 너의 정성은 지극하나 서로가 그 임금 섬기기는 한 가지라. 너가 아무리 애걸한다 하더라도 그것만은 못할 것이로다."

울대는 이 말을 듣고 분한 마음이 하늘 끝까지 올랐으나 골대의 머리만 보고 통곡할 뿐이요, 할 수 없이 하직하고 군(軍)을 이끌어 떠나려 하니 부인이 다시 이르기를,

"행군하여 돌아가되 의주(義州)로 들러서 임장군(林將軍)을 만나 보고 가라."

울대가 그 비계(祕計)를 알지 못하고 속으로 생각하되, '우리가 조선왕의 항서(降書)를 받았으니 서로 만나봄이 좋을 것이다'하고 는, 다시 하직하고 세자 대군과 장안 명물(名物)과 미인(美人)들을 데리고 의주로 가는데, 잡혀서 끌려가는 부인들이 하늘을 향하여 통곡하면서 말하기를,

"박부인은 웬 복으로 환(患)을 면하고 고국에 편안히 있으며 우리는 무슨 죄가 있기에 만리 타국으로 붙잡혀 가는가? 이제 끌려 가면 어느 날 어느 시에 고국 산천을 다시 볼 것인가?"

하고 눈물을 흘리며 소리 높여 슬피 우는 자가 헤일 수 없이 많았다. 부인이 계화를 시켜 다시금 외쳐 이르되,

"사람의 고생과 즐거움은 흔히 있는 일이거늘, 너무 슬퍼하지 말고 들어가면 삼 년 동안에 세자대군과 모든 부인을 모셔올 사람이 있으니 너무 슬퍼하지 말고 안심하고 무사히 도착하도록 하라."

하고 위로하였다.

제12회

호국 군사가 쳐들어 오면서 숨어있었던 호제왕(胡帝王)의 군사가
중간 지점에 있어 장안과 의주를 왕래하지 못하게 하니, 슬프도다,
이와 같은 변고를 만나 의주에 봉서(封書)를 내리시사 임경업을 부르
셨으나 중도에서 쓰러지고 경업은 나라가 망한 줄을 전혀 모르고
있다가 늦게서야 그 소식을 듣고는 밤낮으로 길을 달려 서울로 올라
오는데 앞 쪽에 한 무리의 군마(軍馬)가 길을 막고 있거늘 경업이
바라보니 그 군사는 호병(胡兵)인지라, 분한 생각이 크게 일어 칼을
뽑아들고 적진으로 달려들어 일순간에 다 무찌르고 그 분한 마음을
참지 못하여 홀로 말 한 마리 채찍질 하여 의주를 떠나 곧장 장안을
향하여 달리었다.

이때, 울대가 의기양양하여 행군해 오거늘 경업이 크게 분노하여
앞에 오는 선봉장(先鋒將)의 머리를 단칼에 베어 들고 좌충우돌하여
무인천지(無人天地)처럼 말을 몰아 이리 치고 저리 치니 호국 군사의
머리는 마치 추풍낙엽(秋風落葉) 같았다. 호병(胡兵)이 감히 덤벼들
지를 못하고 죽는 자가 속출하는지라 한유와 용울대는 하늘을 우러러
통곡하면서 박부인의 비계(祕計)에 빠진 것을 깨닫고는 몹시 후회하
며 곧장 글월을 만들어 장안으로 올리니 상감이 보시고 곧장 경업에
게 조서(詔書)를 내리시사 호국 군사가 돌아갈 수 있도록 하였다.

이때, 경업이 단칼에 적진의 장졸들을 무수히 죽이고 곧장 용울대
를 죽이려 하는데, 마침 서울에서 내려오는 사자(使者)가 상감의
조서를 전교하거늘 경업이 임금 계시는 곳을 향해 네 번 절하고는
조서를 뜯어보니 그 조서에 이르시되,

"국운이 이토록 불행하여 모월 모일 호적이 북으로 돌아와 동대문을 부수고 장안을 쑥밭으로 만들거늘 짐이 남한산성으로 피하였더니 십만 적군이 산(山)까지도 여러 날 동안 포위하고 치기를 급하게 하므로 경도 천리 밖에 있고 손 아래에 훌륭한 장수가 없어 능히 적을 당하지 못하므로 어쩔 수 없이 강화(講和)를 하였으니 어찌 통분치 않으리요? 이것은 도무지 하늘의 일이라 분하고 한이 되나 어찌할 것인가? 경의 충성이 도리어 공(功)은 있으되 이(利)는 없도다.호국 장졸이 행군하여 내려가거든 막지 말고 그대로 넘겨 보내도록 하라."

하였다.

임경업이 읽기를 다하고는 칼을 땅에 던지며 큰 소리로 통곡하여 가로되,

"슬프도다. 궐내에 만고 소인이 있어 이와같이 나라를 패망케 하였으니 맑은 하늘이 어찌 무심(無心)할 것인가?"

하며 못내 통곡하다가 다시 칼을 집어들고는 적진 속으로 뛰어 들어가 적장(賊將)을 잡아 쓰러뜨리고 꾸짖어 가로되,

"너의 나라가 지금까지 존탱(存撑)하여 온 것이 오로지 나의 힘인 줄을 모르고 무지한 오랑캐 놈들이 이와같이 하늘을 거역하는 마음을 두어 우리 나라에 들어와 해를 끼치니 너희 일행을 몰살(沒殺)할 것이로되 우리 나라의 운수가 이처럼 불행한지라 왕명(王命)을 거역할 수 없으므로 너희 놈들을 살려 보내는 것이니 세자 대군을 평안히 모시고 조심하여 들어가도록 하라."

하고 한 마당 통곡한 후에 그들을 보내었다.

한편, 상감이 박씨의 말을 처음 듣지 아니하신 것을 깊이 뉘우치사

못내 후회하시니 모든 신하가 탄식하여 아뢰되,

"박씨의 말대로 하였사온들 어찌 이런 변고가 있었사오리이까"

상감이 거듭 탄식하여 가로되,

"박씨가 만일 장부(丈夫)로 태어났던들 어찌 호적(胡賊) 따위를
두려워 하였으리요? 하지만 규방(閨房) 여자로서 맨 몸으로 혼자
서 수많은 호적의 사기를 꺾어 조선의 위엄을 빛냈으니 이는 고금
에 다시 없는 일이로다."

하시고 충렬부인에게 정렬(貞烈)을 더 하수(下手)하시고 일품록
(一品祿)에 만금상(萬金賞)을 주시며, 아울러 궁녀(宮女)를 시켜
조서(詔書)를 하교(下教)하시니, 충렬부인이 임금 계신 곳을 향하여
네 번 절하고 뜯어 본즉 그 조서에 이르시되,

"짐의 안목(眼目)이 밝지 못하여 충렬부인의 앞날을 예측하는
그 신명(神明)과 나라를 위하는 충언(忠言)을 듣지 아니한 까닭으
로 나라가 망극(罔極)하여 이 모양 이 꼴이 되었으니 정렬(貞烈)
부인에게 조서를 내림이 오히려 무색하도다. 정렬부인의 덕행(德
行)과 충효(忠孝)는 이미 알고 있는 바라, 규중(閨中)에 있으면서
도 나라의 위엄을 빛내고 왕비(王妃)의 위태로움을 구하였으니
그 위에 다시 정렬(貞烈)의 충성(忠誠)을 논(論)할 바가 없으려니
와 오직 나라와 함께 영화고락(榮華苦樂)을 같이 하기를 진실로
바라노라."

하였다.

박정렬(朴貞烈)이 읽기를 다하고 나서 하늘의 은혜가 끝없음을
못내 사례하였다.

처음 박씨가 시집 올 때에 그 모습을 추하게 함은 여색(女色)만을

탐내는 사람이 혹시 침입할까 두려워 한 것이며, 숨긴 모습을 변형하
여 원래의 모습을 드러낸 것은 부부 사이에 화합하고자 함이요, 피화
당을 지어 팔문진(八門陣)을 구축한 것은 나중에 돌아다니는 호적을
막아내려 함이요, 왕비를 모시고 가지 못하게 함은 오랑캐의 불칙한
변(變)을 입을까 두려워 함이요, 세자 대군을 그냥 모셔가게 함은
하늘의 뜻을 따름이요, 호국 장수로 하여금 의주로 가게 함은 임경업
장군을 만나 영웅의 분한 마음을 풀게 함이었다.

그 후로부터 박씨부인은 나라의 일이라면 무슨 일이든지 충성으로
극진히 다하고 노복들을 의리(義理)로 다스리고 친척 간에 화목(和
睦)하여 그 덕행이 한 나라에 자자하고 이름이 또한 후세에 길이
전하여졌다.

이승상(李丞相) 부부는 이후로 자손이 번창하고 위로는 임금을
극진히 섬기고 아래로는 만백성을 편안히 다스리는 태평재상(太平宰
相)이 되어 팔십여 세(八十餘歲)를 향수(享壽)하며 부귀영화가 끝이
없으니 조정의 모든 신하와 한 나라가 더불어 우러러 보았다. 기쁜
일이 다하고 슬픈 일이 오는 것은 옛부터 흔히 있는 일이라 박씨와
승상이 함께 우연히 병을 얻어 백약(百藥)이 무효(無效)하므로, 부부
가 자손을 모아놓고 뒷일을 당부하여 이르되,

"옛 성인(聖人)이 말씀하시기를 '세상에서 살아있는 것은 붙어
있는 것이요, 죽는 것은 다시 돌아감이라' 하셨으니 우리 부부의
화락지복(和樂之福)은 무궁하다 할 것이로다. 인생의 죽고 삶이
자연 이러하니 우리가 돌아간 후에 너희 자손들은 너무 슬퍼 하지
말라."

하시고는, 그로부터 때를 같이하여 목숨이 끊어져 돌아가시니 일가

(一家)의 상하(上下)가 발상(發喪)하여 예(禮)를 극진하게 하고 선산(先山)에 편히 모시니, 상감이 들으시고 슬퍼하사 목포금은(木布金銀)을 하사하셔 장사(葬事)에 보태쓰게 하시었다. 이 후에도 자손이 대대로 그치지 아니하고 또한 관록(官祿)이 연연(連連)하여 가문이 계속 번성하였다.

무릇 사람이 세상에 태어남에 남녀(男女)를 막론하고 재덕(才德)을 함께 갖추기가 어렵거늘 박씨는 한낱 여자로서, 비단 재덕(才德)뿐만 아니라 그 신기묘산(神機妙算)이 한(漢) 시대의 제갈공명(諸葛孔明)을 본따서 천고(千古)에 드문 일이므로, 가히 아까울손 여자로서 이런 재주를 가짐은 희귀한 일이요, 이는 조선 국운(國運)에 하늘의 뜻이 이러하기로 특별히 드러내어 밝히지 못하고 대강 전해 내려오는 이야기를 따라 기록할 뿐이니 가히 한(恨)이 될 뿐이다. 이후 계화도 승상 부부의 삼년상(三年喪)을 극진히 모시고 우연히 병을 얻어 죽으므로, 나라에서 그 사연을 들으시고 장하게 여기시사 충비(忠婢)를 봉(封)하여 내리시었다.

박씨부인의 충절덕행(忠節德行)과 재모기계(才貌奇計)는 참으로 신기하여 세상에서 그 행적이 없어지기 아까운지라 대강 기록하여 남기는 바이다.

오유란전
烏 有 蘭 傳

◇작품 해설◇

　　작자와 정확한 제작 연대는 알 수 없으나, 다만 영정조(英正祖) 때의 한문 풍자소설로써 국립도서관에 그 필사본이 유일하게 전할 뿐이다. 이조시대 도학자(道學者)들의 위선적이고도 호색적인 생활을 리얼하게 풍자한 일종의 해학소설(諧謔小說)이다. 마치 배비장전과 같은 주제성을 띠고 있는 이 소설은 처음부터 끝까지 문장이 잘 다듬어져 있고, 또한 언어적(言語的)인 탁월한 묘사가 주는 해학성으로 인하여 끊임없이 웃음을 독자에게 제공해 준다.

　　한 날 한 시에 태어난 이생과 김생은 둘다 명문거족 출신으로서 같이 공부하고 같이 생활한다. 그러는 가운데 그들은 형제의 의를 맺고 영원한 우정을 다짐한다. 그런데 한 친구가 먼저 장원급제하여 평안감사가 된다. 이때 겨우 진사로 급제한 또 한 친구는 감사를 따라 평안감영으로 가서 초당을 짓고 기거하게 된다. 이때 감사가 된 친구는 계교를 써서 친구를 타락시켜 스스로 복수심에 불타게 만듦으로써 오히려 입신양명의 길을 돕는다. 그리하여 결국 그 친구는 암행어사가 되어 평안감사를 찾게 된다. 복수심에 불타 있던 암행어사는 결국 친구의 과거 행적에 대한 진의(眞意)를 깨닫고는 함께 어울려 한 잔 술에 회포를 푼다. 매우 흥미진진한 작품이다.

오유란전(烏有蘭傳)

대명(大明) 순화연간(順和年間) 세조(世祖) 임금 때에 한양(漢
陽)에 두 재상이 있었으니, 한 재상의 성은 김(金)씨요, 또 한 재상의
성은 이(李)씨였다. 둘 다 문벌(文閥)의 집안으로 지체가 같았고,
덕망 또한 같았는지라 세교(世交)가 매우 돈독하였다. 하루는 김재상
이 이재상을 찾아와 말하였다.

"우리 두 집안의 자식들이 생년일시(生年日時)가 똑 같으니, 이것
은 결코 우연한 일이 아니외다. 마땅히 함께 공부하게 하여 그
성취를 본다면 어찌 우리들 만년의 낙이 아니겠소이까"

"예, 그것은 정말 나의 뜻과 같소이다."

하고는, 정사(精舍) 한 칸을 치워서 한 스승 밑에서 함께 배우며
함께 자고 함께 먹게 하니, 두 생(生)도 서로 사이좋게 지냈다.

그들은 생각하기를,

"남아의 공명은 머지않아 반드시 이루어지리라. 우리는 공적도
함께 쌓고 기풍도 함께 닦아 관포지교(管鮑之交)의 바람을 다시

세상에 붉게 하리라. 저 뜰의 꽃과 저 시냇가의 소나무와 같이 설혹 빠르고 늦는 사이가 있다 할지라도, 우리는 서로 돌보아 주고 사랑하며 잊지 아니 하리라."

이렇게 마음 먹고는 금석(金石)과 같이 우정을 맺고 정답게 지냈다. 세월이 흐름에 따라 학문은 날로 깊어졌으며 과거를 치를 수 있는 실력에까지 이르게 되었다.

갑자년(甲子年)을 맞이하여 나라에 큰 경사가 있었다. 당연히 과거가 열렸다. 그들은 서로 손을 잡고 과거장으로 들어가서 그동안 쌓아 온 실력을 기울여 과제(科題)를 지어 올렸다. 이윽고 급제한 사람의 이름을 부르는데 한 사람은 장원급제를 하고 한 사람은 진사급제를 하였다. 진사급제를 한 사람은 이생(李生)이요, 장원급제를 한 사람은 김생(金生)이었다.

김생은 젊은 수재로서 벼슬길을 밟아 자질을 인정받아 평안감사를 제수받았다. 김생은 즉시 이생을 맞이하여 평안감영으로 같이 가자 하였더니 이생은 이렇게 말하였다.

"그대는 모름지기 나라를 위하고 백성을 근심하는 승선자사(承宣刺使)요, 나는 다만 성인(聖人)과 현인(賢人)을 사모하고 배우는 선비가 아닌가? 맡은 소임(業)이 전혀 다르고 조심함이 또한 같지 아니하니 이것으로도 불가할 뿐만 아니라 또 평양은 옛날부터 번화하고 호탕한 땅이므로 내가 가 있을 곳이 아닐세."

"번화한 것은 번화한 것이고 공부는 공부인데 형의 말은 너무 고루하지 않나? 그것이 방해될 것이 있겠는가?"

하고는 같이 소매를 붙잡고, 수레를 함께 타고 곧장 임지로 나아갔다.

김생이 부임 인사를 하고는 다음 날 아침 특별히 분부를 내려 깊숙하고 고요한 곳에 있는 후원 별당을 깨끗하게 청소하고 경서(經書)를 갖추어 놓게 하고서, 이생을 조용히 기거할 수 있도록 해 주었다. 이생도 번화한 일에는 별로 마음이 없어 생각은 글자 위에만 둘 뿐이었다.

하루는 감사가 이생을 위하여 잔치를 베풀고, 방자를 보내어 이생을 초대했다.

"오늘은 바로 내가 급제하고 처음 맞이하는 날이니 시인으로서의 시상(詩想)을 어찌 버릴 수 있겠는가? 날씨가 따사롭고 바람도 화창하여 친구에 대한 생각이 간절하니 형은 부디 금옥같은 귀한 몸을 아끼지 말고 한 번 찾아와서 성긴 우정을 펴보는 것이 어떠한가?"

이생은 마음 속으로는 별로 탐탁치 않았으나, 거절할 만한 이유가 없었는지라 책을 덮고 곧장 통인을 따라 선화당(宣和堂)으로 왔다. 이생은 차려진 음식의 훌륭함에 놀랐다. 사십이주(四十二州)의 원님들이 좌우로 늘어서 앉았고, 칠십 이 명의 기생들이 앞뒤로 모시고 앉아서, 금슬관현(琴瑟管絃) 등의 오음(五音)을 방 안에서 연주하고 있었으며, 금석포토(金石匏土) 등의 팔음(八音)을 뜰에서 연주하고 있었다. 술잔과 쟁반은 헝클어져 있고 안주 그릇은 얼켜져 있었다.

이생이 오자 영접하여 자리를 정하고 인사를 마치고 나자, 좌우에 늘어앉아 있던 기생들이 다투어 이생에게 술잔을 권하며 노래를 부르기 시작하였다. 이에 이생은 화를 벌컥 내며 소매를 뿌리치고 갑자기 일어나 큰 소리로 말하였다.

"오늘의 이 잔치는 실로 인간의 도리를 위한 것이 아니오."

하면서, 물러가려 하였다.

감사가 이생의 소매를 붙잡고 웃으며,

"형은 일찍부터 독서하는 사람이 아닌가? 정백자(程伯子)를 본받
으려 하지 아니하고, 무엇 때문에 이렇듯이 얼굴을 찌푸리고 지나
친 행동을 하는가?"

하며 누누이 타일렀으나, 끝내 듣지 아니하였다.

이 날 잔치하는 좌석에서 이생의 행동을 본 사람이면 누구나 다
그 지나친 고집에 대하여 빈정거리고 비웃지 않은 사람이 없었다.

잔치가 끝나자 감사는 수노(首奴)에게 명하였다.

"기생 가운데서 가장 지혜롭고 쓸 만한 자가 누구냐?"

"오유란(烏有蘭)이옵니다. 나이 열 아홉으로서 가르쳐 주지 아니
하여도 잘할 것이옵니다."

감사는 곧장 오유란을 불러 분부하였다.

"너는 별당의 이랑(李郞)을 알고 있느냐?"

"네, 알고 있나이다."

"그러면 네가 이랑의 마음을 움직여 모실 수 있겠느냐?"

"하루 저녁으로는 어렵겠사오나 한 달 동안의 기간만 주신다면
반드시 해내고야 말겠나이다."

"한 달 여유를 주고서 혹 성공하지 못할 경우에는 죽여도 좋겠느
냐?"

"네, 그러하나이다."

오유란은 분부를 받고 물러나와 붉고 푸른 기생의 옷을 벗어놓고
흰 옷으로 갈아 입었다. 그리고는 한 계집아이로 하여금 두어 필의
베를 가져오게 하여 작은 동이에 담고 짤막한 방망이를 가지고 앞뒤

길을 인도하게 하여 별당 앞에 있는 작은 연못으로 갔다. 그 곳에서 얼굴을 가다듬고 맵시있게 앉아 빨래를 하기 시작했다.

이 때가 병인년(丙寅年) 춘삼월 보름께였다. 이생은 별당에 홀로 앉아 별을 바라보고 있었다. 백화가 만발하는 좋은 시절을 당하여 춘정(春情)이 없을 수 없어 시를 읊으며 뜰로 나와 섬돌 위를 거닐고 있는데 어디선가 바람결을 타고 빨래하는 소리가 들려왔다. 귀를 기울여 보니 높아졌다 낮아졌다 하는 그 빨래소리는 우명지(牛鳴池)로부터 들려오는 것이었다.

예전엔 들어 보지 못한 소리인지라 의아심이 생겨 고개를 들고 둘러보니 풍경은 바야흐로 새롭고 물색은 사랑스러웠다. 은행나무 밑 석가산(石假山) 가에, 두어 자나 되는 은비늘이 마름 위에서 뛰어놀고 있었고 한 둥근 금빛이 물결 위에서 둥실거리고 있었다. 그 가운데 한 미인이 앉아 있는데, 말로만 듣던 서왕모(西王母)가 요대(瑤臺)에 내려온 것 같고, 죽었던 양귀비가 되살아 온 것 같았다.

꽃은 얼굴이 되고 옥은 자태가 되어 한 송이 금련(金蓮)이 이슬을 머금고 바야흐로 터지려고 하는 것 같았다. 눈썹은 기울어지고 뺨은 부풀어올라 외롭게 둥근 흰 달과 같은데, 얼굴에는 빛이 비치고 있었다.

이생이 한 번 돌아보고는 비록 정절을 지키고 있는 선비의 아들로서도 절세의 미색임을 탄복하였다. 그리하여 흘겨보는 눈짓으로 정을 보내면서 바라보고, 바라보고 또 바라보았다.

이윽고 오유란은 이생이 엿보고 있음을 깨닫고는 몸을 일으켜서 가는데, 걸음걸이 또한 단정하고 우아하여 마치 서시(西施)가 월(越)나라 궁전 뜰을 거닐고 있는 것만 같았다.

그 날로부터 혹은 닷새를 사이에 두고 혹은 사흘을 사이에 두고, 오유란은 항상 전과 같은 모습을 하고 그 곳에 가서 앉아 돌아보기도 하고 엿보기도 하면서 그 아름다운 자태를 자랑하는 듯이 하고 있었다.

이생은 오유란을 한 번 보고 난 후부터는 방탕하여져서, 공부를 게을리 하고 한 번 보면 두 번 보고 싶고, 두 번 보면 세 번 보고 싶고, 네 번 다섯 번 보기에 이르러서는 오직 마음이 그 여인에게만 쏠렸다. 마음이 해이하여져 공부를 하여도 정신 집중이 되지 않고 밥을 먹어도 그 맛을 알지 못하였다. 더러는 책을 덮고 넋나간 사람처럼,

"인간이 세상에 태어나 사는 것이 얼마나 되며, 그 즐거움이 또한 얼마나 되는가?"

하면서 길게 탄식하기도 하였다.

이생은 이로부터 날자를 헤아리면서 기다렸다. 그러나 오유란은 일부러 가지 않았다. 이생은 하루가 삼 년과 같아 항상 마음이 놓이질 않았다. 연못가를 살펴보니 언덕은 고요하고, 길게 드러누워 있는 담 머리에는 사람의 그림자를 찾아볼 수가 없었다. 이생은 못내 탄식하며 인정의 박정함을 슬퍼할 뿐이었다. 여인을 보고 싶은 나머지 머리를 싸매고 이불을 덮어쓰고 누우니 여러 날을 밥 한 숟갈 물한 모금 목 안으로 넘길 수가 없었다.

그러던 어느 날이었다. 해가 서산으로 기울자 빨래 소리가 은은하게 베개머리로 들려오는 것이었다. 이생은 어찌나 반가웠는지, 아픈 몸을 억지로 일으켜 신발도 신지 않은 채 허둥지둥 중문 밖으로 나가 머리를 들어 살펴 보았다. 그랬더니 거기에는 가슴에 품고 있는 그

여인이 태연히 연못가에 앉아 손에 방망이를 쥔 채 눈짓으로 정(情)을 보내고 있지 아니한가?

이생은 기다리고 기다렸는지라, 남은 걸음 바쁜 듯이 발을 재촉하고 나아가 머뭇거리면서 말을 하고자 하다가도 말을 멈추기를 서너 번 하다가는 체면 불구하고 맹호가 수풀 속에서 뛰쳐나오듯이 썩 나서서 낭자 앞으로 걸어가 푸른 매가 꿩을 채가려는 듯한 모양으로 다가섰다.

오유란은 반은 놀라고 반은 의아한 듯이 어리둥절해 하면서 부끄러운 표정으로 몸을 일으켜 앵두같은 입술을 반쯤 열고서 말하였다.

"남녀가 유별하온데 이 어인 일이오며, 백주 대로에 이 무슨 모양이오이까?"

이생은 낭자의 턱을 어루만지며 즐거운 듯이 말했다.

"성은 무엇이고 이름은 누구시며, 누구집 따님이시고 어디에 사십니까."

이생의 물음에 오유란은 반은 아리따운 태도를 머금고 반은 부끄러운 입술을 살포시 다물고 눈썹을 나직이 하고 대답하였다.

"소녀는 원래 양가의 딸이었사오나, 일찍이 조실부모하고 외사촌 댁에서 자라났었지요. 겨우 비녀 찌를 나이가 되자, 서촌 장사랑한테로 시집을 가게 되었사오나 명도(命道)가 궁박하여 시집 간 지 채 몇달도 못되어 그만 남편을 잃고 말았어요. 하지만 삼종(三從)의 예를 따를 수가 없기로 다시 외사촌 댁에 와서 송죽(松竹)을 벗삼으며, 오직 정절만을 고집하고 지내온 지 이제 삼 년이 되었지요. 지금 제 나이 열 아홉이옵고, 성은 오(烏)이며 이름은 유란(有蘭)이라고 부르옵니다. 그런데 존군(尊君)은 어찌하여 물으시나이까?"

이생은 앞에 있는 여인이 과부가 되어 수절하고 있는 것을 알고는 더욱 들뜨는 마음을 이기지 못하였다. 온 몸이 달아오름을 느끼며 이생은 말하였다.

"나는 원래 서울 사람이었는데 감사를 따라 왔다가, 요즈음은 이 별당의 주인이 된 이랑(李郎)이오. 낭자에게 간절한 정이 있으니, 나의 청을 들어 깊이 생각해 주길 바라오. 낭자가 일찍이 이 못가에 온 것을 보고 내 마음에 큰 변화가 일어났거니와 요며칠 동안 낭자의 모습을 볼 수가 없어 안타까운 마음 헤아릴 길이 없었다오. 낭자가 나를 안 것은 오늘이 비록 처음이라 하나 내가 낭자를 안 것은 벌써 여러 날이 되었소. 원한을 머금고 병이 된 것은 누구의 탓이리오? 이제 여러 말이 필요없이 한 마디로 승낙 여부를 대답해 주기 바라오."

"옛 글에 이르기를 말 한 마디로 전쟁을 일으키고, 말 한 마디로 평화를 심을 수도 있다 하였으니 말은 삼가지 않을 수 없습니다. 들을 정도가 되면 들을 것이오며 들을 수 없는 것이라면 듣지 아니할 것이옵니다. 그러므로 듣고 아니 듣고는 저에게 있사온즉 존군께서는 말씀하여 보시옵소서."

이생은 손바닥을 부비면서 한숨을 크게 쉬고 말하였다.

"나도 청춘이요 낭자도 청춘이 아니오? 청춘으로서 청춘을 기다리는 것이 무엇이 잘못이길래, 그로 인하여 중한 병이 되었으니 바라건대 낭자는 부디 내 정상을 가련히 여기어 마음을 허락해 주시오. 인명의 지중함을 낭자도 알 것이니 부디 거절하지 말아주오."

오유란은 잠시 돌아본 다음 생긋이 웃으면서 말하였다.

"인명이 지중하다 함은 미천한 몸도 잘 아옵니다만 저에 대해서는 심히 부당하신 가르침이옵니다. 한낱 여자의 몸으로 어찌 존군의 목숨의 경중을 관계하오리까? 자꾸만 그와같이 말씀하시면 미천한 여자의 마음이 심히 황공하옵니다. 일찍이 닦고 배운 것 없는 미천한 몸이오나 한갓 정절을 고집하여 인색한 것만은 아니옵니다. 부득이한 사정이 있어 두 낭군을 받들 수가 없나이다. 그러하오니 부디 마음을 돌리셔서 스스로 귀하신 몸을 사랑하사 보중하옵소서."

"낭자의 부득이한 사정이란 어떤 것이오?"

"존군께서는 서울의 귀족이요, 일시의 호걸이오며, 소녀는 시골의 미련한 여자로서 만약 백년의 해로를 마음에 맹세 하였다가, 하루 저녁에 바람이 불어 꽃이 시들어진 후면 반생 동안의 깨끗한 몸이 더러워지고, 흰 옥이 물들어버린 수치를 말하기조차 추하고, 그때 가서 뉘우친들 이미 어이하오리까? 흐려진 거울이 다시는 맑아지지 않을 것이오며, 상중(桑中)의 시(詩)를 마음놓고 논할 수가 없을 것이옵니다."

낭자의 말을 듣고 이생은 웃으면서 말하였다.

"그 무슨 말씀을 그렇게 하시오? 낭자에게라면 금석같이 기약할 수 있으며 해와 달을 두고 맹세할 수 있을 것이오. 낭자는 이미 굳은 절개의 마음이 있고, 나 또한 뜻이 굳은 선비가 아니오? 우리 두 사람의 마음이 서로 화합하고 한 마음으로 서로 맹세한다면 어느 누구도 나의 뜻을 빼앗을 수 없을 것이며 낭자의 곧은 마음도 더욱 굳어질 것이오."

하고, 이생은 낭자의 손목을 잡고 이끌었다.

　오유란은 별로 즐거워하는 기색을 보이지 않았으나 그렇다고 싫어
하는 기색도 보이지 않았다. 두 사람이 별당으로 들어가서 애틋한
정회를 주고 받다가 밤이 이슥한 후에야 잠자리에 들어가니, 공작이
붉은 하늘에서 날고, 원앙이 푸른 물에서 노니는 것과 같았다.

　이날 이후로 오유란은 날마다 어둠을 타서 왔다가 어둠을 등지고
돌아가니, 그 거동은 마치 바깥 사람이 혹 알까봐 두려워 하는 것과
같았다. 이생은 이미 그 아리따운 얼굴에 도취되고 또 그 기품있고
민첩한 행동을 기특히 여겨 스스로 신정(新情)이 미흡하다고 여겼
다. 기특하구나, 오유란이 사람을 선선히 유혹함이여!

　감사는 이생의 동정을 일일이 탐지한 후 비밀히 분부를 내려 발이
빠른 자를 골라 편지 한 장을 가지고 서울로 올라가다가, 모처에 머물
러 있다가 이리저리 하라고 일렀다. 또한 편지 한 장을 써서는 다른
한 노복에게 주면서,

　"내일 모시에 이리저리 하도록 하라."
하고 분부하였다.

　이튿날 아침에 감사는 한 동자를 시켜서 별당에 가서 다음과 같이
전갈하였다.

　"요즈음은 기체 어떠하신가? 공부에 더욱 전념(全念)하고 있는
지? 봄에 우는 새는 남쪽을 그리워함이요, 가을을 달리는 말은
북쪽을 싫어함이라, 객지의 감회가 울적함은 서로가 마찬가지일레
라. 형이 걷는 책 속의 길은 너무 멀고 아득하여 여러 날이 걸릴
것이니, 너무 조급히 생각하지 말고 잠시 눈을 돌려 친구와 함께
옛 정을 돌이켜 보는 것이 어떻겠나?"

　이생은 이미 예전의 이생이 아니었다. 날씨가 화창하고 호탕한

기분이 넘쳤다. 한 번 친구끼리 만나 달이 사라질 때까지 막힌 정회를 풀어 보리라 마음 먹고는, 곧장 선화당(宣和堂)으로 갔다. 서로 인사를 나누고 나서 감사는 이생을 위로하며 말했다.

"형은 공부하느라 너무 과로하였던가? 아니면 식음이 달지 아니하였던가? 요즈음 얼굴이 왜 그렇게 수척하여졌는가?"

"손님이 된 사람으로서 자연 번민이 많아 그러하겠지."

이윽고 밥과 술이 들어왔다. 그때 갑자기 삼문(三門) 밖에서 요란스럽게 문을 두드리는 소리가 들려왔다.

감사가 명하여 그 까닭을 물어보라 한즉, 한 노복이 서울에서 급보를 가지고 왔다고 하였다. 즉시 불러 들이게 하니 서울에서 온 노복이 꿇어 엎드려 편지 한 장을 올렸다.

이생이 객중(客中)에서 급한 손으로 뜯어본즉 이재상의 환후가 조석을 넘기기 위급하다는 사연이었다. 이생은 얼굴이 새파랗게 질려 어찌할 바를 몰라 했다. 곁에서 보고 있던 감사가 슬픈 듯이 위로를 했다.

"연세도 아직 젊으시고 옥체도 건강하시온데 어찌하여 그리 빨리 돌아가시게 되었을까?"

하고는, 급히 분부를 내려 준마를 골라 떠날 차비를 시켜 주었다. 행장이 갖추어지자 감사는 이생이 말에 오르도록 권유하고는 거듭 위로하였다.

"부디 몸조심하여 잘 다녀 오게."

이생은 망설이며 떠나기 싫어하는 듯 하면서도 차마 말을 하지 못하였다. 뜻이 있었으나 말을 꺼내지 못한 채 가슴을 억누를 수 없어 눈물을 흘리었다. 이생이 이처럼 슬퍼하는 것은 오유란을 위하여 작별 인사 한 마디 할 수가 없는 입장이었기 때문이었으나 주위에서 보는 사람들은 자식된 도리로 그러한 것이라 생각하고 당연하게 여기었다.

이생이 말을 몰아 채찍을 휘두르며 대동강을 건너니 만수(萬水)와 천산(千山)은 아득하여 수심을 돕고 갈수록 멀어져 보이는 크고 작은 정자는 더욱 슬픔을 돋구었다. 식당과 주막이 간간이 있었지만 먹어도 단 줄을 모르고, 미색을 만나도 위로됨이 없었다. 오직 전진하면서 가는 길에 밤낮으로 말을 달리다가 지치면 쉬곤 하였다.

하룻밤 자고는 봉강을 지나고, 이튿날 자고는 개성을 지났다. 사흘밤이 지나자 양철평(梁鐵坪)에 다다르니, 산천은 변함이 없고 물색도 또한 옛과 같았다. 해는 이미 기울었는데 마음은 조급하기만 하였다. 이때 갑자기 건장한 노복이 급한 걸음으로 다가와서는 길에 엎드려 절을 하면서 물었다.

"행차는 어느 곳에서 출발하시었으며 장차 어느 곳으로 가시옵니까?"

종녀석에게 무슨 급한 일이 있음을 의심하고 이생은 주저하면서 대답하였다.

"평양감영으로부터 서울 이승상 댁을 향하여 가고 있거니와 그대는 어찌하여 묻는가?"

그러자 그 노복은 꿇어 엎드린 채 편지 한 장을 올렸다. 이생은 편지를 받아 급히 뜯어보니 곧 본집에서 온 편지였다. 내용인즉, 부친의 병환이 완쾌하여 뜻하지 않았던 경사이나, 꺼리는 일이 있으니 집에 들어오지 말고 바깥에서 다시 되돌아 가라는 전갈이었다.

이생은 부친의 병환이 완쾌되었다는 소식에 마음이 놓였고, 또한 다시 돌아가라는 분부가 더없이 고마울 뿐이었다. 편지의 뜻을 노복에게 알리고는 곧장 말을 돌리도록 명령하였다. 이생은 기쁜 마음으로 마부에게 재촉하였다.

　"채찍을 크게 휘둘러 말을 달리게 하되, 다른 생각은 말고 빨리 가는 것만을 생각하라!"

　마부는 곧 채찍을 휘둘러 말을 재촉하는 척하였다. 그러나 말은 오히려 걸음을 늦추고 신음만을 하였다.

　이생은 말이 시원스럽게 달리지 않음을 보고 이상하게 여겨 마부를 바꾸도록 명령하고 더욱 세게 몰아치기를 호령하였다. 마음은 조급하나 방법이 없었다. 길 위에서 오래 머무르면서 수일 동안을 허비하고 말았다. 열흘이 지난 후에야 겨우 영제교(永濟橋)에 다다를 수 있었다. 차츰 긴 숲 속으로 들어가니 산천은 어제와 같은데 생각은 새로왔다.

　오호, 괴이하도다! 수풀 밑 길 왼쪽에 새로운 무덤 하나가 우뚝한 봉우리를 이루고 있는데 길에서 아주 가까왔다. 이생은 엊그제 내려올 때 없던 무덤이 이제 새로이 생겼는지라 괴이하게 여기고 말을 멈추어 무덤을 가리키면서 마부에게 말했다.

　"아침의 이슬은 마르기 쉽고 사람의 일은 헤아릴 수 없구나. 어떤 사람이 별안간 죽었길래 이 큰 길 옆에다 묻었을까?"

　그때 마침 두서너 명의 나무하는 아이들이 노래를 부르며 지나갔다. 이생은 그 아이들을 불러 물어 보았다.

　"저기 새로 생긴 무덤에 대해서 아는 바가 있느냐?"

　아이들은 머리를 긁으며 얼굴을 돌리고 잠시 망설이다가 대답했다.

"일이 너무 비참하고, 말하려 하여도 너무나 슬픈 사연이니 아예 말하지 않은 것만 같지 못할 것입니다."

이생은 더욱 궁금한 생각이 들어 아이들을 재촉하여 이야기를 듣기를 원하였다. 아이들은 말을 못하겠노라고 한참을 주저하다가 이생의 권유에 못이며 이야기를 시작했다.

"평양성 안에는 천하에서 으뜸가는 수절하고 있는 열녀가 있었지요. 삼 년을 과부가 되어 살았으나 곧은 정절은 백 년이 하루와 같았습니다. 그런데 새로 도임해 오신 사또를 따라와 별당에 거쳐하고 있는 객으로서, 천하의 무도하고 배은망덕한 이가(李哥)라는 자가 감히 도적놈의 마음을 품고서 가만히 행실을 팔기를 짐승의 행동과 같이 했다지 뭡니까? 그 처음 친함에 있어서는 백년가약을 맺자 하고 유혹하였으며, 그 뒤에 헤어질 때는 말 한 마디 나눔이 없이 떠나갔다니 어디 그것을 사람이라고 할 수 있겠습니까? 이리하여 그 과부는 정심(貞心)을 품고 스스로 목숨을 끊었답니다. 한 때의 사랑을 한스러워한 나머지 반생의 원한을 품고 식음을 전폐하니 날로 쇠약하고 시시로 말라가서 백약이 무효했다 합니다. 죽음을 맞이하면서 유언하기를, '나를 먼저 유혹한 사람도 이랑(李郞)이옵고 나를 이처럼 병들게 한 사람도 이랑이옵니다. 하오나 나는 살아서 이미 이씨(李氏)의 사람이 되었으니 죽어서도 또한 이씨의 혼백이 될 것이옵니다. 이씨는 서울의 거족(巨族) 문벌로 머지않아 분명히 장원급제할 것이오며 벼슬을 제수받아 이곳을 지나시는 일이 있을 것이옵니다. 그러하오니 나를 이곳 큰길 가에다 묻어 두어 이랑으로 하여금 거칠은 무덤을 다만 한 번이라도 돌아보게 해 준다면 어찌 구천에서 외로운 혼백의 영광이 아니오리까'하는 뜻을 손가락을 깨물어 혈서를 써서 세상에 남겼답니다. 주위의 모든 사람들이 불쌍히 여겨 이곳에다 묻고 그 여인의 소원을 풀어 주었다 하는데, 손님께서는 어찌하여 물어보시나이까?"

이생은 원래 정이 많은 사람이라 정신을 잃고 애간장이 끊어지는 것과 같아서, 스스로 슬픔을 억제하지 못하고 마치 실성한 사람처럼 비틀거렸다.

말에서 내려가 한 노복을 시켜 성 안으로 들어가 술과 과일을 사오게 하였다. 그리고 한 제문을 지은 후에 몸을 무덤에 던지고 종이를 불사르면서 운감(殞感 : 제사 때 차려놓은 음식을 귀신이 먹는 것)하기를 청하였다. 이생이 지은 제문은 이러하였다.

〈유세차 병인 사월 을축삭 삼십일 정오(維歲次丙寅四月乙丑朔三十日甲午)에 한양의 정인(情人) 이랑은 변변치 못한 주찬을 차려 놓고 두어 줄 제문을 지어, 한을 품고 가신 평양 성의 절부(節婦) 고오유란낭자(故烏有蘭娘子) 영혼 앞에 삼가 고결(告訣)의 말씀을 사뢰노라, 오호, 슬프고 원통하도다. 지아비가 부르고 지어미가 화답함은 백 년의 가약을 지켜 나가기 위함이요, 아버님의 낳아 주심과 어머님의 길러 주심은 저버리기 어려운 망극한 은혜라. 이제 우리의 사랑이 꽃을 피우고, 아름다운 인연이 막 정해지려 할 때 친환(親患)의 급보를 어찌할 것인가? 서산의 해가 기울어질 때 다만 어버이 섬길 날이 많지 않음을 생각하였을 뿐 우리의 가약을 맺음에 있어 거문고 줄이 끊어지는 때가 그렇게도 빨리 닥쳐오리라는 것을 어찌 생각이나 하였으랴? 작별인사를 나누고 싶은 심정이야 오죽하였으랴만 사세가 그렇게 되지 않았으니 그 누구를 원망할 것인가? 하지만 중로(中路)에서 수없이 뒤돌아

보면서 즐거움을 휘장 속에다 두었으며, 긴 숲을 지나 다리를 건넌 후로는 희망을 별당(別堂)에 두었거늘 어찌 이다지도 하늘의 이치를 믿기 어렵고 사람의 일은 어그러짐이 많은가? 꽃은 갑자기 뜰 아래로 떨어지고 옥(玉)은 이미 방 안에서 깨어지고 말았구나. 가약을 맺을 기회가 막히고 말았으니 청란(靑鸞)이 홀로 날음을 마음 아파하고 고독한 영혼이 원한을 품게 되었으니 단봉(丹鳳)이 울음을 잃었음을 애석하게 여기노라. 두견의 울음은 달밤에 사라지고 천겁(千劫)을 이루리라던 호접의 꿈은 봄바람에 이미 헛되었도다. 순탄하지 못한 일생을 스스로 불쌍히 여기고 늦게 찾아온 봄을 한하지 않노라. 비록 창자는 끊어질지언정 정은 결코 끊어지지 않으리라. 살아서 이미 나를 좇았거늘 죽어서도 이미 나를 좇을지라. 낭자의 한 평생에 무릇 범절이 남과 아주 달랐으니 만일 저승에서 나의 뜻을 알 수 있다면 돌아 보시어 지하에서 다시 만나기를 바라노라. 낭자가 지하에서도 나를 기다릴진대 나 또한 조랑(趙郎)의 지정(至情)에 감동하여 애랑(愛娘)의 전연(前緣)을 잇겠노라. 글로는 말을 다할 수 없고 말로는 뜻을 다할 수 없으니 오호 슬프구나!〉

이생은 한 귀절을 읊조릴 때마다 목소리를 삼키면서 울먹였다. 다 고(告)하고 나서 마침내 무덤을 치며 큰 소리로 울어대니 세번이나 실신하기에 이르렀다. 노복이 안타까이 여겨 손으로 붙들어 일으키면서 위로하였다.

"물은 이미 엎질러 졌나이다. 한갓 상심만 더할 뿐이오니 몸을 보전하시어 진정하옵소서."

이생을 흐느껴 울면서 목 쉰 소리로 노복에게 말하였다.

"나의 뜻을 너는 어찌 알겠느냐? 나와 이 낭자는 비록 예(禮)는
갖추지 못하였으나 일찍 백년가약은 있었으니, 나 때문에 병이
들어도 약 한 첩 지어 보내지 못하였고, 나 때문에 죽었어도 장례
에 참석하지 못하였으니 이 어찌 원통하지 않으며 슬프지 않겠느
냐? 곡은 저를 위함이 아니고 나는 사사(私事)를 위함이로다. 사사
는 나에게 있는 것이 아니라 저의 정에 있나니, 정과 사가 서로
얽힌다면 누구인들 이와 같이 아니하겠느냐? 나 아닌 네가 이를
당했다고 한다면 어찌 능히 홀로 그렇게 하지 않겠느냐?"
하고는 소매를 들어올려 눈물을 닦고, 물을 떠서 얼굴을 씻고는 마부
의 부축으로 말에 올라 선화당(宣和堂)으로 들어갔다.
　감사는 뛰어나와 이생을 반갑게 맞이하며 놀란 듯이 물었다.
　"자네 춘부장의 병환은 어떠하오며 어찌 이렇게 빨리 갔다 오는
가?"
　이생은 소매 속에서 편지를 내어 보이며 말했다.
　"친환(親患)이 완쾌하시고 또한 가르침이 이와 같기로 할 수 없이
돌아왔다네."
　"형이 떠나간 후부터 즐겁던 밤이 줄곧 불안했는데, 이는 실로
반가운 소식을 듣기를 바라는 바이었으니 만행(萬幸)일세. 그런데
형의 얼굴은 왜 그리 수척해졌는가?"
　"급보를 받고 길을 떠난 후로 줄곧 길에 있었으므로 자연 먹어도
맛을 모르고 잠을 자도 편치 못하여 그러하겠지."
　"이것 모두가 한 때의 액(厄)이니 더는 깊이 근심하지 말고 공부에
더욱 심혈을 기울여 속히 어버이를 기쁘게 해 드리게."
하고는 술상을 봐 오라고 일렀다.

감사와 함께 나누는 이야기가 채 끝나기도 전에 이생은 몸이 피곤함을 이유로 선화당을 떠나 별당으로 돌아왔다. 별당에 와보니 그동안 거미들이 이곳 저곳에 어지럽게 집을 지었고 흙벌레들이 방안 곳곳에 있어 매우 거칠어져 있었다. 인적은 간 곳 없고 오직 뜰 안에 핀 꽃만이 웃음으로 이생을 반겨 줄 뿐, 섬돌의 풀은 이슬을 머금고 슬픈 정회를 더욱 북돋아 주었다. 주인은 다시 왔거만 정인(情人)은 어디에 갔는가? 오직 초당만이 우뚝 솟아 홀로 남아 있을 뿐이었다. 먼지를 쓸고 조용히 누우니 온갖 일이 다 떠오르고 오장이 끊어지는 것과 같아 갖은 병이 이생의 몸에 얽혀들고 있었다. 이생은 머지않아 자신이 죽으리라는 것을 스스로 알았다.

마침 달 밝은 밤을 맞이하여 깊이 신음하고 깊이 탄식하며 이리 뒤척 저리 뒤척이고 있는데, 갑자기 담 밖에서 어떤 곡성이 들려왔다. 귀를 기울이고 들어보니 원망과 호소가 깃들어 있고, 마디마디 슬프고 아픈 것이 확실하지는 않았으나 그 여인의 소리와 같았다. 이생은 이상한 생각이 들어 아픈 몸을 부축하고 일어나 창을 열고 사방을 둘러 보았다. 달빛이 환한 가운데 사람의 그림자가 어른거리는데, 마음 속에 품고 있는 그 여인이 연한 화장을 하고 흰 옷을 입고는 담에 기대어 슬픈 통곡과 원망의 말로 지나간 일을 홀로 중얼거리는데 정말 알 수 없는 일이었다.

이생은 반신반의하며, 한 편으로는 놀라와서 엎어지고 자빠지며 달려나가 여인의 손목을 잡고 말하였다.

"이것이 참인가 거짓인가? 낭자는 누구요? 나는 기억이 나지 않거니와 어찌 원망과 사모의 정이 간절하기로 나를 이같이 느끼게 하는가? 정말로 낭자라면 어찌 정이 식어서 나를 멀리 하는가?"

"저는 오유란이옵니다. 낭군께서는 성문 밖의 무덤을 보시지 아니하셨나요? 한 글월의 고결(告訣)이 낭군님께 있어서는 간절한 정의(情誼)에서 나왔겠지마는, 저에게 있어서는 어찌 영광이 아니겠나이까? 썩은 뼈에 장차 살이 붙고, 외로운 넋이 다시 사랑을 찾게 되면 사례를 하옵고, 또 낭군께서 생각해 주신데 대하여 은혜를 갚고자 하옵니다만, 이 몸이 저승에 있기로 어찌 슬프지 않으오리까? 이리하여 낭군께서 들으시고 저의 마음을 알아주옵소서."

이생은 그 뜻을 이해하고는 갖은 정성으로 타이르며,

"이승과 저승이 달라 사람들이 비록 꺼려하거니와 정사(情思)가 간절함으로 나는 조금도 의심하지 아니하오."

하고는 낭자의 소매를 이끌어 별당으로 들어갔다.

이생은 그 동안 급보를 받은 사실과 가약을 어기게 된 이유를 자세히 설명하고는, 병이 들어 괴로와 한 것과 절개를 지키기 위하여 목숨을 끊은 낭자의 고결함에 대해 사례를 하였다. 이생의 말을 듣고 난 오유란은 눈물을 훔치며 이야기를 하기 시작했다.

"저는 원래 비천한 몸으로서 일직 짝을 잃었으나 삼정(三貞)을 배웠기로 한 마음 굳게 먹고 있던 차에 낭군님을 만나 뜻밖에 사랑을 받고 탁문군(卓文君)의 홍취를 돋구고 예양(豫讓)의 정열을 사모하면서 비록 조강지처(糟糠之妻)는 아니오나 낭군님을 길이 모시고자 하였더니, 어찌 된 일인지 가기(佳期)가 막혀 낭군께서는 홀연히 만리 길에 오르시고 말았던 것이옵니다. 제 스스로의 인생을 돌아보니 동거동사(同居同死)하렸던 그 말을 실천할 수 없고, 해와 달을 두고 맹세하였으나 그 맹세를 좇을 수 없었나이다. 가시는 것을 몰랐던 까닭에 그만 병이 걸리고 위중하여 정신을 잃으니 존재없는 목숨이나마 불쌍하였지요. 삶의 평안을 꾀하기를 알지 못해서가 아니라, 평생에 부끄러운 일이 많아 도리어 세상을 저버리는 것이 빠름을 알지 못하였어요. 구슬이 깨어지는 것을 오히려 달게 여기고, 구슬을 묻어버리기로 뜻을 세우고 보니 마치 나는 모기가 등을 치는 것과 같고 어린 아이가 우물에 들어가는 것과 같았지요. 비록 목숨을 받음이 짧음을 알았사오나 어찌 낭군님에 대한 깊은 원한이 없었으리이까? 다만 목이 메일 뿐이옵니다."

이생은 듣기를 마치고 나서 다정한 말로 오유란을 위로하였다.

"낭자는 실로 하늘이 나에게 주신 인연이었으므로 사람의 힘으로는 감히 어찌할 수 없음을 알고 있소. 다만 봉조(鳳鳥)가 이미 꺾이어졌고 난조(鸞鳥)가 또한 갈라졌음을 괴로와할 뿐이었소. 하지만 어찌 깨어진 거울이 다시 둥글어지며, 끊어진 거문고의 줄이 다시 이어질 수 있다는 것을 알았으리오? 이치는 실로 믿기 어렵고 일은 매우 괴이하구려."

하고는 같이 잠자리에 들었다. 이불 속의 즐거움은 의심없이 그 옛날과 꼭 같았다. 이생은 팔베개를 하여 주고 뺨을 부비며 기쁨에 넘치는 정다운 말을 속삭였다.

"낭자는 이미 죽은 사람이요, 나는 살아있는 사람으로서 유명간 (幽明間)의 만남에 있어서 살찐 살결의 포동포동한 감촉과 애틋한 정의 은근함은 옛날과 조금도 차이가 없으니, 나로서는 이해할 수가 없구려."

이윽고 북두칠성이 서쪽으로 기울어지고 새벽 종소리가 멀리서 들려 왔다.

오유란은 이불을 제치고 일어나 옷을 입고, 눈물을 흘리며 작별

인사를 하였다.

"우리들의 사랑은 이 후부터 좀 멀어질 것이옵니다."

"오심이 어찌하여 이토록 더디었으며 또 정이 멀어진다는 말은 어찌 차마 그렇게도 빨리 하오?"

"신도(神道)는 상도(常道)와는 어긋남이 많아 행적(行蹟)이 뜻과 같이 되지 아니하옵니다."

"그 무슨 말씀이며 그 무슨 정이오이까?"

이생은 다시 오유란의 옷자락을 부여 잡고는 후일 다시 만날 수가 있는가를 수없이 물으면서 결코 놓아주질 않았다.

"낭군님의 저에 대한 정이 이토록 깊을진대 전들 어찌 무정하오리이까? 삼가 낭군님의 가르침을 받들겠나이다."

하고는 이생과 헤어져 총총히 사라졌다.

이 후부터 오유란은 항상 날이 어두워지면 왔다가 새벽이 되면 돌아가곤 하였다. 이리하여 서로 헤어지기 어려워 하는 정은 다시 새로와지고 만족해졌다.

하루는 밤에 이생이 한숨을 길게 쉬며 탄식하기를,

"낭자가 이토록 빨리 왔다 빨리 가는 것은 실로 재미있는 일이 아니며 같이 살고 같이 묻히자는 맹세는 도대체 어디에 있는가? 한 번 태어났다가 한 번 죽는 것을 나만이 홀로 부끄러워 하겠는가? 원하건대 나도 죽어서 모름지기 낭자와 함께 매양 떨어지지 않고 같이 있겠소."

그러자 오유란은 놀라고 두려워하는 듯한 표정으로 눈물을 흘리며 말하였다.

"낭군님께옵서는 그 무슨 말씀이시옵니까? 제가 미천한 몸으로서 죽은 것도 족히 슬퍼할 것이 못되오며 또 이미 지나간 일이옵니다. 그러나 낭군께서는 존귀하신 몸으로 부모님이 살아계시니 마땅히 스스로를 지켜 보중하시와 부모님께 영화를 베풀어 드리도록 하심이 옳을 것이온데 어찌하여 가볍게도 그와 같은 생각을 하시나이까? 저는 참으로 황공하옵니다."

"나는 부모님께 이미 불초한 자식이 되어 근심을 끼쳐드린 일이 많으며, 한 번 죽는 것은 어차피 자연의 이치이므로 피할 수 없구려. 공자의 덕으로도 백어(伯魚)의 참사(慘事)를 막지 못했고, 안자(顏子)의 어짐으로도 이모(二毛)의 요절을 피할 수 없었거늘, 하물며 나는 아무 것도 비교할 만한 것이 없는데 무엇을 애석히 여기리요? 다만 꺼리는 것은 부친의 병환이 완쾌된 이 때에 내가 죽었다고 부모님께서 통곡하시는 것을 차마 볼 수 없을 뿐이오."

"그러하오시다면 심려 마소서. 저에게 한 묘리(妙理)가 있사오니 그러한 말씀은 다시는 입 밖에 내지 마옵소서."

"묘리라니, 어떠한 묘리가 있단 말이오?"

오유란은 한참 동안 입을 다물고 침묵을 지키고 있었다. 이생의 손을 잡고 말을 하려고 하다가는 다시 멈추고, 그렇게 하기를 여러 번 하다가 마지 못하여 대답을 하는 것이었다.

"병든 사람과 죽은 사람은 분명히 구별할 수 있지마는, 아픈 상태는 표현할 수가 없나이다. 제가 낭군님을 대접하는 방법이 다른 사람과는 같지 아니하옵니다. 비록 병이 들었다 하더라도 아픔을 느끼지 아니하며, 비록 죽었다 하더라도 살아있는 것과 조금도 다름이 없어서 정신도 그대로 있고 지각도 그대로 있사옵니다."

"그렇다면 그러한 방법으로 잘 주선하여 끝없는 즐거움을 나누는 것이 내가 참으로 바라는 바이오."

"바라시는 뜻이 이러하오니, 그러시면 오늘 저녁에 한 번 시험을 해 보겠나이다. 저와 함께 하루밤만 자고 나면 나타날 것이옵니다."

다음 날 새벽에 오유란은 먼저 일어나 이생의 머리맡에 앉아 머리를 풀어헤치고 눈물을 흘리며 탄식하여 말하기를,

"세상 일이 어찌 그리 덧없는고? 우리 낭군님이 돌아가셨네."

이생은 깊은 잠을 한 숨 자고 깨어나니 의심스럽기도 하고 한편으로는 놀랍기도 하여 말했다.

"어제의 내가 오늘의 나이고 오늘의 나는 또한 어제의 나 그대로인데, 어제는 옳고 오늘은 그릇되었나? 정신도 맑고 심신도 그대로 있어서 조금도 다름이 없거늘, 다만 한 숨 깊이 자고 났을 뿐인데 낭자는 어찌하여 그토록 슬퍼하고 있소?"

"낭군님은 믿지 아니하시나요? 제가 말씀드린 묘리라는 것이 바로 이것이옵니다. 아직은 떠들거나 시끄럽게 하지 않는 것이 좋겠사옵니다."

하고는 자리를 남쪽 벽 밑으로 옮겨 앉아서 동정을 살피니, 동방은 이미 밝았고 붉은 해가 핏물같은 빛을 땅 위로 쏟고 있었다. 붉은 벽 밖에 수상한 사람들의 그림자가 서성이며 서로 탄식하여 말했다.

"아아, 청춘이 불쌍하도다 / 문벌이 아깝도다 / 슬프도다 부모들이여 / 객사(客死)함이 원통하도다 / "

하더니, 여러 명의 노복들이 방문을 열고 들여다보고 나서, 어떤 놈은 베를, 어떤 놈은 나무를 다듬곤 하다가 우루루 쫓아 들어와서, 번쩍하

는 사이에 시체를 관에다 넣는 시늉을 하고 똑딱거리면서 뚜껑을
덮고 나갔다.

이생은 눈을 지긋이 감고 하는 양을 다 보고는 비로소 몸이 죽었구
나 하고 의심하면서, 슬픈 얼굴로 눈물을 글썽거리면서 탄식하였다.

"사람의 목숨은 어찌 이다지도 쉽게 죽는고? 내 삶은 하늘로부터
받아가지고 부모가 있어도 자식된 도리를 다 못하고, 친척이 있어
도 화목할 줄 몰랐으니, 살았을 때에도 이미 사람 사는 곳에서
불측한 사람이 되었고, 죽어도 또한 지하에 가서 처벌을 면치 못하
리로다."

하면서, 스스로 슬픔을 금치 못하였다. 흐르는 눈물은 비처럼 쏟아져
내렸다.

옛 말에 '새는 죽으려고 할 때 그 울음이 슬프고, 사람은 죽으려고
할 때 그 말이 착하다' 하였으니, 이는 실로 지금의 이생을 두고 한
말이리라.

이생을 계교에 빠지게 하여 죽었다고 한 후로 약간 미안하긴 하였
으나 오유란은 이날부터 수시로 드나들었다.

혹은 낮에도 자며 즐거워하고 혹은 밤에도 술을 마시며 이야기하기
에 밤이 지새는 줄도 모르고 마냥 도취하니 즐거움은 끝이 없었고
사랑 또한 무궁하였다.

이생은 스스로 얻은 듯이 우스개말을 오유란에게 보내었다.

"낭자의 묘술로 능히 나로 하여금 목숨을 좋이 마치게 하여 주오.
목숨을 마치는 것은 오복(五福)의 하나라 감사하여 마지않겠소."

오유란은 아무런 말이 없었다. 오유란은 원래 눈치가 빠르고 다정
한 여인이었다. 수시로 배가 고프고 목이 마른가를 물었으며, 때때로

좋은 음식을 갖다가 대접하였다. 아주 훌륭한 음식을 가져오는데
대하여 이생은 감탄하면서 말하였다.

"거기에도 무슨 묘방(妙方)이 있는 것 같은데, 그 묘방은 어떠한
것이오?"

"토식(討食)이라는 것이옵니다."

"토식이라는 것은 또 무엇이오?"

"말로서는 능히 표현할 수가 없나이다."

"얘기하는 것을 별로 즐겨하지 않으니 내가 한 번 볼 수 있도록
해주지 않겠소?"

"정히 그렇게 보고 싶고 알고 싶으시다면, 날자를 잡을 필요도
없이 오늘 아침에 낭군님과 함께 가셔서 보시지요."

이생은 흡족하여 관을 털어 쓰고 옷을 챙겨 입고는 곧 나서고자
했다. 때는 오월이라 날씨가 약간 더웠다. 오유란은 옆에 있다가 웃으
면서 말했다.

"이같이 따뜻한 날씨에 의관은 무엇하러 차리시나요?"

"큰 길에 나서면 여러 사람이 바라 볼 것이니, 내가 무뢰배가 아닌
이상 어떻게 더벅머리에다 그대로 나간단 말이오?"

"낭군님께서는 어찌하여 그다지도 고지식하시옵니까? 살았을 때와
죽었을 때를 분간하지 못하고 다만 몸가짐만을 조심할 뿐이니,
사람들은 우리를 볼 수 없지만 우리는 볼 수가 있고, 사람들은
우리의 말을 들을 수가 없지만 우리는 들을 수가 있나이다. 소리가
없고 냄새가 없는 것은 하늘이오며, 귀신의 도는 공허하고 형체도
없고 자취도 없는 것이 음양이온데, 낭군님과 저의 처신에 있어서
는 돌아보고 꺼리어 할 바가 무엇이 있나요?"

"사람들은 비록 볼 수 없다 하지만 나로서는 어찌 마음에 부끄럽지 아니하겠소? 허나, 자취가 없다 하니 저으기 마음이 놓이는구려."

하며, 가벼운 홑옷을 입고, 오유란의 손을 붙들고 문을 나가면서 자기 몸을 훑어보고 혹시 사람이 알아보지나 않을까 하고 염려하니 그 걸음걸이는 인어(人魚)가 해막(海幕)을 엿보는 것과 같고 마음은 꾀꼬리의 집이 바람부는 가지에 걸려 있는 것만 같았다.

어느 덧 시장(市場)이 있는 곳을 지나 이방(吏房)의 집으로 갔다. 삼사 리(三四里)를 지나오는 동안 이미 수천 명의 사람들이 어깨를 부딪치고 팔을 스치는 자가 많았으나, 아무도 쳐다보거나 아는 척하는 사람이 없었다.

마침 이방이 집에 돌아와 아침 식사를 하고 있었다. 오유란은 먼저 방문 밖으로 가서 이생을 돌아다 보며 말했다.

"낭군님은 이곳에 머물러 있다가 가만히 보시옵소서."

하고는 곧장 들어가서 밥상을 대하였다. 그러나 사람들은 깨닫거나 알지 못하는 척했다. 오유란이 왼손으로 이방의 뺨을 한 번 치고 오른손으로 가슴을 세 번 치니, 이방은 갑자기 젓가락을 떨어뜨리고 두 손으로 가슴을 감싸 안으며 침을 흘리고 눈을 굴리면서 아프다고 데굴데굴 구르는 것이었다. 그러자 온 집안이 발칵 뒤집혀 버렸다. 큰 아들, 둘째 딸, 아내와 첩들이 모두 달려들어 주물러 구하고서는, 곧장 장가(張哥)란 무당을 불러 물어보고 다시 오가(吳哥)란 장님을 불러 물어보니, 모두가 다 그대로 두면 죽는다고 했다. 원통하게 객사(客死)한 남자 귀신과 여자 귀신이 서로 짜고는 앞서거니 뒷서거니 와 가지고는 갑자기 달려들었으니 술과 밥을 성대히 차려놓고 귀신을 불러 호식하게 하면 괜찮을 것이라고 하였다. 이에 점쟁이의 말을 믿고는 떡을 사고 술을 받고 양고기를 삶고 굽고 해서, 마당 가운데 자리를 펴고 음식을 성대하게 차려놓은 것이었다. 오유란은 이것을 보고 이생에게 말하였다.

"묘방이란 바로 이것이옵니다."

이생의 손을 끌어잡고 마당으로 내려가 술을 권하였다. 이생은 사양하다가 약간을 받아 마시고는 젓가락을 놓았다.

"후일의 양식으로 삼는 게 좋겠나이다."

하고는, 오유란은 마른 음식을 보자기에 싸고 자루에 넣었다. 그리하여 이생은 지고 오유란은 이고 하여 별당으로 돌아왔다.

이생은 배를 어루만지고 쉰 냄새를 토하면서 말하였다.

"오늘 일은 참으로 묘하구려. 내가 전세(前世)에 있어서 귀신의 설(說)을 결코 믿지 아니하였었는데, 오늘에야 비로소 유명(幽明)이 같지 아니함을 겪어 보았소. 오늘 보니 무당들을 일시에 농락하기란 여반장과 같구려."

며칠 후에 오유란은 이생에게 물었다.

"낭군님은 한 번 포식해 보고 싶은 뜻이 없사옵니까?"

"그야 물론 뜻이 있지."

"일반 사람들의 집을 함부로 다니면서 빼앗아 먹는 것은 매우 잔인할 뿐만 아니라 고상한 일이 못되옵니다. 이번에는 사또한테 가서 빼앗아 먹고 싶사오나 낭군님의 뜻이 어떠하온지요?"

"그게 무슨 말이오? 사또와 나의 사이는 일찍이 형제와 같은 정의가 있었거니와 내 비록 십순(十旬)에 구식(九食)하는 일이 있다 하더라도 어찌 차마 빼앗아 먹을 수가 있겠소? 다시 다른 곳을 찾아보도록 하오."

"낭군께옵서는 지금 의리를 가지고 말씀하시나이까, 아니면 정의를 가지고 말씀하시나이까? 저는 매우 친밀하였사옵니다. 그리하여 살았을 때나 죽었을 때나 조금도 멀리함이 없사오니 이제 한 번쯤 음식을 빼앗아 먹기로 무슨 꺼릴 것이 있으오리까?"

"낭자의 말을 듣고 보니 옳은 것 같소."

이에 오유란은 홑치마만 걸쳐 입고 일어나면서 말하였다.

"날이 더워 염려하시지 않아도 될 것이옵니다. 낭군님은 이미 시험해 보시지 않았사옵니까?"

이생은 고개를 끄덕이면서 알몸으로 나섰다. 그의 모습은 몹시 초라하고 행동은 매우 어수룩하였다. 축 늘어진 금경(金莖)은 두 방울 사이에서 끄덕끄덕하고 주먹의 반만한 동주(銅柱)는 두 다리 사이에서 달랑달랑 하였다. 대낮에 이를 보는 사람 치고 누구나 웃지 않을 사람이 없거니와, 명령이 지엄한지라 감히 지껄이지 못하였다.

이렇듯 해괴망칙한 모습을 하고 사람들이 우글거리는 삼문(三門)을 지나 걸어갔다. 곧장 선화당 대청 위로 올라가니, 오유란이 물러서며 이생에게 속삭였다.

"사또가 저곳에 있으니, 낭군께서는 들어가서 예전에 이방 집에서 한 것과 같이 사또를 치고 그 거동을 지켜 보옵소서."

"나는 아직 익숙하지 못한데 과연 마음놓고 할 수 있을까?"

"일은 그다지 어렵지 않사옵니다. 저는 상하의 분수가 있으므로 감히 할 수가 없사오나, 낭군께서는 꺼릴 것이 뭐가 있사오리까?"

이생은 마침내 허리를 구부리고 어슬렁 어슬렁 사또 앞으로 다가갔다. 그러나 사또 앞에 이르자 머뭇거리고 서성대면서 마치 보는 것 같고, 아는 것만 같아서 곧장 행동을 취하지 못하고 이상한 눈초리로 살피고 있었다. 그때 감사가 슬며시 담뱃대로 이생의 배를 쿡 찌르면서 말했다.

"형은 이 무슨 꼴인가?"

이생은 깜짝 놀라서 그만 털썩 주저앉았다. 그리고는 비로소 자기가 살아있음을 깨달으니, 취한 꿈이 삼월달 봄날에 깬 것과 같고, 훈풍이 한 가닥 불어온 것과 같이 정신이 확 들었다. 순간 얼떨떨하여 어찌할 바를 몰랐으나, 곧 한 통속이 되어 자기를 속인 것을 비로소 깨달았다.

감사는 노복에게 명하여 즉시 옷 한 벌을 가지고 와서 이생에게 입히도록 하였다. 이생은 부끄러워 얼굴을 들지 못하였다.

이생은 이튿날 새벽에 노비를 마련하여 길을 떠나는데, 감사도 만나보지 아니할 뿐더러, 오유란에게도 연락하지 않고 곧장 말을 달려 서울로 돌아왔다.

부모님은 이생의 얼굴이 초췌함을 보고 근심하였고, 노복들은 그 차림이 초라함을 보고 의아해하였다. 이생은 오느라 애를 먹고 또한 병이 들어 그러하노라고 대답하였다.

이생은 그날부터 정사(精舍)로 물러가 혼자서 두문불출하고, 오로지 김생에 대한 분풀이를 할 뜻만을 세우고 한 마음으로 열심히 공부에 매달렸다.

그 해 가을에 마침 임금님이 문묘(文廟)에 참배하는 때를 만나 글을 지어 품고 가서 올리니, 임금이 읽어 보시고 크게 치하하시었다. 그리하여 이생은 과거를 치르기도 전에 이미 한림학사(翰林學士)로 뽑히게 되었다. 이는 부모님이 다같이 기꺼워할 영광이요, 친척들이 모두 기뻐할 경사였다. 주위 모든 사람들이 한결같이 기뻐 날뛰며 칭찬하느라 입을 다물지를 못하였다.

이 때 서쪽 지방에 심한 흉년이 들어 민심이 매우 흉흉하였다. 임금은 심히 염려하여 대신들을 보고 암행어사가 될 인재를 물색하여 천거하라 하시니, 곧 이한림(李翰林)이 뽑히게 되었다.

이한림은 상감의 명령을 분부받고, 분을 풀 기회가 왔음을 못내 기뻐하면서 매우 다행으로 여기었다. 행장을 갖추어 가지고 곧 떠나 민심을 수습하면서 서주(西洲)로 행차하니 가는 길이 흥겹고 의기가 양양하였다.

가는 곳마다 산천은 옛 모습 그대로이고 이생도 옛날의 이생 그대로였다. 두 물줄기가 갈라지는 능라도(綾羅島)는 우뚝 솟아 옛 기억을 그대로 떠올려 주었으며, 세 봉우리가 반쯤 내려앉은 모란봉(牡丹峰)은 수년의 세월이 흘렀건만 옛 자취 그대로였다. 이생은 즐거운 흥취를 이길 수 없어 고요히 시(詩) 한 수를 읊었다.

　　　　대동문 바깥 물은 남쪽으로 흐르는데
　　　　노란 돛단배는 고주(古州)에 걸려 있네
　　　　천지에 몸을 붙였다가 이제야 벗어났고
　　　　강산이 반갑거늘 다시 다락 오르도다
　　　　　大同門外水南流 柱棹蘭檣係古州
　　　　　天地寄身初脫殼 江山慣月更登樓

　　　　영명사 깊은 탑은 중들의 구름같은 꿈이요,
　　　　부벽루 높은 곳은 나그네의 야화(夜話)로다
　　　　수의 입은 암행어사 사람들은 모르는데

임금님 은혜 받아 봄놀이에 함께 하리
　永明深榻僧雲夢 浮碧高臺客夜話
　衣繡暗行人不識 聖恩自重伴春遊

읊기를 다하고 나서, 채찍을 휘몰아 연광정(練光亭)에 올라가서
사방을 둘러보며 눈을 부비고 다시 보니, 그 옛날 한 많은 초당이
아득하게 눈에 들어왔다. 감회가 깊은지라 술을 마시고는 또 노래를
지어 불렀다.

도원 찾아 떠난 나그네 이제 다시 돌아오니
풍물도 달라졌고 사람들도 몰라보네
짧은 지팡이 자축거리며 해진 의복 남루하여도
아득한 세상 눈 열리면 남아의 뜻을 펴리라

노래하기를 마친 이어사(李御史)는 역졸(驛卒)들과 함께 비밀한
약속을 해 두고 헤어졌다.

그날 밤중에 역졸 십여 명이 마패를 높이 들고 각각 몽둥이를 손에
든 채 삼문을 두드리며 한꺼번에 소리내어 외치는데,

"암행어사 출두요!"

하니, 우뢰와 번개가 백 리 밖에서 놀라고 하늘과 땅이 한 성안에서
뒤집혀지는 것과 같았다.

관노(官奴)와 이방(吏房)은 일을 단속하느라고 이리 뛰고 저리
달리며, 좌수(坐首)와 별감(別監)은 눈을 둥그렇게 뜬 채로 가정
(街亭)에서 어찌할 바를 모르니 마치 솥물이 끓는 것과 같았다.

이 때 감사는 마침 수청드는 기생 계월(桂月)이와 함께 자고 있다가 느닷없이 문 밖에서 암행어사 출두하옵신다는 소리를 듣고는 뜻하지 않았는 데서 어사 출두가 나온지라, 반 쯤 혼이 나간 상태로 후다닥 일어나 촛불도 켜지 않고 어두운 가운데 옷을 찾다가, 겨우 뒤집혀진 옷 하나를 잡으니 곧 계월의 넓은 비단 속곳이었다. 계월도 놀라서 황급히 알몸으로 뒤를 따랐다.

감사는 원래 해학(諧謔)을 좋아하고 또한 유우머가 풍부한 사람이었다. 우환이 있는 가운데서도 계월의 가는 허리 아래 사타구니 사이를 손가락질하며 희롱의 말을 했다.

"날씨가 추워 감기가 들었느냐? 어찌하여 그토록 콧물을 많이 흘리느냐?"

감사의 말에 계월이 살짝 얼굴을 붉히며 대꾸했다.

"사또 나으리께서는 승자(陞資)하시와 벼슬이 더 올랐나이까? 어찌 그리 화신(火腎)이 툭 튀어 나왔으며 그토록 큼직하시나이까? 하오나 이와 같은 우환이 닥쳐든 때에 그와같은 우스개 소리가 다 무엇이오이까? 바라옵건대 정신을 좀 가다듬어 무사하기를 도모하소서."

이러는 사이에 벌써 어사는 선화당으로 들어와 높이 걸터앉아 엄히 특명하기를,

"창고를 잠그고 형구(刑具)를 갖추어 위 아래를 가리지 말고 명첩(名帖)을 올리지 못하게 하라 !"

엄명이 떨어지자 이방과 노비들이 황겁하여 내달아 감사에게 아뢰었다.

감사는 두세 명의 관노를 시켜 그 동정을 살펴보고 또한 용모를

알아보게 하였다. 곧 관노가 돌아와 아뢰었다.

"어사또의 나이는 약 삼십 세 가량이옵고, 얼굴이나 거동이 꼭 전날의 별당주인(別堂主人) 이랑(李郞)과 같사오니 심히 의아하고도 괴이하옵니다."

감사는 설마 그러하랴, 하고는 반신반의하여 곧 오유란을 불렀다.

"너는 이랑과 다정하고 친숙한 사이가 아니냐? 오늘의 어사또가 이랑과 흡사하다 하니 너는 곧 가서 자세히 알아 보고 사실대로 보고하도록 하라."

오유란이 선화당으로 불려나와 자취를 숨기고 살펴보니 오늘의 어사는 전날의 이랑에 틀림이 없으며, 전날의 이랑은 오늘의 어사임이 분명하였다. 때는 비록 다르나 사람은 같아서, 저기 앉은 어사또는 의심할 바 없는 이랑이었다. 곧장 돌아와서 감사에게 보고하기를,

"더 이상 지나친 근심은 하지 마옵소서. 지금의 어사또는 분명히 전날의 이랑주(李郞主)이옵니다."

감사는 근심하던 얼굴빛을 희색(戲色)으로 바꾸며 말하였다.

"내가 이미 친구의 등과(登科) 소식을 들었거니와, 오늘의 어사임을 알지 못하였도다."

이에 다시 빼앗겼던 혼을 되찾고, 의관(衣冠)을 바로잡은 후에 한 통인(通引)을 불러 어사에게 명첩을 올리도록 하였다. 어사는 화를 벌컥 내며,

"내가 원래 너를 알지 못하거늘 사또가 명첩을 올리는 것은 무슨 까닭인고?"

하고는 즉시 통인을 묶게 하고 태장(太杖) 삼십 대를 쳐서 돌려보냈다.

감사는 명첩을 거절당했다는 소식을 듣고는 직접 나가 보고자 하였으나, 다시 명첩이 없었으므로 그냥 들어가 빳빳이 서서 어사를 바라보고 말하였다.

"옛 친구는 그 동안 평안하셨는가?"

어사가 보고도 못본 척하고 듣고도 듣지 아니한 척하니 감사는 황겁하여 앞으로 나아가 어사의 손목을 잡으며 말했다.

"형은 정말로 뜻이 굳은 사람일진대 이제 드디어 자네 일은 이루어졌구려. 오늘 이 동생이 황겁하고 혼이 나가 곤경하였음은 오히려 형이 옛날에 속임을 당한 것보다 못하진 않을 것일세. 한 번 깊이 생각하여 보게. 형이 갑자기 영화의 길에 오르게 됨이 어찌 나의 작은 정성이 아니었던가를. 결과적으로 보아, 일로서는 형이 나를 이겼다고 하나, 사실 진 사람은 어사 자네일세."

감사의 말을 들은 어사는 그의 말을 요모조모로 뜯어서 해석해 보고는 드디어 마음이 조용히 열리고 입에서 스스로 웃음이 나오는지라,

"때도 이미 지났고 일도 또한 오래 되어 할 수가 없구나."

하고는, 곧 술상을 봐오게 하여 감사와 함께 즐거이 마셨다.

감사가 너무 지나치게 장난을 친 과거를 책망하고 용서를 받은 영광을 사례하니, 어사는 얼굴을 붉히고 웃으면서 말하였다.

"오늘은 소유문(蘇孺文)이 되어 옛 친구를 만나 술을 마시고, 내일은 기주자사(冀州刺使)가 되어 민정을 살핌은 바로 나를 두고 이름이로세."

다음 날 날이 밝자 어사는 공청에 나가 앉아서 여러 형장(刑杖)을 갖추게 하고 오유란이란 여인을 묶어오게 하였다. 섬돌 아래 거적

자리를 깔고 그 위에 엎드리게 한 후 문을 닫고는 큰 소리로 호령하여 문초를 하였다.

"네 죄를 네 스스로 알고 있을 터이니 이제 매로써 너를 죽이리라."

오유란은 소리를 낮추어 속삭이듯이 간곡하게 말하였다.

"소녀는 어리석은 여자이오나 무슨 죄인지를 모르겠나이다."

어사는 크게 노하여 발을 구르며 꾸짖었다.

"일개 관비(官婢)로서 장부를 속여 희롱하기를, 산 사람을 죽었다 하고 사람을 가리켜 귀신이라 하였으니 그 죄가 어찌 크지 않으랴? 빨리 저 여자를 마구 쳐서 죽이라 / "

그러자 오유란은 마구 빌면서 애걸하였다.

"소녀 바라옵건대 어사또께옵서는 잠시 문을 열고 소녀의 한 말씀만 들어 주신다면 태형(太刑) 아래 외로운 넋이 된다 하더라도 다시는 원통함이 없겠나이다."

어사는 일찍이 인정 많기로 소문난 사람이었다. 오유란의 슬픈 하소연을 듣고는 문을 열어 주어 낯익은 얼굴을 한 번 보니 오유란이 몸을 나타내어 살짝 쳐다보고는 생긋 웃으며 속삭이는 듯한 목소리로 말하였다.

"산 사람을 보고 죽었다고 하온 것은 산 사람이 스스로 죽지 아니한 것을 깨닫지 못함이요, 살아있는 사람을 보고 귀신이라 하온 것은 살아있는 사람으로서 스스로 귀신이 아님을 깨닫지 못한 것이오니, 속인 사람이 나쁘옵니까, 속힌 사람이 나쁘옵니까? 지나치게 속임을 당한 사람은 혹 있을진대, 그 스스로는 차마 말할 수 없을 것이옵니다. 또한 소녀는 사졸(士卒)이 되어 오직 장군의 명을 따를 뿐이옵거늘, 일을 시킨 사람의 책임을 어찌하여 사졸에게 물으시오이까?"

어사또가 가만히 듣고 본즉, 사정이 또한 없을 수 없고 사실이 또한 그러하였는지라, 즉시 풀어주도록 특명하고 당상으로 올라오게 하여, 웃는 모습을 한 번 보여 주고는,

"너는 묘기(妙妓)가 되고 나는 소년이 되어 행한 바는 조금도 괴이 하지 않거니와 중간에서 일을 꾸민 사람이 참으로 괴이하고 나쁘지 만, 지금에 와서 돌이킨들 어이 말할 수 있겠는가?"

하고는, 술을 가져오게 하여 크게 잔치를 베풀고, 그 옛날의 다정다감 했던 정회를 모두 털어놓고 이야기했다.

어사는 평양 감영에 여러 날을 기거하며 갖가지 송사(訟事)를 다스리는데, 옳고 그름을 분명히 가려 국법(國法)대로 처리하였고, 지나는 고을마다 선정(善政)하는 수령(守令)은 표창하고, 위정하는 자는 그 직위를 박탈하여 민정(民情)을 올바로 살피니, 이어사(李御 史)가 지나는 곳엔 한 사람도 억울한 일이 없었다.

어느덧 세월이 흘러 소슬한 바람이 귓가를 스치는 팔구월이 되었 다. 어사는 다시 공적(功績)을 인정받아 내직(內職)의 명(命)을 받으 니 그 명성이 온 나라에 두루 떨치었다. 같은 해에 감사도 또한 외직 (外職)으로부터 벗어나 내직을 제수 받으니, 두 사람의 두터운 정의 (情誼)는 온 천하가 다 부러워 하였다. 그 후 두 사람은 서로 도우며 진급하여 둘 다 정승이 되었다. 서로 이끌어 주는 덕(德)과 서로 양보해 주는 공(功)은 한대(漢代)의 소조(蕭曹)와 같고 당대(唐代) 의 방두(房杜)와 같았으니, 두 사람의 이러한 정의(情誼)는 사십여 년 동안이나 한결같았다고 한다.

박문수전
朴 文 秀 傳

◇작품 해설◇

　작자와 작품이 쓰여진 연대는 알려져 있지 않으나, 작품의 시대 배경은
이조 영조(英祖) 때임이 작품과 문헌상으로 명시되어 있다.

　이 작품의 내용은 실존 인물이었던 암행어사 박문수의 행장기(行狀記)
에서 소재를 취하여 소설화한 것으로서 마치 개인 전기와도 같은 인상을
주는 작품이다.

　그러므로 작품의 내용이 다른 고대 소설에서 보는 바와 같이 황당하다거
나 기괴한 데가 없고 거의 사실적인 묘사에 가깝다. 시대적인 배경과 당시
의 사회상, 그리고 민심과 민속 등이 담담하게 그려져 있어 역사적인 고증
자료로서 중요한 의의를 갖는다.

　특히 박어사가 구천동에서 유씨 부자와 천씨 부자 간의 불협화음을 해소
하는 대목 같은 데서는 상당한 드릴과 박진감을 보여준다. 그렇다고 해서
그러한 행위나 언동이 결코 황당무계하다거나 엉뚱한 요소는 없다. 과장성
이 가급적 배제된 가운데 사람으로서 능히 할 수 있는 행위를 연출하고
있을 뿐이다. 그러면서도 이 소설은 질적인 면이나 흥미면에서 결코 다른
고대 소설에 뒤지지 않는다. 오히려 사실을 긍정하면서 흥미도 함께 느낄
수 있는 훌륭한 드라마라고 할 수 있다.

박문수전(朴文秀傳)

1. 박어사가 구천동 인민을 신도로 다스린 일

조선 영조(英祖) 시대에 박문수(朴文秀) 어사는 유명한 남도 어사였다. 재능과 덕망이 조야에 충만하였는데, 이때 호서의 도둑 이인좌(李麟佐)와 영남의 정희량(鄭希亮) 등이 군사를 모아 난리를 일으켰다. 그들은 상여 안에 병기를 싣고 청주에 들어와 병사 이봉상과 영장 남연평을 죽이고 안성(安城)의 청룡산 위에다 진을 치는 것이었다. 봉조하 최규서가 변란이 일어남을 알리니, 영묘조(英廟祖)는 크게 놀라 박문수를 시켜 난적을 진압케 한 후 백성의 근심을 보찰하도록 특별히 박문수에게 팔도 암행어사를 제수하시었다.

박문수는 땅에 엎드려 사은하고 수의사모로 팔도를 암행하기 시작하였다.

다 떨어진 옷을 입고 찢어진 삿갓을 쓰고, 죽장망혜로 떠가는 구름과 흐르는 물을 따라 한강 이남으로부터 출발하여 경기, 충청, 경상도로 전전하며 수령방백의 행정득실과 각 동 각 리의 민정 상황을 낱낱이 조사한 후에 전라도 땅으로 건너갔다.

민정을 세세히 살피고자 덕유산(德裕山) 속으로 들어가니, 이곳은 남쪽 지방의 유명한 장산인지라 골짜기가 매우 깊어 산봉이 중첩하고 맹수가 들끓어 거기 사는 백성 이외에는 나는 새라 할지라도 함부로 출입을 못하는 곳이었다.

깊은 골짜기에 구부러진 오솔길 뿐인 첩첩 산 속에서 어쩌다가 잘못 길을 잃어버린 박어사는 심산궁곡에서 종일토록 방황하였다.

어언간에 해는 서산으로 떨어지고 어둠이 서서히 사방을 에워싸오는데 울울창창한 숲 속에서는 산짐승들의 포효하는 소리만이 무주공산을 울리고 있었다.

박어사는 지친 데다가 심한 기갈이 들어 낙엽위에 한참을 엎드려 있었다. 그러다가 문득 앞쪽을 보니 등잔불이 은은히 비치고 있는지라, 한편 기쁘고 한편 졸음이 오기도 하여 등불을 찾아 들어갔다. 그러자 뜻밖에도 인가가 즐비한 큰 마을이 나타나는 것이었다.

이때는 이미 밤이 깊어 집집마다 문을 닫고 온 마을이 고적한데 한 골목에 다다르니 창밖으로 등불이 새어나오고 방안에서 사람의 소리가 괴이하게 들려왔다.

어사가 크게 놀라 한옆으로 피해 서서 창 틈으로 방안을 엿보았다. 늙은 사람 하나가 단도를 빼어 들고 누운 사람의 배 위에 올라앉아서 칼로 찌르려고 하며 실성한 사람처럼 소리를 연발하고 있었다.

"이놈 죽어라 ! 이놈 죽어라 ! 죽어라 ! "

그런데 누워있는 사람은 다만,

"죽겠습니다."

할 뿐, 다른 말이 없었다.

어사는 정신을 가다듬고 기침을 크게 한 후 창문을 두드리며 주인을 불렀다. 방안이 갑자기 조용해지더니 이윽고 주인이 나와 영접하였다.

어사가 주인을 따라 방안에 들어서니 누웠던 사람은 없어지고 단도를 가지고 흉행(凶行)하려던 사람 뿐이었다. 어사는 자리를 잡고 앉은 후에 자기의 성명과 거주를 말한 다음 하루 종일 깊은 산 속에서 길을 잃고 헤매다가 들어온 시말(始末)을 말하니 늙은 사람은 얼굴 가득 수심을 띄고 대답하되,

"나의 성은 유씨요, 이름은 안거라고 합니다."

하고는, 깊이 탄식하고 한숨을 쉬더니 안으로 들어가 밥과 과자를 가지고 나오는 것이었다.

어사는 치사하고 밥상을 받은 후에 주인의 내력을 자세히 물어보니, 자기의 이름을 유안거라고 밝힌 그 주인은 자기의 신상을 밝히기를 꺼려하였다.

어사가 간곡히 반문하므로 그제서야 주인은 자기의 전후시말을 차례로 털어놓았다.

원래 본적은 경성이고 아내 최씨와 함께 세 살 난 아들 득주 하나를 데리고 덕유산 아래로 내려온 지 열 두 해에 득주의 나이 장성하여 무주(茂朱) 김정언의 질녀와 성혼을 시켰으나 가계는 점점 어려워가기만 하였다. 그러던 중 마침 이 동네에 사는 구화선이라는 사람의 소개로 이곳으로 이사하여 학구로 종사한 지 십여년이 되었다.

이곳의 환경은 사방 육십 리가 무인지경이었다. 토착인이 개척한 것이 어느 시대인지는 알 수 없으나 다만 구가와 천가 두 성바지가

대를 이어 살고 있으므로 이 동네의 이름을 구천동이라 불렀다. 구천동 백여 호 가구 중에 내집 하나가 섞여 살고 있는데 양성(兩姓)의 학채 수입으로 처음 이사올 때 보다는 생활 정도가 좀 나아졌다.

주인의 이야기를 들은 박어사는 다시 물었다.

"내가 주인께 오늘 저녁의 일을 묻고자 하니, 하룻밤의 정으로도 만리장성을 쌓을 수 있다 하거늘 부디 숨기지 말고 말씀하여 주시오. 아까 창 밖에서 내가 보았을 때 주인께서 소년을 흉행하려고 하였는데, 이는 도대체 어찌된 일이오?"

유안거가 놀라며 말이 없더니 한참 후에야 입을 열었다.

"손(客)께서 이미 알고 계시는데야 어찌 무엇을 숨기리요? 아까 그 소년은 내 아들 득주입니다. 이웃에 천운거라고 하는 자가 있어 저의 재종질녀를 취하여 며느리를 삼았지요. 그 아들의 이름은 천동수라고 합니다. 천운거의 집이 원래 난잡하여 동수의 아내가 부정한 행실이 있은지 오래인데, 이러한 일은 이웃이 다 알고 있습지요. 그런데 갑자기 내 자식 득주와 이번에 간통하였다는 혐의를 씌우고, 천운거의 부자가 서로 꾀하기를 자기집 부녀가 음행을 하였음은 한 가문의 수치인지라 그 혐의를 보복하기 위하여 우리 집 부녀를 탈취하겠다 하고 통지를 하여왔는 바 그 내용이 해괴하기 그지없었습니다. 그 내용인즉, 내 아내 최씨는 천운거가 탈취하고 나의 며느리는 천동수가 탈취하여 육례를 올린다는 것인데 성혼일은 부자가 같은 날로 정한다는 것이었습니다. 그들은 연일 혼례 준비를 서두르고 있으며, 내일이 바로 그 잔치날이라 합니다. 이제 오늘밤이 지나면 천가의 부자가 찾아와서 신부를 내어 놓으라고 할 것이니 강약이 부동으로 저들이 하자는 대로 아니하고는 못배길 것입니다. 그 욕을 앉아서 당하느니 보다는 차라리 한 칼로 내 자식을 죽이고 아내를 죽인 후에 나도 마저 죽어서 저들의 횡포함을 피하고자 하니, 손께서는 이곳에 머무르지 마시고 어서 떠나시어 급한 화를 면하도록 하십시오."

"내일 혼례를 치루는 시간은 어느 때 쯤이나 되겠소?"

"아마 신시 초가 될 듯합니다."

"이곳에서 가장 가까운 관청은 어디께나 되오?"

"이곳에서 서남방으로 칠십 리 밖에 본군 관부가 있다 하더이다."

박어사는 밝은 표정으로 유안거의 손을 잡고 말하였다.

"주인은 너무 염려 마시오. 내 이길로 나갈 것이며 내일 신시가 되기 전에 좋은 소식을 전해 드리리다."

유안거는 영문을 몰라 다시금 물었다.

"손의 말은 믿을 수가 없지 않습니까? 괜히 남으로 하여금 욕을 당하게 하는 것이나 아닐런지요?"

박어사는 불안해하는 유안거에게 다시금 누차 타일러 안심시킨후에 곧장 구천동을 떠나 서남쪽으로 칠흑같은 밤을 쉬지않고 달려갔다. 험로를 무릅쓰고 봉학을 넘어 칠십 리 무주읍에 다다르니 어느새 날이 밝아오기 시작하였다. 체면이고 뭐고 필요없이 삼문 앞에 달려들어가 친히 마패를 잡고 암행어사 출두를 외쳤다.

날벼락같은 마패소리가 무주읍을 진동하니 육방이 뒤집히고 천지가 소요하는지라 무주군수는 잠결에 놀라 혼비백산 도망하기에 바빴다. 역졸이 모여들면서 공방을 호령하니 무주읍의 모든 관속이 차례로 현신하고 어사를 영접하여 객사로 모시었다.

박어사는 한편 좌정하여 군수를 불러 보니 성명은 임해진이라 하는 사람이었다. 절반 쯤 혼이 나간 사람처럼 하고 들어오는 군수를 보고 박어사는 엄하게 물었다.

"이 고을에 재인 광대의 수효는 얼마인가?"

군수는 황겁결에 육방을 지휘하여 위아래를 불문하고 관내의 모든 광대를 집결시키니 그 수효가 상당히 많았다.

"땅 재주 잘하는 사람만 골라라."

어사가 호령하니, 군수가 광대를 시켜 삼문을 뛰어넘게 하였다. 한 길 반이나 되는 삼문을 척척 뛰어넘는지라 그 중에서도 실력과 재주가 뛰어난 자로 네 명을 고르고 각각 색깔이 다른 군복을 지어 입히게 한 후에 다시 덕유산으로 향하였다. 해는 이미 중천에 떠 있었다.

이때 유안거는 어제밤에 다녀간 나그네의 말을 반신반의 하면서도 권구(眷口)에 대하여 그 때 차마 하수하지 못하고 날이 점점 밝아왔다.

천운거의 집에서 혼구를 준비하여 가지고 와서 유안거의 집 대청을 수리하고 교배청을 벌이었다. 유안거는 이 거동을 보고 진즉 죽지 못한 것을 한하였다.

오정이 가까와 오자 천가 부자가 들이닥쳐 안마당으로 들어와 늙은 최씨 부인과 그 며느리 김씨 부인을 붙잡아 앉히고 함부로 다스리는 것이었다.

유씨 가족은 기가 막혀 어찌할 줄 모르는데 정해진 시간이 되자 천가 일족(一族)이 천운거의 부자를 에워싸고 들어왔다.

두 사람의 복색은 일반적인 예복차림으로 머리에 사모를 쓰고 허리에는 관대를 둘렀으며 발에는 수혜를 신고 부자가 차례로 앞뒤에

서서 집안으로 들어 오는데 구천동 일백여 호가 한꺼번에 몰려오는 것 같았다.

그들은 다투어 구경을 하면서 서로 주고 받기를,

"이런 혼례식은 우리 인간 세상에서는 처음 있는 일이로다."

하고 탄식하였다.

두 신랑이 교배청에 이르러 아비 신랑은 왼쪽에 서고 아들 신랑은 오른쪽에 서서 눈알을 차례로 굴리며 신부가 빨리 나오기를 독촉하였다.

바로 이때였다. 갑자기 마당 한 가운데서 구경하러 모여들었던 사람들이 일시에 양 옆으로 갈라지면서 한 명의 신장(神將)이 황포 황감에 황모복월을 비끼어 들고 또한 지진동 사황기를 높이 받들며 위엄있게 걸어오는 것이었다.

구경하던 사람들이 모두 경악하여 한쪽 옆으로 우루루 비껴서며 무서워서 감히 눈을 들어 쳐다보지도 못하였다.

그 신장은 태연히 교배청으로 들어가 한가운데에 자리를 잡더니 손에 든 황모복월로 교배상을 벼락같이 내리치며 동방 청제대장군을 불렀다. 그러자 공중에서 대답하는 소리가 또한 벽력같이 들리며 산골짜기가 떠나갈 듯이 진동을 하였다. 그 순간 신장 하나가 마당 가운데로 떨어지면서 동쪽으로 비껴서는 것이었다.

"서방 백제대장군!"

황포를 입은 중앙 신장의 명령이 떨어지자 또한 공중에서 대답하는 소리가 벼락처럼 들리며 한 신장이 마당으로 떨어져 백호기를 높이 들고 서쪽으로 비켜 섰다.

중앙 신장이 다시 황모복월로 교배상을 벼락같이 치면서,

"남방 적제대장군!"

을 부르니, 공중에서 대답소리가 산골을 울리며 역시 신장 하나가 마당으로 떨어졌다. 붉은 건(巾)을 쓰고 붉은 옷을 입은 적제 대장군은 주작기를 높이 들고 남쪽으로 비켜서는 것이었다.

"북방 흑혜대장군!"

중앙 신장이 다시 황모복월을 들어 교배상을 부수면서 명령하니 벽력같은 대답 소리가 공중으로부터 들려오며 흑건(黑巾)을 쓰고 검은 옷을 입은 한 신장이 마당으로 떨어져 현무기를 높이 들고 북쪽으로 비켜 섰다.

사방 신장이 각기 자리를 잡고 서자 중앙 신장은 산골이 떠나갈 듯 큰 소리로 말하였다.

"나는 중앙 황제대장군으로서 옥황상제의 명을 받아 이곳에 왔노라. 상제께서 명하시기를, 오늘 신시초에 무주 구천동에 이르면 괴악한 무리 두 사람이 있으니 잡아 바치라 하셨기에 내 여러 신장을 불렀으니, 사방 신장은 협력하여 이 가운데 사모관대한 두 사람을 잡아가라!"

추상같은 명령이 산골을 울리자, 사방 신장이 명을 받들어 일제히 달려들어 교배상 앞에 넋을 잃고 서 있는 천가 부자를 문 밖으로 잡아내어 독수리같이 몰아가는 것이었다.

이날 유안거의 집에 구경왔던 모든 사람들은 신장의 위엄을 보고는 저마다 혼비백산하여 제집으로 도망가서 이불 속으로 숨어들었고, 미처 도망가지 못한 몇 사람은 혼이 빠져서 앞뒤를 분간치 못하고 허우적대었다.

이때 천운거 부자를 잡아간 사람은 곧 박문수 어사였다. 무주 본읍에서 데리고 온 광대 네 명으로 하여금 군복을 입게 하고 유안거의 집을 사방으로 뛰어넘어 들어가게 하여 천운거 부자를 압령하여 나온 것이었다.

구천동 삼십 리 밖에 이르자 광대를 시켜 천운거 부자를 때려 죽이게 하여 깊은 산골에 파묻은 후 광대를 각기 후하게 상주어 돌려보냈다.

박어사는 그길로 나서서 전라도 여러 지방을 두루 살피고 서북 사도(四道)를 차례로 거슬러 올라가 성상께 아뢰어 꿇어 엎드려 절하였다. 이에 성상은 크게 기뻐하시며 박문수의 직품을 높여 정이품(正二品)을 하사하시고 내직으로 선용하시었다.

그로부터 삼년이 흐르자 남쪽 지방이 병화(兵禍) 이후에 인심이 자못 어지러운지라 성상께서 다시 박문수를 시켜,

"그대를 삼남 수의 어사로 파송하니 부디 민심을 수습하고 국태민안에 만전을 기하고 돌아오라."

하시었다.

상감의 특명을 받고 박어사는 영남 삼도를 시찰하게 되었다. 그의 발길은 자연히 전라도 덕유산 밑에 이르게 되었다. 덕유산을 보니, 박어사는 문득 예전에 구천동에 들어갔던 일이 생각났다. 헤아려 보니 벌써 십 년 전의 일이었다.

박어사는 유안거가 그후 어떻게 되었는지 알아보고 싶었다. 그리하여 남루한 옷차림으로 꾸며입고 정처없이 떠돌아 다니는 상거지처럼 행세하여 다시 구천동으로 들어가니 옛날에는 보지 못하였던 큰 기와집 한 채가 반공에 솟아있었다.

박어사가 의아하게 생각하여 그 기와집으로 찾아가 보니 주인의

138

성명이 유안거였다. 박어사는 속으로 크게 반가와 하였다. 그러나 유안거야 어찌 박어사를 알 수 있으랴?

밤이 깊은 후에 박어사는 유안거를 만나 그 동안의 일을 물었다. 그후 그가 지내온 내용은 이러하였다.

"내가 이곳에 들어온 지는 십칠 년입니다. 들어온 후 지금까지 동네 청년을 가르쳤으나 처음에는 들어오는 수입이 넉넉치 못하였습니다. 그런데 십 년 전에 이곳 구천 양성(兩性)이 재물을 합자하여 이 집을 지어 나를 주었고, 그 후부터 주민 백여 호가 매년 수확의 일부를 내 집에 진공하였습니다. 그것이 적지 아니하였으므로 해마다 남는 것을 모아 토지를 사들인 것이 수백 석이 넘습니다. 그러나 주민의 진공은 오히려 매년 증가되어 가기만 하니 가세가 저절로 풍족하여졌답니다."

"어찌하여 십 년 전부터 주민들이 당신에게 진공하게 되었나요?"

"나는 옛날에는 신도(神道)라는 것을 믿지 않았었습니다. 그런데 이곳에서 그것을 믿지 않을 수 없게 되었습니다. 이곳 토착민과 함께 신기한 일을 보았으니까요. 십 년 전에 내집과 이곳 천가의 집 사이에 불미스러운 관계가 있어서 내집이 곤욕을 당하고 머지않아 멸망하게 되었었지요. 그때 우연히 하늘에서 옥황상제께서 다섯 분의 신장(神將)을 내려 보내시어 내집을 멸망시키려 하던 천가 부자를 잡아 올라가신 후로 아직까지 시체조차 내려오지 않고 있습니다. 그 후부터 이곳 토착민들이 크게 놀라 서로 경계하기 시작하였고, '저 집은 하늘이 아는 집이니 감히 존경하지 않을 수 없노라'고 하면서 서로 다투어 내집에 진공을 융숭히 하였습니다. 나는 도리어 내가 무슨 덕이 있어 이와같이 하늘의 은혜를 받는가 하고

한 편으로는 두려운 마음이 생겨 이곳 토착민의 자제들을 열심히
가르쳤지요. 그 결과 지금 이곳 신진 청년들은 십 년 전 이곳 사람
들에 비하여 많이 깨쳤습니다."

박어사는 유안거의 말을 다 듣고 나서는,

"상제의 은혜에 감사할 뿐이오."

하며, 다시는 말이 없이 그 이튿날 구천동을 떠나오게 되었다.

박어사는 남쪽 지방을 다스린지 수년 만에 수의 사또를 하직하고
내직으로 다시 올라가니 그 후부터 사방이 태평하여 백성이 마음을
놓았다. 그리하여 조정에서는 자연히 일이 없게끔 되었다.

영조께서 한가하실 때에 노련한 여러 신하들을 모아놓고 각기 평생
의 경력을 말해보라 하시었다. 그러자 박문수는 덕유산에 들어가
구천동을 다스린 일과 유안거에 대한 전후의 사실을 말씀드렸다.
그 말을 듣고 영조께서 물으셨다.

"그 후에 유안거를 다시 만났을 때 어찌하여 상제의 은혜만 말하고
경의 일은 말하지 않았는가?"

"신이 그때 만약 신의 일을 말했다면 신이 구천동을 채 벗어나지
못하고 죽는 것은 말할 것도 없거니와, 유가의 집안이 망하면 그
다음 구천동 백성이 다시 화액을 만나 망하게 될 것이옵니다. 만일
오늘 이 자리가 아니면 평생에 어찌 입을 열 수 있으오리까?"

얘기를 들은 상감 이하 모든 신하들이 박문수의 넓은 아량을 절찬
하여 마지 아니하였다.

2. 남궁로 군수가 시비로 딸을 삼아 시집보낸 일

삼한시대 변한국에 진주국 창원 군수 석진은 원래 금주 사람으로 나이 사십이 넘어 아내와 사별(死別)하였다. 그 죽은 부인의 소생은 여덟 살 난 딸 하나 뿐이었는데 이름을 계향이라 하였다. 부인 생전에 부리던 시비(侍婢) 춘매를 수양딸을 삼았는데 춘매의 나이는 계향보다 다섯 살 위였다. 그래서 둘은 서로 떨어지지 못하고 항상 친하게 지내었다.

석진 군수가 하루는 내아에 들어가 그 딸 계향을 무릎 위에 앉혀놓고 글도 가르치며 더러는 춘매와 장난을 시키기도 하였다. 그런데 계향이가 치는 공을 춘매가 받아서 한 번 차니 공이 굴러 뜰앞 깊은 굴 속으로 들어갔다.

춘매는 그 굴 속에 팔을 넣어 공을 꺼내려고 하였으나 굴이 너무 깊어서 꺼내지를 못하였다. 이 모양을 곁에서 지켜보고 있던 군수는 어린 딸 계향에게 물었다.

"저 공이 제 스스로 굴 밖으로 나오게 할 방법이 없겠느냐?"

한참 동안 생각을 하고 있던 계향이가 춘매로 하여금 물 한 동이를 길어오게 하여 그 굴 속에 붓자 공이 물 위에 둥둥 떠서 밖으로 나오는 것이었다. 군수는 그 딸의 지혜가 영특함을 보고 매우 기뻐하였다.

그 후에 석진 군수는 창원현에서 불의의 변을 만나 환곡을 쌓아둔 창고에 불이 나서 하룻만에 천여 석의 환곡이 다 타서 없어져 버렸다.

그 사유를 들은 정부에서는 크게 노하여 즉시 석진을 관직에서 쫓아내고 일천 오백 냥을 물어내게 하였다. 그러나 석진은 원래 청백한 관원이었기 때문에 평소에 모아놓은 돈이 없어서 그렇게 많은 배상금을 갚을 능력이 없었다.

가산을 모두 털어 정리하였으나 그 절반도 못되었다.

석진 군수는 이 일로 말미암아 심화병을 얻고 십여 일 만에 세상을 떠났다.

이 때의 나라 풍속은 그 사람의 재산을 몰수하고 갚을 돈이 모자라면 그 가솔을 관비(官婢)나 사비로 공매하여 모자라는 금액을 징수하였다. 계향과 춘매는 곧 경매에 붙여졌다.

그때 마침 그 지방에 진도라고 하는 사람이 살고 있었다. 그는 일찍이 창원현의 백성으로 중죄에 관련되어 삼 년 동안이나 미결수로 옥에 갇혀 있었는데, 석진 군수가 도임한 후에 그의 억울함을 알고 상부에 고하여 그를 무죄 석방하였던 것이다.

옥에서 풀려나온 진도는 석진 군수의 하해같은 은혜를 마음에 두고 주야로 잊지 아니하였다. 이때 석진 군수가 불의의 변을 당하여 그 가족을 공매에 붙인다는 소문을 듣고는 공매장으로 달려갔다. 계향과 춘매의 몸값을 아끼지 않고 내어주고 자기 집으로 데리고 돌아와서는 부인에게 말하였다.

"내 평생에 결코 잊을 수 없는 석진 군수의 황공한 은혜를 오늘에야 만분의 일이라도 갚게 되었구려."

하고는 먼저 계향을 가리키며 말하였다.

"이 소저는 곧 석진 군수 노야의 따님이시오. 노야께서 이 고을에 오래 계시던 중 불의의 변을 당하여 배상액의 부족으로 그 가족을 몰입하여 공매에 붙인 까닭에 내가 모시고 온 것이오. 또한 저 춘매는 석소저의 시비였으나 그 댁 가솔이라하여 마찬가지로 몰입되었기에 내 함께 데려 왔으니, 당신은 앞으로 석노야의 은공을 생각하여 춘매와 함께 소저를 존귀히 모시도록 하오. 만약 장성하기 전에 그 댁 친족이 있어 찾으시면 다행이지만 그렇지 못하면 장성한 후에 훌륭한 배필을 구하여 좋은 가문에 출가시킨다면 지하에 계신 노야께서는 편히 눈을 감을 수 있을 것이오.”

남편의 말을 들은 부인은 소저를 영접하여 윗자리에 앉히고는 지난날의 군수의 은혜를 치하하였나. 계향은 아직 나이가 어렸으나 총명영혜하였기로 자리에서 일어나 부인께 절을 하며,

“천한 몸을 거두어 슬하에 두실진대 차라리 수양딸로 정하여 주시옵소서.”

하니, 옆에 있던 진도가 황급히 소저의 절하는 것을 만류하며,

“소인은 곧 돌아가신 노야의 한낱 백성이요, 소인의 목숨은 노야께옵서 다시 주셨거늘 어찌 감히 소저를 수양 삼으오리까? 소저께서 이렇게 하시오면 이 늙은 사람의 마음을 더욱 아프게 하는 것이오니 부디 소저께서는 깊이 생각하소서.”

하고는 공손히 아뢰는 것이었다. 계향은 거듭 간청하였으나 진도의 뜻이 굳은지라 할 수 없이 그 하라는 대로 따를 수밖에 없었다.

이 후로 진도의 집 가솔이 모두 계향 소저를 가리켜 석소저라고 불렀고 석소저도 진도의 부부를 진공, 진파라 하니 오히려 진파의 마음에는 항상 불만이 차 있었다.

진파의 마음에는 자기 평생에 한 점 혈육이 없어 남의 자식 둔 것을 항상 부러워하였는데, 마침 계향을 데려오므로 수양딸로 삼아 부모 소리를 듣고 싶었는데, 주인 진도의 고집으로 주객의 예를 분명히 차리게 되니 그의 마음은 심히 불쾌하였던 것이다.

상인인 진도는 평시에 멀리 나가 있는 날이 많았다. 그리하여 진파

의 기색을 살피지 못하고, 멀리 나가 있을 때에도 옷감과 식료품을 부치되 석소저의 것은 특별히 좋은 것으로 가려서 보내었으며, 집에 돌아오면 반드시 석소저의 안부부터 물었다. 이에 진파는 늘 마음 속으로 불쾌한 감정을 가지고 있었고 결국은 석소저를 미워하게까지 되었다.

진도와 함께 있을 때에만 겉으로 화평한 척 하였고 진도가 집에 없을 때에는 석소저에 대한 대우가 점점 거칠어져 갔다.

한 번은 진도가 멀리 외지로 떠나 수년 간을 돌아오지 않았다. 이때 진파는 항상 마음 속에 맺혀있던 불만을 드디어 꽃 피우고 열매를 맺게 하였다. 그것은 곧 분함과 시기의 두 가지 감정의 표현이었다.

분한 마음이란, 몸이 팔린 주제에 어디를 가나 남의 집 노빗감인데, 내집에 팔려왔으니 당연이 노비라 하여야 옳을 터인데 오히려 제 몸을 한층 높이었고, 또한 수양딸로 삼으면 늙은 마당에 부모 소리나 들을까 하였는데 천부당하게 신분 차이를 가려놓아 오히려 내 몸을 굽혀 저를 섬기게 되었으니 기가 막힐 노릇이요, 다음 시기하는 마음이란, 주인이 외지에 나가 물건을 부치거나 집에 돌아오면 반드시 소저와 차이를 두고 소저부터 우선하는 것이니 여기에서 시기의 싹이 트게 된 것이다.

이러한 진파의 마음을 여러모로 들여다보고 있는 석소저는 한이 점점 깊어만 갔다.

인정은 예나 지금이나 매한가지였다. 집과 몸이 한꺼번에 몰락하여 외로운 한 몸을 남의 집에 의탁하고 있으면 무릇 사나이라 하더라도 주인에 대한 눈치가 없지 못할 것이거늘 하물며 계향은 십여 세 된

몸으로 팔려가는 마당에서 천행으로 진도의 주선을 받아 이 집에 와 후한 대접을 받고 있다고는 하나 어찌 내집에서 석노야의 생전에 귀염받던 것에 비할 수 있으랴?

진도가 제아무리 잘해 주어도 역시 눈치를 버릴 수는 없는 것이었다.

더구나 불만이 가득한 진파와 함께 지루한 세월을 보내고 나니 그 동안 가슴 속에 쌓이고 쌓인 슬픔이야 말로 무엇으로 표현할 수 있으랴?

처음에는 진파의 마음 속에 자리를 잡는 눈치가 괴롭더니 다음에는 진파의 얼굴에 나타나는 불만의 기색이 몸둘 바를 모르게 만들었고, 나아가서는 진파의 기색이 밖으로 점점 드러나면서 혀끝으로 쏟아져 나오기 시작하므로 더욱 원통함이 가슴에 쌓이게 된 것이다.

처음에는 진파가 시비 춘매를 보고 힐난하였다.

"너는 세돗집 종년이 되어 그렇느냐?"

하는 식으로 나가다가 어떤 때는,

"오호, 너야말로 누군가 했더니 바로 우리집 상전 석소저 아씨님의 시녀로구나!"

이렇게 못을 박으며 눈을 흡뜨기도 하였다. 그러나 그런 정도는 모두 초기의 가벼운 증상에 불과했다.

날이 갈수록 진파의 불만증은 심해졌는데 어떤 때는 그 독증(毒症)이 석소저의 몸에까지 직접적으로 튀어오기도 하였다.

"이봐요, 작은 아씨, 이리 좀 와봐요!"

하기도 하고, 어떤 때는,

"이 계집애가……!"

하기도 하며, 또 더러는,

"남의 집 노비로 팔려갈 뻔했던 종년이 아니더냐?"

하고, 이를 뽀드득 갈며 꾸짖기도 했다.

이에 계향은 자기 신세의 처량함을 한탄하며 남몰래 비분의 눈물을 흘린 적이 한두 번이 아니었다.

진도는 그 이듬 해 정월이 되어서야 집에 돌아왔다. 집에 오자마자 석소저의 안부를 물었고, 진파와 가솔들의 그 간의 정황을 살피었다.

사오십 년 간을 온갖 풍상 다 겪으며 세파에 단련되어 온 진도는 그 동안 집안 일이 어떻게 돌아가고 있는지를 모를 까닭이 없었다. 한편 석소저를 불쌍하게 생각하면서도 한편으로는 진파를 악독한 계집으로 생각하였으나, 풀을 베면 뱀이 놀랄까봐 두려워하며 비밀리에 진파를 불러 사리에 맞는 말로 설득하므로, 진파는 주인의 말을 겁내어 겉으로는 석소저를 처음 만났을 때처럼 대우하였으나 어찌 진실과 거짓이 드러나지 않을 수 있으랴?

이때 진도가 생각하기를, 석소저의 나이가 이미 십오 세나 되었기로 이를 반기어 훌륭한 배필을 구하여 성혼시키고자 하였다.

그리하여 혼처를 열심히 찾아 보았으나 적당한 곳이 없어 반 년 동안이나 미루어 오고 있었다. 가을 바람이 소슬하니 불어오기 시작하자 진도는 또 다시 상인이 되어 외지로 떠나게 되었다.

"부디 석소저를 잘 보호하여 주시오."

진도는 진파를 불러놓고 누차 당부를 한 후 곧장 집을 나갔다. 진도가 멀리 떠나자 진파의 가슴 속에 숨어있던 화염이 다시 머리를 들고 일어나기 시작하였다. 그러나 무고하고 애매한 석소저를 직접

대하면 별로 약점을 들어 애기할 것이 없었으므로 만만한 것이 춘매였다. 날마다 잘못을 긁어 묻지도 듣지도 않고 함부로 꾸짖는 말이란 이루 형용할 수가 없었다.

그러던 중에 하루 아침에는 춘매가 떠놓은 세숫물이 너무 일찍 떠 놓았으므로 진파가 세수를 할 시간엔 물이 다 식어 있었다.

진파는 꿩을 찾은 매처럼 크게 노하여 춘매를 불러세우고는 한 나절이나 어지럽게 두들겨댔다.

애매한 춘매가 사정없이 매맞는 광경을 바라보는 석소저의 가슴은 복받쳐 오르는 아픔으로 미어질 것만 같았다. 보다 못한 석소저는 진파 앞에 나아가 공손한 말로 만류하였다. 그러자 진파는 더욱 노하여 춘매와 소저를 떠밀치고 제집 하인배에게 호령하는 것이었다.

"저 석가 두 년이 내집에 들어와 스스로 교만하기 짝이 없다. 원인은 내집에 팔려온 계집아이를 주인이 높인 데서 온 것이니 어찌 저들을 상전으로 대우하랴? 앞으로는 석소저라 부르지 말고 계향이라 불러라."

하며, 종일 꾸짖기를 멈추지 않았다.

이날 진도에게서 사람이 와 봉물 한 짐과 편지 두 통을 진파에게 전하였다.

〈함께 보내는 봉물은 석소저의 혼수감이니 석소저가 거처하는 방에 잘 간수하오. 남은 말은 내가 십여 일 후에 도착하니 적지 않으리다.〉

편지를 읽고 난 진파의 마음은 불에다가 화약을 던진 것 모양으로 더욱 맹렬하게 타오르기 시작하였다. 그녀는 계향에게 온 봉물을 제 방으로 끌어 들이고는 다시 계향의 방으로 쫓아 들어가더니 상자

를 낱낱이 열어 제끼고 예전에 진도가 가져다 준 봉물까지 **빼**앗아
제 방으로 들여왔다. 그리고는 소저와 춘매를 보고 심한 욕을 퍼부었
다.

"너희 두 식구가 내집에 들어와 오륙 년간 호의호식한 것도 과분
한데 이런 능라금수를 어찌 또 너희들에게 내줄쏘냐?"

이러한 진파를 물끄러미 바라보면서 석소저는 설움에 겨워 눈물을
흘릴 뿐이었다. 진파가 이날 밤에 곰곰히 생각해 보니, '진도가 돌아
올 날이 멀지 아니한데, 만일 진도가 돌아와 계향의 일을 안다면 결코
가만있지 않으리라. 그러니 진도가 돌아오기 전에 저 두 사람의 자취
를 없애버리는 것이 상책이로다'하고는 잠도 자지 않고 밤새껏 계교
를 생각하였다.

이튿날 이웃의 장파라는 노파를 불러 들이니, 그의 나이 칠십세였
다. 그 여인은 전부터 인신 매매하는 거간꾼으로 이 지방에서는 소문
난 여인이었다. 진파는 장파를 보고 말했다.

"계향과 춘매가 내집에서 오륙 년 동안이나 꼬박 얻어먹고 잘 지냈
지요. 그 아이들을 처음에 사올 때부터 몸값을 다시 찾으면 아무
때고 내 문전에서 내 보내려 하였으나 아직까지 여의치 않았나이
다. 지금 어디든 매매할 곳이 있으면 속히 팔아 주십시오. 거간비는
톡톡히 내리다."

장파는 크게 기뻐하였다.

"그것 참 일이 잘 되었소이다. 지금 이 고을 사또에게 무남독녀
외딸을 진해 부윤의 자제에게 시집 보내는 중인데 마침 시비를
구하는 중이라오. 계향은 거기 팔면 되겠소이다."

청소 시키고 쓰레기값까지 받는 격이라, 진파는 희색이 만면하였

다. 장파가 다시 입을 열었다.

"나에게 생질되는 아이가 하나 있는데 나이 스물이 넘도록 짝을 구하지 못하였는지라, 춘매를 내 조카에게 시집보내 주겠소?"

"그거야 어려울 게 없지요. 먼저 계향이만 처리하여 주시면 춘매쯤이야 여반장이지요."

장파는 희색이 만면하여 돌아갔다.

원래 이 고을 군수의 성명은 남궁로였다. 지금의 진해 부윤 고달이란 사람과는 동문수학한 벗으로, 함께 벼슬길에 나선 후 서로 백 리 밖에서 다스리는데 그 관할 구역이 인접하여 있었다.

고달 부윤은 아들 형제를 두었는데 큰아들은 고만민이요 둘째 아들은 고억민이었다.

두 살 터울로 자라난 이들 형제는 용모가 수려하고 재기가 영명하였다.

형이 나이가 차매 매파를 남궁군수에게 보내어 청혼을 하였다.

남궁군수는 슬하에 열 일곱 살 난 여식이 하나 있었다. 이름을 서경이라 하니 형용이 반듯하고 재모가 뛰어나 금지옥엽 길러온 터였다. 그런 차제에 고부윤의 청혼은 안성마춤이었다.

남궁군수는 청혼을 허락하고 성혼일을 시월 중순으로 정하였다. 그러나 외동딸 서경에게 딸려 보낼 시비가 없어 장파를 불렀다.

"우리 아기와 나이가 비슷하며 총명한 아이만 구해오면 천금을 아끼지 않을 것이니라."

하고 부탁하는지라, 장파가 신바람이 나있던 참이었다. 불과 며칠 만에 장파는 남궁군수에게 달려가 계향을 천거하였다.

"몸 값은 백 오십 냥만 내십시오."

하니, 군수가 그 자리에서 몸값을 치루었다. 장파가 계향의 몸값을
받아 진파에게 건네주고 교자를 불러 밖에 머무르게 한 후 계향의
방에 들어가서 계향을 나가자고 독촉하니 계향은 영문을 몰라 다만
춘매와 함께 서로 붙들고 슬피 울 뿐이었다. 이 모양을 지켜보고 있던
장파는 부드러운 말로 위로하였다.

　"울지 말아라. 이 길로 내아에 가서 사또의 외동아씨를 잘만 섬기
　면 네 몸은 평생 호의호식하리라."

하므로, 석소저가 울던 것을 멈추고 놀라면서 물었다.

　"그게 웬 말씀이신가요?"

　"지금 이 고을 사또께서 그 따님의 시비를 구하는데 네 주인 진파
　가 너를 팔기로 허락하고 이미 몸값까지 다 받았으니 어서 가자꾸
　나."

　계향이 할 수 없이 춘매와 헤어져 교자에 오르니, 춘매는 하늘을
향하여 목을 놓고 울었다.

　석소저가 본읍의 내아에 이르니 남궁 군수의 모든 가솔들이 계향의
아름다운 자태를 보고 한편으로는 크게 놀라며 또 한편으로는 괴이
하게 생각하였다. 남궁 군수가 계향의 이름을 물어 보고는,

　"이름이 참으로 아름답구나."

하고, 고치지 아니하고 그대로 부르게 하였다.

　이때 장파는 내아에서 나와 곧장 진파 집으로 가서 춘매를 데려다
가 저의 생질 정갑룡과 부지불식간에 성례를 시키니 춘매는 할 수
없이 정갑룡의 아내가 되었다. 슬프도다, 계향은 서경 소저의 시비로
들어간 후로 시중에 열중하였으나 지난 날 자신의 신분을 생각하니
한심스럽기 그지없었다.

하루는 뜰에서 청소를 하다가 빗자루를 멈추고 하염없이 눈물을 흘리고 있었다. 이때 마침 남궁 군수가 내아에 들어왔다가 계향이 우는 것을 보고 그 연유를 물었다. 계향은 대답 대신 계속 울기만 하였다. 남궁 군수가 이상하게 여겨 재삼 물으니 그제서야 계향은 울음을 거두고 꿇어앉아 말하는 것이었다.

"소비가 어렸을 적에 춘매라고 하는 시비와 함께 지 뜰 앞에서 공놀이를 하다가 공이 굴러가서 뜰 앞 구멍 속으로 들어 갔었지요. 저의 선친께옵서는 소비를 보고 어찌하면 구멍에 들어간 공이 저절로 밖으로 나오게 할 수 있겠느냐고 물으시기로, 소비는 춘매를 시켜 물 한 동이를 길어오게 하여 구멍에 부어 넣었습니다. 그랬더니 공이 물에 떠서 다시 나왔었지요. 그때 선친께서는 소비의 영명함을 보시고 매우 기꺼워 하셨는데, 지금 뜰을 쓸다가 앞을 보오니, 그때 보던 구멍은 그대로 있사오나 소비의 집은 몰락하여 없어졌기로 소비의 가련한 신세를 생각하고는 자연히 눈물이 나옴을 금할 수가 없었나이다. 저의 불미한 행실을 용서하여 주시옵소서."

남궁 군수는 계향의 행실이 평소에 양반집 규수와 같다고 여겨오던 터라 과연 까닭이 있는 모양이구나 하고 다시 물었다.

"너가 전에 어인 연고로 이 뜰에서 놀았더냐?"

"소비의 부친은 육 년 전에 이 고을을 다스렸던 석진 군수이온데, 불행히도 환곡이 불에 타 없어진 까닭에 손해를 배상하다가 그로 인하여 병이 들어 죽었사옵고, 배상금액의 부족으로 소비와 시비 춘매는 함께 공매에 붙여졌었지요. 다행히 진도란 분에게 팔려 그 집에서 잘 지냈사오나 그의 부인 진파의 미움으로 이렇게 다시 팔려오는 신세가 되었나이다."

군수는 계향의 말을 듣고는 적잖이 놀랐다. 평소에 계향의 몸가짐이 매우 단정하였고, 알고 보니 동관의 애중한 따님이요 석진은 원래부터 청백리로 이름이 있었던 사람인지라, 항상 사람을 대할 때면 석진의 치적(治積)을 높이 평가하여 말하곤 하였는데, 그의 따님을 대하니 고인을 대한 듯하여 군수는 기쁨을 억누르지 못하고 부인을 돌아보며 말하였다.

"계향이는 고인 석진 군수의 애중한 딸이라, 내가 듣고 보지 못하였다면 모르려니와 하늘이 저를 불쌍히 돌아보사 내집으로 보내셨으니 이를 우리가 붙잡아 주지 아니한다면 이는 하늘의 뜻을 거약함이라, 석진이 지하에서 나를 어떻게 생각하겠소?"

하고는 즉시 서경을 불러 계향과 자매의 의를 맺게 하였다. 부인도 기꺼워하며 계향의 등을 어루만져 위로하였다.

"너의 사정을 진즉 알지 못하여 시비의 학대를 받게 하였으니 어찌 그동안 불안하지 않았겠느냐? 앞으로는 너희 자매가 의좋게 지내기 바란다."

하며, 온 집안 사람들에게 이를 알리고 계향을 높이어 석소저라 부르게 하였다. 그리고는 다시 딸 서경의 시비가 없음을 한탄하다가, 곧장 편지를 써서 고달 부윤에게 부치었다.

고달 부윤의 집에서는 혼사날을 정해놓고 길한 날이 가까와 오므로 온 집안이 분주한 가운데 규수 집으로부터 부쳐온 편지를 받았다.

고달 부윤이 편지를 뜯어보니 그 내용은 이러하였다.

〈복잡한 이야기는 우선 줄입니다. 아들 딸을 여의는 것은 부모의 마음이나 내 몸을 놔두고 남을 붙드는 것은 높은 선비로서 할 바가 아닌 줄로 압니다. 근일 딸 자식의 시비를 구하고 보니, 이름은 계향이라 합니다. 용모가 단정하고 언동이 안상하여 마음에 항상 기이하게 여기고 있었는데, 그 아이의 연고를 알고 보니 전군수 석진의 딸이었습니다. 일찍이 석진은 청백리로 이름이 높더니, 불의의 환난을 만나 애매하게 관직을 빼앗기고 세상을 떠난 후에 그 가속을 공매에 붙이니 이 아이도 함께 몰입되어 어느 천한 집으로 팔려 갔다가 이제 다시 내집으로 오게 되었습니다. 옛 동관(同官)의 자식은 곧 나의 자식과 같은데 어찌 내 딸의 시비를 시킬 수가 있겠습니까? 그러므로 내 자식과 자매의 인연을 맺게 하였습니다. 또한 이 아이 역시 비녀를 찌를 나이가 되었으므로 나이어린 내 딸을 이 아이보다 먼저 시집보내는 것은 동관 사이에 부끄러운 일인 줄로 압니다. 따라서 계향이를 먼저 시집 보낸 후에 내 딸의 혼사를 진행하고자 하오니 원하옵건대 영랑(令郎)의 길일을 뒤로 바꾸어 기다리게 하여 주옵소서. 남궁로 배례.〉

고달 부윤은 편지를 다 읽고 나서 생각하였다.

"남궁로의 처사는 과연 훌륭한 일이로다. 내 어찌 좋은 일을 남궁로에게만 맡길 것인가."

하고는 곧 남궁 군수에게 편지를 써서 부치었다.

〈삼가 답장 올립니다. 편지를 받고 생각하니 고인에 대한 정회가 간절하오이다. 보내주신 뜻을 잘 알겠습니다. 석진 군수의 여식도 곧 청렴한 동관의 혈맥인지라 문벌이 상당할 것이오니 원하옵건대 석진 군수의 여식으로 하여금 나의 며느리가 되도록 허락하여 주십시오. 그리고 형의 영애는 다시 높은 가문을 택하여 뛰어난 재사(才士)를 구하시면 양 편이 다 편리할까 합니다. 옛날 거백옥이 홀로 군자가 되기를 부끄러워 하였으니, 지금 형의 높으신 의(義)를 저에게도 나누어 주사이다. 고달 배례.〉

남궁 군수가 이 편지를 받아 보고는 부윤의 깊은 마음을 십분 이해하고 내아로 들어가 부인에게 부윤의 뜻을 의논하였다. 그러자 부인이 말하였다.

"이미 한번 정한 연분을 바꾸기란 어려운 일이오니, 계향의 혼사를 서둘러 정한 후에 곧 서경의 혼사를 치루는 것이 바람직한 줄로 아옵니다."

이에 남궁 군수가 다시 고달 부윤에게 편지를 보냈다.

〈의탁이 없는 규수에게 장가드는 것은 비록 높은 의리라 하겠사오나, 이미 정한 연분을 그르치는 것은 대의에 합당하지 않은 줄로 압니다. 우리 여식이 아직 영랑과 함께 육례를 치루지는 아니하였다 하나, 일찍 정혼하여 길일이 머지 않았는데 오늘 와서 갑자기 영랑의 집으로 하여금 이미 정한 연분을 버리고 다른 규수를 취하게 하는 것은 예법에 어긋나는 일이며, 또한 여식의 집으로 하여금 이미 정한 사위를 놔두고 새로 사위를 구한다면 남의 시비를 면하기 어려운 줄로 압니다. 그러므로 원하옵건대 이미 정한 연분을 잇게 하소서. 남궁로 배례.〉

편지를 받은 고달 부윤은 부끄럽게 생각하며 다시 답장을 써서 보냈다.

〈딸로서 딸을 바꾸게 하였음은 내 집에서 의를 중히 여겼기 때문이요, 이미 정한 연분을 끊고 다른 연분을 취함을 즐겨하지 아니함은 존문에서 예법을 중히 여김입니다. 내게 둘째 아이가 있어 바야흐로 십칠 세가 되었으니 바라옵건대 영애는 저의 맏이와 그대로

성혼케 하고 석가 여아는 둘째인 억민에게 허락해 주신다면 아름다
운 신부가 쌍으로 인연을 맺어 백년화락 할 수 있을 것입니다.
아무쪼록 재삼 생각하시어, 기왕이면 같은 날 같은 시각에 성혼토
록 하심이 어떨른지요? 고달 배례.〉

남궁 군수는 고달 부윤의 편지를 받고서는 곧장 혼수를 마련하고
길일을 기다렸다.

기약한 날이 되어 고달 부윤집 신랑을 쌍으로 맞아들여 마당에서
교배하고 성례하니, 보는 사람마다 낭궁 군수와 고달 부윤의 의기를
치하하지 않는 사람이 없었다.

이날 남궁 군수 부부는 서운한 마음을 이기지 못하여 밤새껏 잠을
이루지 못하다가 새벽녘에야 잠이 들었다. 그때 꿈을 꾸니 사모관대
한 한 분 관원이 의연히 다가와 말하기를,

"나는 이 고을 전군수 석진이오. 불의의 환난을 맞아 이 고을에서
죽은 후에 상제께서 나의 청렴함을 불쌍히 여기어 나로 하여금
천상에 모시게 하였는데, 이제 공이 높은 의를 들어 나의 딸을
건져 주시기로 그 사유를 상제께 아뢰었더니 상제께옵서 특별히
공의 유덕을 생각하시고 공에게 영명한 아들 하나를 점지하사 공의
가문을 빛나게 하시었나이다."

하고는 홀연히 사라지는 것이었다.

그 후에 과연 남궁 군수 부인이 오십 이후에 아들을 얻으니, 이름
을 탄석이라고 지었다.

탄석이 점점 자라서 제부모 생전에 마한으로 들어가 벼슬이 영상에
이르렀다. 고달 부윤의 두 아들도 본국에서 동방 급제하여 부귀가
혁혁하였다.

한편 진도가 집에 돌아와 보니 석소저와 춘매가 다 없으므로 진파를 불러 사유를 다그쳤다. 그러자 진파는 엉뚱한 거짓말로 진도를 속이려 하였다.

"두 계집아이가 밤중에 도주하였지 뭐요."

진파의 말을 들은 진도는 곧이듣지 아니하고, 알아본 결과 아내의 행악을 알고는 대경하여 춘매의 소식을 물으니, 이미 정갑룡과 결혼하여 떨어질 수 없는 금실을 이루고 있었다.

진도는 곧장 고달 부윤의 집에 찾아가 진파의 죄를 대신 사과하고 춘매의 일을 알리니, 고달 부윤은 춘매와 정갑룡을 불러들여 집사람으로 삼았다.

진도는 진파의 불량함을 한하여 진파를 다시는 돌아보지 아니하고 다른 곳으로 가서 젊은 계집을 얻어 동거하였다.

그후 아들 형제를 낳으니, 이것이 모두 선을 쌓은 결과임은 자상자명한 일이다.

3. 배진국공이 평생에 인정 승천한 일

중국 한문제(漢文帝) 때에 세도로 한창 이름을 날리던 둥통이라는 신하가 있었는데, 문제가 나가면 반드시 둥통으로 하여금 뒤를 따르게 하고 들어오면 둥통과 함께 지내시니 임금의 은총이 더할 수 없이 지극하였다. 그런데 이때 관상 잘 보는 허부라는 사람이 둥통의 상을 보고 말하였다.

"한때 부귀가 비할 데 없이 지극하나 종리문이라는 주름살이 입으로 들어갔으니 필경은 굶어 죽으리로다."

이 말을 듣고 문제가 말하였다.

"등통의 부귀는 나에게 달려 있거늘 누가 등통으로 하여금 곤궁케
한단 말인가?"

하고는, 서촉 동광(銅鑛)을 등통에게 내주어 돈을 만들어 쓰게 하니
등통의 부함이 나라와 견줄 만하였다. 한 번은 문제가 우연히 부스럼
이 나서 고름이 터져 나오게 되었다. 그때 등통이 입을 대고 빨았다.
문제는 상쾌함을 신기하게 여기고 있었다. 이때 마침 황태자가 들어
왔다. 문제는 황태자에게 말하기를,

"어디 부스럼을 빨아 보아라."

하니, 황태자가 대답하기를,

"지금 막 생선회를 먹었기 때문에 감히 옥체에 가까이 가지 못하겠
나이다."

하고는, 곧장 밖으로 나가 버렸다. 문제는 탄식을 하면서 말하였다.

"지정(至情)이 부자간보다도 두텁구나."

문제는 등통을 더욱 더 은애하였다. 황태자는 그 말을 전해 듣고
은근히 등통을 미워하였다.

그후 문제가 죽고 황태자가 즉위하시니 그가 바로 한경제였다.
그는 곧 등통의 죄를 다스리는데, 국화(國貨) 위조범으로 몰아 등통
의 재산을 국고에 넣고, 등통은 빈 방에 가두어 음식을 끊게 하니
결국 굶어 죽었다.

또 한경제 때에 기세가 일세를 휘두르던 주아부도 종리문이 입으로
들어가 있었는데, 결국 경제가 주아부의 위엄이 너무 굉장함을 두려
워하여 황실범으로 죄를 씌워 옥에 가두니 아부는 분기를 이기지

못하여 스스로 먹지 아니하고 죽었다.

이 두 사람은 부귀가 천지를 뒤흔들었으나 얼굴에 나타난 흠으로 인하여 상가(相家)의 술법 속에서 죽은 것이다.

그러나 모 상서(相書)에는 그렇지 아니한 구절이 있다. 즉, 저 사람의 얼굴을 상(相)보는 것이 그 마음을 상보는 것만 같지 못하다는 것이다.

다시 말하면, 부귀의 상을 타고 난 사람일지라도 남에게 악을 쌓으면 자기의 복을 줄이는 수가 있으며, 매우 흉악한 상을 타고난 사람이라 할지라도 심지가 곧고 남에게 선을 많이 쌓으면 모든 화(禍)가 복(福)으로 바뀌는 수가 있다는 것이다. 이것은 다만 의정 승천을 말함이지 결코 상법이 틀린다는 것은 아니었다.

이런 사람으로는 당나라 때 배도라고 하는 사람이 있으니, 이 사람 역시 종리문이 입으로 들어간 사람이었다.

어릴 때부터 집안이 곤궁하여 사방으로 떠돌아 다니다가 향산사라는 절에 들어가 우연히 그 절의 우물 곁에서 보물 한 개를 주웠다.

배도는 보물을 들여다 보며 생각하기를, '내가 주운 물건을 이용한다면 남의 이익을 덜어서 내게 보탬이 되게 함이니 어찌 그런 일을 할 수 있으리오' 하고는, 보물을 제자리에 갖다 놓고 그 곁에 앉아서 주인이 나타나기를 기다렸다.

한참을 기다리고 있으려니 이윽고 젊은 부인이 울면서 허겁지겁 달려와서 배도에게 묻는 것이었다.

"소첩의 늙은 아비가 불행히도 옥에 갇히어 있사온데 소첩의 집에서 대대로 내려오는 보물을 옥사령에게 갖다 바치면 아비의 죄를 풀어 준다 하옵기로 그 보물을 가지고 이 절을 지나가다가 부처님

전에 축원코자 우물에 와서 세수를 하던 중 보자기를 빠뜨렸으니 혹시 주운 이가 있거든 내어 주시면 늙은 아비를 구하겠나이다. 혹시 이 근처에서 보자기가 떨어져 있는 것을 못 보셨는지요?”

배도는 흔쾌히 그 보자기를 내어 주었다. 부인은 거듭거듭 치사하고 돌아갔다.

그후 관상가가 배도를 보고 놀라면서 물었다.

“그대의 상모가 변해버렸소이다. 지금은 굶어죽을 상이 아니니 무슨 은덕을 베푸신 일이 있으신지요?”

배도는 향산사에서 주운 보물을 주인에게 돌려 준 얘기를 하였다. 그러자 상가(相家)는,

“그 일은 남에게 선을 쌓은 것이니, 후일에 부귀를 모두 겸할 것이오이다.”

하였다.

과연 배도는 그 후 영달하여 당나라의 정승이 되고 팔십을 향수하였다.

배도의 평생에 은덕을 쌓은 일이 비단 이 일 뿐만이 아니었다.

당나라 헌종 때 배도가 군사를 이끌고 회서지방의 폭도 오원제를 무찔러 진압하였는데, 이 후부터 배도의 위엄이 천하에 떨치어 각 지방의 폭도가 자연히 없어졌다. 이로 인하여 헌제는 배도를 영의정으로 삼고 그 공을 높이 치하하여 진국공을 봉하였다.

배진공이 영의정이 된 후 당나라의 형세가 안정되어 조정에서는 할 일이 없는지라, 헌제가 항상 교일하여 정치에 방해가 되는 일을 많이 행하였다.

이를 염려하여 배도가 여러 번 상소하였으나 헌제는 듣지 아니하였

다. 그때 간신 황보박이 배도를 모함하여 혁명당의 영수(領首)라고
주달하니, 헌제가 배도를 차츰 의심하기 시작하였다.

그후부터 배도는 입을 다물고 조정 일을 간섭하지 않기로 결심하였
다. 자연히 마음이 울적하고 외로와져 자기 사저에서 기악을 즐기는
것으로 매일 소일하니, 사방에서 부윤과 군수가 배진공을 위로하고자
가무와 인물이 뛰어난 계집이면 무조건 구하여 배진공에게 바치었
다.

이때 배진공 문하에 올라와 있는 계집 중에 소아라는 아이가 있었
다. 진국부 만천현에서 올라왔는데, 배진공은 미처 그 계집의 시말
(始末)을 모르고 있었다.

원래 소아의 성은 황가였다. 만천현 황진사의 딸로서 일찍이 본고
을 당벽이라는 사람과 정혼하였으나 그때 소아의 나이가 너무 어려서
성혼하지 못하였다. 그러다가 당벽이 우연히 초사에서 외임으로 다니
게 되었는데, 처음에는 팔주 용종현위로 재임하다가 다시 월주 회계
승으로 옮겨 다니게 된 관계로 소아의 혼례는 점점 늦어지게 되었
다.

소아는 장성할수록 용모가 더욱 절묘하였다. 늘 웃는 얼굴은 이른
아침에 막 벌어진 꽃잎이 이슬을 머금고 있는 듯하고, 버들가지에
물이 오른 듯한 몸매는 마치 형산백옥을 깎아 세운 듯하였다. 거기에
다 또한 음률이 뛰어났다.

황소아의 이름은 자연히 원근에 알려지게 되었고, 이 때 진주자사
가 일등 미색을 구하니 이는 배진공 문하에 바치고자 함이었다.

그 지방에서는 소아의 색태가 가장 빼어난다 하기로 만천현령에게
부탁하여 소아를 구하라고 한즉, 만천현령이 다음과 같이 회보하였

다.

"소아의 용태와 음률은 가히 독보적이오나 다만 당시 태학사의
딸인 까닭에 구할 도리가 없나이다."

이에 자사는 만천현령을 몸소 찾아가 부탁하였다.

"세상의 일은 돈이면 다 해결되는지라, 내 소아의 몸값으로 황금
삼십만 냥을 줄 것이니 만천은 아무쪼록 수고하여 달라."

만천은 상관의 부탁을 지나칠 수 없어 그 후로 소아를 구하기에
전력을 다하였으나 결국 뾰족한 수가 없어 그 동안 황진사의 집으로
몇 사람을 보내 보았을 뿐이었다.

그 때마다 황진사는 크게 분노하여 거절하곤 하였었다. 만천현령이
한 번은 직접 황진사의 집으로 찾아갔다. 소아의 일을 의논하자, 황진
사는 이미 그 딸을 당벽에게 허혼한 사실을 이야기하였다.

현령이 황진사의 고집에 다만 걱정할 뿐 속수무책으로 날을 보내고
있는데, 자사의 독촉이 더욱 격심해지는지라 마음의 조급함을 이기지
못하여 결국은 강제로 거두어 마음을 돌리게 하는 최후의 수단을
쓰기에 이르렀다.

어느 날 청명가절을 택하여 황진사 집 일행은 삼십 리 밖에 있는
선영으로 성묘를 가게 되었다.

소아가 혼자 집을 지키고 있다는 말을 들은 현령은 직접 건장한
장정 십여 명을 데리고 황진사 집 안채로 뛰어들어 소아를 붙잡아
교자에 실은 후에 바람처럼 달려서 진주 자사에게 보내었다.

자사가 크게 기뻐하고 소아의 몸값으로 삼십만 냥을 곧장 만천현으
로 보내었다. 이때 황진사 집 일행이 돌아와 본즉 소아가 없는지라
온 집안이 발칵 뒤집혔다.

사방팔방으로 조사해 본즉 만천현령에게 붙잡혀가서 지금은 진주부사에 있다는 것이었다.

황진사는 곧장 진주부사로 달려가서 자사를 대한 후 자초지종을 이야기하고 소아를 돌려준 것을 부탁하였다. 그러나 자사는 화를 발칵 내면서 거절하였다. 망연자실하여 집으로 돌아오니 만천현령이 소아의 몸값 삼십만 냥을 보내어 주는 것이었다.

한편, 당벽은 회계승직에서 너무 오래 있었기 때문에 조만간 어느 곳이로든 전근을 가지 않으면 안되게 되었다.

이때를 기하여 소아와의 혼사를 이루는 것이 적당하다고 생각하였다.

그는 직접 황진사집으로 가서 의논하고자 장인 황진사를 찾아가니 황진사가 비분의 눈물을 멈추지 못하며 당벽에게 말하는 것이었다.

"한미한에서 혼례를 치루기로 약속한 것이 불행하였도다."

하며, 규수를 안전하게 보호하지 못하고 진주자사의 납치를 당하여 배진공의 집으로 들여보내어진 사실을 이야기하였다.

당벽은 이 말을 듣고 분함을 참지 못하며 그 길로 소아를 찾기 위해 경사로 올라갔다. 만천현에서 경사로 가는 길은 수로(水路)였다.

황진사는 당벽 몰래 배에다가 소아의 몸값 삼십만 냥을 실어 주었다. 길을 떠난 후에 이 사실을 안 당벽은 곧 그 돈을 잘 간수하여 소아를 찾은 후 본댁으로 다시 돌려보내리라 하였다.

당벽은 경사에 도착하여 배진공의 집 가까운 곳에 여장을 풀고 회계승을 역임한 문서를 내부에 올렸다. 그리고 여관에 돌아와서는 밤낮으로 배진공의 집 소식을 알아보았으나 배진공의 집에서 일어나

162

는 일은 산과 바다처럼 아득하여 소아의 소식을 접할 길이 없었다.

당나라는 전제정치였으므로 대신 지위에 있는 사람은 사혐의로 인하여 감히 송사하지 못하며 사저에도 외인의 출입이 엄금되어 있었기 때문이다.

당벽은 다만 분기를 누르면서 착잡한 세월을 여관에서 보낼 뿐이었다. 그때 내부(內部)에서는 당벽이 나른 관리에 비해 결함이 없음을 치하하여 호주참군으로 임명하니 당벽은 사령서를 받고 곧장 호주로 떠나게 되었다.

당벽은 수일 만에 중진 어구에 이르러 배를 매고 그곳에서 밤을 지내게 되었다. 그런데 밤이 깊자 난데없이 강도 십여 명이 달려들어 당벽 일행을 묶어놓고 가진 것들을 모두 빼앗아 달아났다.

이 강도떼들은 당벽이 소아의 몸값 삼십만 냥을 실고 가는 것을 알고는 경사에서부터 뒤따라 왔던 것이다.

당벽이 이튿날 살펴보니 호주로 가는 문부가 하나도 남아있지 않았다. 할 수 없이 당벽은 다시 경사로 되돌아가서 내부에 이 사실을 알렸다.

내부에서는 당벽이 도둑맞은 증거가 없다 하여 호주참군직을 사면시키었다.

당벽은 착잡한 심정으로 전번에 머물었던 여관으로 돌아와 숙소를 정하였으나 여비조차 떨어져 앞일이 막막하기만 하였다.

하루종일 자신의 신세를 한탄하며 또한 소아의 일을 원망하여 눈물이 마르지 않았다.

하루는 밤이 깊었는데 평복차림의 한 사람이 찾아와서는 당벽을 보고 성명과 본적을 조사하였다.

"그대의 직업은 무엇이기에 여관에 오랜 동안을 머물러 있는가?"

당벽은 사정(司正)관원이 아닌가 하고 의심하여 자기가 머무르는 사정을 자세히 털어놓았더니 그 사람이 말하였다.

"그대가 만일 지금 본지을 회복하고자 한다면 어찌 배진공을 찾아가서 사정하지 않는가? 배진공은 고금에 드문 어진 대신이라 애매한 사람을 구해주는 충정이 적지 아니하니 그대는 아직 그 소식을 듣지 못하였구나."

당벽은 눈물을 훔치며 고개를 저었다.

"내 앞에서 배진공 얘기는 꺼내지도 마시오."

그러자 그 사람은 흠칫 놀라며 물었다.

"배진공과 무슨 혐의라도 있는가?"

당벽은 말대꾸도 하려 들지 않았으나 그 사람은 자꾸만 물었다.

당벽이 그 사람을 자세히 살펴본즉 나이 반백에 언동이 점잖아 보이는지라, 한참을 망설이다가 자기의 실정을 털어 놓았다.

"나는 일찍이 만천현 황진사의 딸과 정혼하였습니다. 그러나 내가 환로에 분주한 탓으로 서로가 장성할 때까지 성혼하지 못하였지요. 그런데 배진공이 여악을 좋아하여 진주자사가 배진공에게 아첨하고자 지방 일등 미색을 두루 구하게 되었는데, 만천현 황진사의 딸이 용모가 바르고 재기가 있다는 소문을 듣고 만천현령을 시켜 황소저를 납치하여 배진공께 바쳤는지라 아직도 그 여인이 배진공 문하에 있나이다. 나로 하여금 하늘이 정해준 연분을 끊게 한 것이 배진공의 뜻은 아니라 하나 사람을 죽이는데 인과 정이 어찌 다르겠습니까? 그러므로 내가 지금 배진공을 크게 원망하고 있소이다."

그 사람은 다 듣고나서 담담하게 웃으며 말하였다.

"나는 배진공과 친척되는 사람이라 날마다 배진공의 집안에 출입하니 내가 그대를 위하여 그 황녀를 찾아 주겠노라. 그 황녀의 이름은 무엇이냐?"

당벽은 가슴을 조이며 말하였다.

"그녀의 이름은 소아라 합니다."

그 사람은 일어서서 나가며 다시 이르기를,

"내일 이맘때 쯤이면 배긴공집에서 그대에게 무슨 연락이 있을 터이니 기다리라."

하고는 창황히 가버렸다.

이튿날 당벽은 하루 종일 근심 걱정 속에서 뒤척거리다가 밤을 맞았다. 밤이 되자 사오 명의 관졸이 여관에 이르러 당벽을 바삐 찾았다. 당벽은 의심하여 대답하지 않고 있었다. 그러자 그 중 한 사람이 여관 주인을 불러,

"만천현에서 온 당벽이란 사람이 누구요? 배진공 분부로 이 사람을 만나러 왔노라!"

하며 호령하니 주인이 황겁하여 손으로 당벽을 가리켰다. 그들은 당벽을 붙잡아 비바람같이 배진공의 집으로 끌고가는 것이었다. 당벽이 크게 놀라 황겁결에 관원들을 따라 배진공의 집으로 들어가니 청상에서 배진공이 당벽을 불렀다.

"올라오라!"

당벽이 황공하여 머리를 조아리고 당상으로 올라가니 배진공이 좌우에 늘어서 있는 시관들을 시켜 당벽으로 하여금 앉으라 하였다. 당벽이 꿇어 앉으니 배진공이 말하였다.

"눈을 들어 나를 보라!"

당벽이 고개를 들어 배진공을 바라보다가 그만 황겁하여 몸둘 바를 몰라 했다. 어제밤 여관에서 평복 차림으로 자기와 얘기를 나눈 사람이 바로 배진공이었기 때문이다. 당벽은 머리를 땅에 대고,

"어제밤 소인의 언어망동함을 사하여 주소서."

배진공은 평소에 우국애민하는 의식을 간직하고 있었는지라 밤낮으로 몸을 게을리하지 아니하고 밤마다 평복차림을 한 채 도성 안팎을 돌아보며 민정을 살피었다. 어제도 우연히 당벽이 머물고 있는 여관에 들어가 당벽과 얘기를 나누게 된 것이다.

당벽의 말을 듣고 사저로 돌아와 소아를 불러 사연을 물어보니 과연 그러한지라 배진공은 소아에게,

"너를 전에 정해준 당벽에게 돌아가게 해 준다면 어떻겠느냐"

그러자 소아가 눈물을 흘리며,

"소첩의 실날같은 목숨이 상공께 있사온데 어찌 그것을 소첩에게 묻사옵니까?"

배진공은 소아의 정황을 보고 또한 어제밤 당벽의 처지를 생각하니 측은한 생각이 들었다. 배진공은 소아에게 위로하여 말하되,

"오늘 밤에 너의 신랑감을 만나보게 해 주리라."

하고는, 그날 밤에 사람을 시켜 당벽을 불러오게 한 것이었다.

배진공은 당벽에게 말하였다.

"내가 지방 수령들이 보내오는 물품을 일찍이 거절하지 아니하다가 그대로 하여금 천정연분을 어기게 할 뻔하였으니 이 모든 것이 나의 잘못이로다. 내가 그대의 부부를 위하여 혼례품을 장만하고 혼례를 성사시키고자 하노니 오늘 곧장 성례함을 사양하지 말라."

하고는, 자기 사저에 교배청을 만들게 하고 쌍등룡을 켜게 하였다.

잠시 후 신부 복색을 한 소아가 시비에 옹위되어 나오니, 당벽이 맞이하여 교배한 후 동방화촉에서 서로 만나니 천정(天定)의 연(緣)이 다시 이어져 백년을 기약하였다.

다음 날 배진공이 내부에 연락하여 당벽이 역임한 문무를 알아본즉 흠실이 없었으므로 다시 호주참군으로 임명케 하니, 삼일만에 당벽은 배진공에게 은혜 백배 사례하고 소아와 함께 호주를 향하여 도임길에 올랐다.

그후 당벽은 배진공의 은혜에 깊이 감동하여 침향목으로 배진공의 화상을 만들어 놓고 수복만강을 평생토록 축원하였다 한다.

배비장전
裵 裨 將 傳

◇작품 해설◇

「이춘풍전(李春風傳)」과 함께 우리 고전 문학 가운데 풍자와 해학소설
의 대표작으로 꼽히고 있는 작품이 바로 이 「배비장전(裵裨將傳)」이다.

이조 시대의 지배 계급에 속하는 중류층의 위선적이면서도 호색적인
생활을 한 폭의 수채화를 그리듯이 적나라하게 묘사한 작품이다.

애랑이라는 미모의 기생을 처음부터 끝까지 등장시켜 배비장을 철저히
농락하는 장면이 해학적으로 잘 스케치되어 있다. 작자는 배비장(裵裨將)
이라는 주인공을 내세워, 겉으로는 점잔을 빼면서도 뒷전으로는 갖은 추태
를 다 일삼는 양반 계급의 형식주의적인 생활 양태를 고발하고 있다.

이 작품의 특징은 상전을 모시고 있는 방자의 계교에 의하여 그 상전이
농락당하는 장면을 묘사하고 있는 바, 이는 곧 우리 국문학 사상 대부분의
고전 문학이 양반문학(兩班文學)으로 이루어져 있으나 이 작품을 빌어
비로소 양반문학에서 평민문학(平民文學)으로 옮아가는 과정을 엿볼 수
있다는 점이다.

이 소설의 소재는 설화(說話)에서 얻었으나, 돌을 갈아 옥(玉)을 만들
듯 성공적인 작품으로 완성하였다고 할 수 있다. 우리 고전 문학의 대표작
으로써 이미 널리 알려진 작품이다.

배비장전(裵裨將傳)

1

천지간의 인생이란 남녀를 막론하고 사람의 씨는 같으련만, 사람마다 우열(優劣)이 크게 달라 남자에게는 현인 군자와 우부(愚夫) 천맹(賤氓)이 있고 여자에게는 정부(貞婦) 열녀(烈女)와 음녀(淫女) 간희(奸姬)가 아주 없어지는 일이 없이 대를 이어오니 예나 지금이나 헤아릴 수 없는 것은 형형색색의 사람의 성질이라 하겠다.

사람의 성질이란 자고로 살고 있는 고장의 산천이 가지고 있는 풍치와 경치를 많이 닮게 되는 것이거늘, 산 좋고 물 맑은 고장에서 사는 사람은 성질이 순후하고 공손하고 근면하며 악한 기질이 별로 없고, 산천이 험준한 지방에 사는 사람은 그대로 성질이 어리석고 둔하며 간사하고 교활한 것이다.

호남좌도(湖南左道) 제주군 한라산은 옛날 탐라국(耽羅國)의 주산이요, 남녘땅에 제일가는 명산이다. 그 험준하고 아름다운 정기를 받아 기생 애랑(愛娘)이가 태어났는지도 모른다.

애랑이 비록 천한 기생으로 태어났을망정 그 맵시와 지모가 누구보다 빼어났고 간교한 꾀는 구미호(九尾狐)가 환생을 한 모양인지 호색하는 사나이가 걸려들면 상투끝 까지 빠져들어 허덕거리게 만드는 것이었다.

한양에 김경(金卿)이라는 양반이 있었는데, 문필과 재능이 남과 달라 십오 세에 생원(生貝)과 진사(進士)에, 이십이 되기 전에 장원(壯元)에 급제하여 제주목사(濟州牧使)를 제수받았다.

김경이 곧장 도임길에 오르고자 이(吏), 호(戶), 예(禮), 공(工), 병(兵), 형(刑) 등의 육방(六房)을 뽑을 때 서강(西江) 사는 배선달(裵先達)을 장막 안으로 불러들여 예방(禮房)의 소임을 맡기니 모든 사람이 그를 높이 불러 비장(裨將)이라 하였다.

배비장은 지금까지 팔도 강산 경치 좋은 곳은 안 가본 데가 없었으나 제주는 육지에서 멀리 떨어진 섬이라 아직 구경을 못하고 있었기에 자연 기쁘지 않을 수 없었다.

그는 집으로 돌아와서 모친께 여쭙기를,

"소자가 팔도 강산 좋은 경개란 안 가본 데가 없사오나, 제주는 섬이오며 또한 모친께서 계시기로 못 가 보았는데, 이제 친한 양반이 제주목사가 되셨기로 비장(裨將)으로 가고자 하니 다녀오겠나이다."

모친은 그 말을 듣고 말리었다.

"제주라 하는 곳이 육지에서 천 리 물에서 천 리, 이천 리나 되거늘, 이토록 머나먼 길에 날 버리고 네가 간다면 어미 임종 못볼 터이니 제발 그곳만은 가지 말라."

배비장이 다시 여쭙기를,

"오직 제 한 몸만이 뽑혔으니 아니갈 순 없나이다."

이때 배비장의 아내가 곁에서 듣고 있다가 주의를 주었다.

"제주라는 곳이 비록 멀리 떨어진 섬이오나 색향(色鄕)이라 합니다. 그곳에 계시다가 만약 주색에 몸이 잠겨 돌아오지 못하신다면 부모님께 불효 짓고 첩의 신세 망칠 것이옵니다."

그 소리를 듣고 배비장이 펄쩍 뛰었다.

"그런 염려 아예 하지 마오. 명심하고 절대로 계집을 가까이 하지 않을 것이오."

배비장은 즉시 모친과 처자를 작별하고 김경을 따라 떠나게 되었다.

전령패(傳令牌)를 비껴 찬 채 금마(錦馬)를 타고 제주로 내려가는데, 때는 바야흐로 꽃이 만발한 봄철이라 오얏꽃, 복숭아꽃, 살구꽃이 활짝 피어 한창이고 풀과 버들은 한껏 푸르며 맑은 물은 잔잔하여 사방의 풍치가 아름답기 이를 데 없었다.

배비장이 이토록 아름다운 경치에 취하여 사방을 두루 살펴 보며 해남 땅에 도착하니 새로 도임하는 목사를 맞이하려고 하인들이 기다리고 있었다.

사또가 새로 맞는 하인들의 인사를 받은 후에 사공을 불러 분부하였다.

"여기서 배를 타면 제주까지 며칠이나 걸리는고?"

사공이 공손하게 여쭙기를,

"일기가 청명하고 서풍이 살살 불어 꽁무니바람에 양 돛을 갈라붙이옵고, 아래에서 핑핑 소리가 나고, 뱃머리에서 물결 갈라지는

172

소리가 팔구월 열바가지 삶는 듯이 절빅절벅 소리가 나면 하루에
천 리 길도 갈 수가 있삽고, 반쯤 가다 왜풍(倭風) 만나 표류하면
영국(英國)이라도 갈 수가 있나이다. 만일 일이 잘못되면 바닷물도
먹고 숭어와 입도 맞추게 되나이다."

사또가 다시 분부하였다.

"제주에 당일로 닿는다면 상을 많이 줄 터이니 착실히 거행하도록
하라."

사공이 분부를 받고 순풍을 기다리는 차에 마침 날씨가 청명하여
서풍이 솔솔 불어오므로, 소리 높여 아뢰이기를,

"사또님, 배에 오르소서 ! "

사또가 매우 기뻐하며 일행과 함께 배에 오르자 도사공이 키를
들고 역군은 아디를 틀며 돛을 달아 바람에 맞추어 배를 띄워 망망대
해로 떠나갔다. 호호창랑 노화월(浩浩蒼浪蘆花月)에 범여선(范蠡
船)이 떠가는 듯 두둥실 떠나갈 제, 배 위에서 술도 마시며 사람마다
봄술에 취하여 상하가 함께 즐기는 것이었다.

그런데 배가 얼마 후에 추자도(楸子島)에 거의 이르렀을 때였다.
갑자기 태풍이 일어나고 사면 바다가 침침해지더니 물결은 출렁거
리고, 태산 같은 물굽이가 휘몰아 덮치면서 우르르 콸콸 펄펄 뱃전을
난타하고, 바람을 맞아 배 위의 땟집도 조각조각 부서져 흩어지며,
키는 꺾이고, 용충줄 마룻대가 동강나고, 고물이 한쪽으로 들리면
이물이 수그러지고, 이물이 한쪽으로 들리면 고물이 또한 수그러져
서 덤벙 뒤뚱 조리질치니, 사또는 정신을 못차리고 비장과 하인은
이리 뛰고 저리 서둘렀다.

정신없는 중에서도 사또는 노하여 사공을 꾸짖는데,

"이놈들아! 양반은 물에 익숙하지 못하여 떨지만 물에 익숙한 놈들이 그렇게 떨고 있느냐?"

사공이 송구스럽게 대답하였다.

"소인이 어려서부터 화장(火匠)으로 배에 올라 흑산도, 대마도, 칠산, 연평 앞바다를 무른 메주 밟듯이 거침없이 다녔으되, 이런 고생은 처음이오이다. 사해용왕(四海龍王)이 외삼촌이라 해도 살아나기는 아주 어렵겠나이다. 살아가려면 이 바다물을 다 마셔야 할 듯하오니, 뉘 배로 이 물을 다 마시겠나이까?"

이처럼 겁을 내는지라, 모든 사람이 다 울고 비장도 또한 울었다. 이때 비장 하나가 신세 타령을 하는데,

"우리 집 백발 양친 천리 길에 자식 보내고, 이제 올까 저제 올까 부모 간장 다 태운다. 젊은 새댁 우리 마누라 임 그리매 잠못 이루어 임가신 곳 바라보며 한숨 짓고 눈물 뿌려 손꼽아 임 기다릴 때 꿈속인들 오죽하랴? 머나먼 물길 속에 까닭없이 죽게 되니 이내 팔자 웬말인가?"

비장 하나가 또 울면서 말한다.

"이미 나이 사십 되어 슬하에 자식 없고 양자 얻을 곳 전혀 없으니 조상 제사 끊게 되니 이 아니 원통한가?"

다른 비장이 뒤따라 울면서 하소연한다.

"집안 가난한 것이 한이 되어, 제주가 양태로 이름난 곳이라기에, 양태동이나 얻어다가 가용에도 쓰게 하고 마누라 속옷이 없는지라, 옷이라도 한 벌 얻어 입혀 볼 양으로 머나먼 길 떠나왔더니, 여기 와서 속절없이 외로운 물귀신이 되겠으니 이 원을 어디다가 사뢸 것인가?"

비장 하나가 또 울며 말한다.

"나는 집안 형편 넉넉한데 집에 그냥 있었던들 탈없이 좋았을걸. 이름자나 세우고서 벼슬길 터놓고서 출입하고자 하였더니 천 리 타향 바닷물에 속절없이 죽게 되니 애고애고 답답하고 기가 막혀 나 죽겠네."

각 비장들이 이처럼 탄식하는 것을 망연히 바라보고 있던 사또는 사공을 불러 고사를 지내도록 분부를 내렸다.

"용왕님이 이제서야 제수(祭需; 祭物)를 달라시는 것 같으니, 고사나 한 번 극진하게 드려보라."

사공이 분부를 받고 고사 지낼 준비를 하였다. 영좌(領座)·이좌(吏座)·화장(火匠)·격군 머리감고 목욕한 후, 뱃머리에 자리 펴고, 고물에는 청신기(靑神旗) 홍신기(紅神旗)를 좌우로 나누어 꽂고, 큰 그릇에 흰 쌀을 담아 사또 저고리를 벗어 얹고, 소머리를 받쳐놓고, 산돼지를 잡아 큰 칼을 꽂아 기는 듯이 올려 놓고, 공양미(供養米)를 올린 다음, 다시 섬쌀을 풀어 물에 띄우고, 도사공의 정성 모아 용충줄에 큰 북 높이 달아, 북채를 양손에 나누어 잡고 두둥실실 북을 치며 축원을 하였다.

고사를 지내고 나자 이윽고 달이 오르며 물결이 자니 배는 순항하여 무사히 제주에 다다르게 되었다.

2

환풍정(換風亭)에서 배를 내려 화북진(禾北鎭)에 앉아, 사방을 둘러보니 제주 가경(濟州佳景) 십팔경(十八景) 중에 가장 으뜸은 망월루(望月樓)였다.

망월루를 살펴보니 젊은 남녀 한 쌍이 서로 붙잡고 이별이 안타까와 한숨 쉬고 눈물 짓는 장면이 별난 풍경이었다. 보아하니 구관 사또가 신임하던 정비장(鄭神將)과 수청 들던 기생 애랑(愛娘)의 애타는 이별 장면이었다.

정비장이 애랑의 손을 잡고 말하는 것이었다.

"잘 있거라, 나는 간다. 서울 태생 소년으로 제주 물색 좋단 말에 마음 쏠려 이 곳에 와서 너와 더불어 아리따운 연분 맺고 세월을 보낼 적에 맵시있는 너의 태도, 목청 맑은 네 노래에 고향 생각 잊었거늘, 애닯고나 이별이여 ! 푸른 강 맑은 물에 원앙새가 짝을 잃은 격이로다. 인적 없는 높은 산 깊은 골에서 둘이 만나 희롱하다 이별하는 격이로다. 이별이야, 이별이야, 애닯고나 이별이야 ! 이별 리(離)자 만든 사람 우리 두 사람 원수로다. 한 마음 한 뜻으로 그리기란 애랑 오직 너 뿐이다. 부디부디 잘 있거라, 애랑아, 잘 있거라 ! "

다음은 애랑의 거동인데, 없는 슬픔 자아내어 고운 얼굴에 웃는 듯 찡그리는 듯 길게 한숨 지으며 하는 말이,

"여보 들어 보오. 나으리가 이 곳에 계시는 동안에는 먹고 입고 살기에 걱정없이 세월을 보내었는데, 이제 그 누구에게 의지하라고 하루 아침에 떠나가시나요?"

정비장은 이 말을 듣고 애랑의 마음이 풀리도록 대답 한 번 시원하게 하였다.

"그대는 모름지기 아무 염려 마라. 내 올라가더라도 한 동안 먹고

쓰기에 넉넉할 만큼 볏짐을 풀어주고 가리라."

하고는, 창고지기에게 분부하여 볏짐을 풀어 애랑에게 주도록 하였다. 중양(中涼)·세양(細涼) 한 통씩과 탕건(宕巾) 한 짐, 우황(牛黃) 열 근, 인삼(人蔘) 열 근, 달래 서른 단, 마미(馬尾) 백 근, 장피(獐皮) 사십 장, 녹피(鹿皮) 이십 장, 홍합(紅蛤), 전복(全鰒), 해삼(海蔘) 각 백 개씩, 문어(文魚) 열 마리, 삼치 서뭇, 석어(石魚) 한 동이, 기타 온갖 과일과 살림살이 일체를 주었으니 그 종류와 수효는 하도 많아 헤아릴 수조차 없을 정도였다.

물건을 받은 애랑은 눈물을 이리저리 씻으면서 흐느끼는 듯한 소리로 말하는 것이었다.

"주신 기물은 그것이 천금이라도 결코 귀하지 않사옵니다. 백년을 맺은 기약이 한갓 일장춘몽이 되니 그것만이 애닯을 뿐이옵니다. 나으리는 소녀를 버리고 가옵시면 백발 부모 위로하고 곱고 아름다운 처자 만나 그립고 그리던 정회를 회포할 때 소녀같은 보잘 것 없는 소첩이야 다시 생각인들 하시겠나이까? 애고애고 슬픈지고, 슬픈 것이 이별 별(別)자요, 이한공수강수장(離恨空隨江水長)하니 떠날 이(離)자도 슬프옵고, 갱파라삼문후기(更把羅衫問後期)하니 이별 별(別)자 또한 슬프옵고, 낙양천리낭군거(洛陽千里郎君去)하니 보낼 송(送)자 슬프옵니다. 그리운 님 보내놓고 생각 사(思)자 답답하여 천산만수(千山萬樹) 아득하니 바랄 망(望)자 애연합니다. 공방적적추야장(空房寂寂秋夜長)하니 수신 수(愁)자 겹겹이요, 첩첩수다몽불성(疊疊愁多夢不成)하니 탄식 탄(歎)자 아득하고, 한심장탄(寒心長歎) 슬픈 간장 눈물 누(淚)자 가련합니다. 군불견상사고(君不見相思苦)에 병들 병(病)자 두려웁고, 병이

들면 못 살려니 혼백 혼(魂)자 따라갈까 장재복중(長在腹中) 그리
운 님 잊을 망(忘)자 염려되오. 일거낭군(一去郞君) 내밀 출(出)
자 다시 보자, 언제 볼까, 애고애고 슬픈지고."
　정비장은 애랑의 말에 간장이 녹는 듯한 기분이 되었다.
　"네 말 듣고 내가 생각하니 뜻 정(情)자가 간절하구나. 내 몸에
지닌 노리개를 네 마음대로 모두 달라고 하려므나."
　애랑이란 년 달래란 말 아니하여도 정비장을 물오른 송기 벗기듯
하려는 참인지라, 가지고 싶은대로 주겠다고 하니 불한당같은 마음에
피나무 껍질 벗기듯 아주 홀랑 벗겨 버리려고 하였다.
　"여보 나으리님 들어보소서. 갓두루마기 소녀에게 벗어주고 가시오
면 나으리님 가신 후에 날이 가고 달이 갈 때 광음이 여류하여
낙화수심(落花愁心) 봄이 가고 방초하절(芳草夏節) 추절(秋節)
들이 정수단풍(庭樹丹楓) 잎이 질 때 낙엽은 소슬하고 옥창(玉
窓) 밖에 서리 나릴 때 추야장(秋夜長) 적막한데, 독수공방(獨守空
房) 잠 못들어 전전불매(輾轉不寐) 하올 때에 원앙금침(鴛鴦衾
枕) 찬 베개에 비취금(翡翠衾) 얇은 이불을 두 발로 미적미적 툭툭
차서 물리치고 주인 가시고 안 계신 갓두루마기 한 자락은 펴서
깔고 또 한 자락은 푹신 덮고 또 한 자락은 착착 접어 베개 삼아
베고 자면 나으리 품에 누운 듯 그 아니 다정하리이까?"
　정비장은 그 말을 듣고 양피(羊皮) 갓두루마기를 홀랑 벗어 애랑
에게 주었다.
　"맹상군(孟嘗君)의 호백구(狐白裘)도 진왕(秦王)의 사랑하는
첩 행희(幸姬)에게 줌으로써 잊었으며 수가(睢價)의 일저포(一苧
袍)도 범숙(范叔)을 주었으니 영영 그만이 아니겠느냐? 나도 이

옷을 너에게 주니, 깔고 덮고 베고 살 내 부디 나를 잊지 마라."

애랑이 년 갓두루마기를 받아 챙겨놓고 또 하는 말이,

"여보 나으리님, 들어보소서. 나으리 가신 후에 월명상강(月明霜降) 찬 서리에 백제성(白帝城) 금풍(金風)할 때 동정추월(洞庭秋月) 달이 지고 강촌모설(江村暮雪) 눈이 내려 천수만수(千樹萬樹) 이화백설(梨花白雪)이 아주 펄펄 휘날릴 때 초수오산(楚水吳山)에 길이 험하니 임 기약이 망연하고 설청운산북한풍(雪晴雲散北寒風)이 소르르 들여 불 때 차마 귀가 시려 어찌 살리오? 나으리 쓰고 계신 돈피(豚皮) 휘양(揮項)을 소녀에게 벗어주고 가시오면 두 귀 덤벅 눌러 쓰고 땀을 철철 흘릴테니 그 아니 다정하겠소?"

정비장은 말이 떨어지기가 무섭게 휘양을 벗어 애랑에게 주었다.

"손으로 겉을 만지고 입으로 털을 불며 쓴다면 엄동설한 추위라도 네 귀 시리지 않을 것이다. 이 휘양 쓸 때마다 부디 나를 잊지 마라."

애랑이 또 말했다.

"여보 나으리님, 들어보소서. 소녀가 비록 여자이오나 옛 글을 읽었는데 유인오능거(遊人五陵去)하니 보검직천금(寶劍直千金)이라, 그 칼의 값이 비싸오나 분수탈상증(分手脱相贈)이라 하니 평생 일편단심이 어찌 중하지 않으오리이까? 나으리 차신 칼을 소녀에게 풀어 주시오."

정비장은 칼을 만지며 이것만은 거절하기를,

"이것은 나의 방신보검(防身寶劍)이니 너에게 주지 못하겠다."

하니, 애랑은 다시 말하였다.

"나으리께서는 옛 글도 모르시나요? 소녀가 임을 위하여 수절할 때 외간 남자가 달려들면 어쩌란 말이오? 소녀는 나으리가 주고 가신 칼을 빼어 키 큰 놈은 배를 찌르고 키 작은 놈은 목을 찔러 물리쳐야 하지 않으오리까? 제발 그 칼을 풀어 주시오."

정비장은 그 말을 듣고 기분이 좋아 얼른 칼을 풀어 주었다.

"내 말을 잘 듣거라. 이 철병도(鐵柄刀)는 값도 중하다 하려니와, 만일 이 칼을 가지고 나의 정을 베어 잊을까 염려된다. 모름지기 수절공방 범하는 놈 있거들랑 네 수단껏 잘 찌르면 만인은 못 당해 도 한 사람은 당할 수 있을 것이다."

애랑은 칼을 받아놓고 울면서 또 하는 말이,

"여보 나으리님, 들어보소서. 나으리 입으신 숙수창의를 소녀에게 벗어 주고 가소서."

그러자 정비장이 말하였다.

"여자 옷을 달란다면 이상할 게 없지만 남자 옷이야 네게 쓸데가 없지 않느냐?"

"에그, 남의 슬픈 사정 그리도 모른단 말이오? 나으리의 상하의복 홀홀 털어 입어 보고 밖에 나가 이리저리 거닐다가 한없이 슬픈 정회 임 생각 절로 날 때 나갔다 들어 왔다, 빈 방에 홀로 앉아 이 옷 매만지면 이별한 낭군 가시고 없어도 일천 시름 일만 근심 풀어질 것이오니 그 아니 다정하겠소?"

정비장이 크게 반하여 옷을 모두 홀홀 벗어주니 애랑은 그 옷을 받아 놓고 또 말하였다.

"여보 나으리님, 들어보소서. 나으리와 이별 후에 때때로 생각나면 그 답답하고 슬픈 마음 어찌 하오리이까? 그 슬픔 풀 길이 가히 없으리다. 무얼 가지고 슬픔을 풀면 좋으리까? 나으리 입으신 고의

적삼을 소녀에게 벗어 주시오면 제 손으로 착착 접어 임 생각에
잠 못 이룰 때 나으리의 고의적삼을 나으리와 함께 하는 듯이 담쏙
안고 누웠다가 옷가슴을 열고 보면 향기로운 임의 땀내 폴싹폴싹
코를 찌르면 냄새 맡고 슬픔 푸니 그 아니 다정하겠소?"

정비장은 그만 반한 나머지 그까짓 고의적삼이 문제랴, 통가죽이라
도 벗어 줄 판이었다. 정비장은 고의적삼마저 벗어서 애랑에게 주었
다. 고의적삼 벗고나니 정비장이 알비장이 되었구나. 밑천을 가릴
길이 전혀 없어 방자를 불렀다.

"방자야!"

"네!"

"가는 새끼 두 발만 가져 오너라."

하더니, 그것으로 개짐을 만들어 제마(濟馬) 입에 쇠자갈 물리듯이
샅에 차고서 두리번거리며 말하였다.

"어허 극한이로구나. 바다의 섬 안이라 매우 차구나."

그래도 애랑은 아직 멈추지를 않았다.

"여보 나으리님, 들어보소서. 옷은 이제 그만 벗어 주시고 나으리
상투를 좀 베어 주시면 소녀의 머리와 함께 땋겠습니다. 그렇게
하오면 일신운발(一身雲髮) 되었으니 그 아니 다정하오리까?"

이 말 듣고 정비장이 말하되,

"너의 정리(情理)는 비록 그렇다만, 그렇다고 나더러 바로 정텃절
(淨土寺 : 白雲寺) 몽구리 아들이 되란 말이냐?"

"여보 나으리, 내말 좀 들어보오. 나으리가 아무리 다정하다 하나
소녀의 정만 못하오니 애닯고 원통하여이다. 그건 그렇다치고 창가
에 마주앉아 서로 보고 당싯당싯 웃으시던 앞니 하나 빼어 주사이

다.”

하고 애랑은 통곡을 하였다. 이러한 애랑을 보고 정비장은 어이가
없어 물어보는 것이었다.

“이제는 부모의 유체(遺體)까지 헐라고 하니 그것은 어디다 쓰려
고 그러느냐?”

애랑이 울먹이는 소리로 대답하였다.

“앞니 하나 빼어 주시오면 손수건에 싸고 싸서 백옥함(白玉函)
에 넣어 두고 눈에 암암하고 귀에 쟁쟁한 님의 얼굴 보고 싶고
님의 목소리 듣고 싶을 때 종종 꺼내어 보고 슬픔을 풀고 소녀가
죽은 후에라도 관 구석에 지니고 가면 합장일체(合葬一體) 되지
않사오이까? 그러니 그 아니 다정하겠소?”

애랑의 말을 듣고 정비장은 크게 현혹되어 공방(工房)의 창고지기
를 불렀다.

“장도리와 집게를 대령하라.”

“예, 대령하였나이다.”

정비장은 창고지기에게 물었다.

“너는 이를 얼마나 빼어 보았느냐?”

“예, 많이는 못 빼어 보았지만 서너 말은 빼어 보았습니다.”

“이놈, 제주 이는 모조리 망친 놈이로구나. 다른 이는 다치지 않게
앞니 한 개만 쏙 빼어라.”

“소인이 이 빼는 데에는 이골이 났으니 어련하오리이까?”

하더니, 작은 집게로 잡고 뺏으면 쏙 빠질 것을 커다란 집게로 잡고서
는 좌충우돌 창검적(左衝右突 槍劍格)으로, 차포(車包) 접은 장기
면상 차린 격으로 한없이 어르다가 졸지에 코를 탁 치는 것이었다.

정비장은 코를 잔뜩 부둥켜 안고 소리를 꽥 질렀다.

"어허, 봉변이로다. 이놈, 너더러 이를 빼렸지 누가 코를 빼라고 하더냐?"

그러자 공방 창고지기가 대답하였다.

"울리어 쏙 빠지게 할려고 코를 좀 쳤나이다."

정비장은 탄식을 하였다.

"이 빼라고 한 것이 내 잘못이다."

이러고 있을 때였다. 갑자기 방자가 헐레벌떡 뛰어 들어왔다.

"사또께서 등선(登船)하시니 어서 등선하소서."

정비장은 할 수 없이 일어서면서,

"노젓는 소리 한 마디에 배 떠난다고 재촉하니 슬픈 것은 만단회라 이만 떠나야겠거늘 임은 잡고 아니 놓는구나."

애랑은 정비장의 손을 잡고 발을 동동 구르면서 탄식하였다.

"우연히 만났다 한들 나를 두고 어디를 가시오? 진나라의 방사서시(方士徐市) 동해삼산(東海三山) 채약(採藥) 갈 때 동남동녀(童男童女) 실어가고, 월나라 범상국(范相國)도 오호청풍(五湖淸風) 만리선(萬里船)에 서시(西施)를 실었거늘, 하루 천리 가는 저 배에 임은 나를 싣고 가시오. 살아서 못볼 임 죽어서 환생하여 다시 볼 수 있을까? 낭군은 죽어 학이 되고 첩은 죽어 구름이 되어 학은 구름을 따르고 구름은 학을 따라 백운첩첩(白雲疊疊) 가는 곳마다 정답게 놀아볼까?"

이에 정비장이 대답하였다.

"너는 죽어 고루거각 높은 집 거울 되고 나는 죽어 동방에 햇님이 되어 서로 정답게 얼굴 비추어 보자."

3

　이렇듯 이들이 작별할 때였다. 신관 사또의 앞장을 섰던 예방(禮房) 비장(裨將)이 이 거동을 잠간 보고는 방자를 불러 물었다.
　"저 건너편 길 가운데서 젊은 남녀가 서로 붙잡고 못 떠나고 있으니, 저 거동은 웬일인가?"
　방자가 대답하였다.
　"기생 애랑이와 구관 사또 정비장이 작별하고 있는 모양이옵니다."
　배비장은 그 말을 듣고 비난하였다.
　"허랑(虛娘)한 장부로구나. 부모 친척과 헤어져 천 리 밖 먼 곳에 와서 아녀자에게 빠져서 저러하다니, 체면 꼴이 말이 아니로다."
　방자놈은 코웃음을 치며 말했다.
　"나으리도 남의 말씀 쉽게 하지 마십시오. 애랑의 은근한 태도와 아름다운 얼굴을 보시면 나으리께서도 오목요(凹)자에 움을 묻고 게다가 살림까지 차리실 것입니다."
　배비장은 허세를 잔뜩 부리면서 방자를 꾸짖어 가로되,
　"이놈, 양반의 정리(情理)를 어찌 알고 경솔히 말을 하느냐?"
　그러자 방자는 좀처럼 지려고 들지 않았다.
　"그러하오시다면 황송하오나 소인과 내기를 하시지요?"
　"무슨 내긴데?"
　"나으리께서 상경(上京)하시기 전에 저 기생에게 눈을 팔지 않으시면 소인의 많은 식구가 댁에 가서 드안밥(드난밥)을 먹고, 만일 저 기생에게 반하신다면 타고 다니시는 말을 소인에게 주십시오."

이에 배비장은 자신있게 대답하였다.

"그렇게 하자꾸나. 말 값이 천금이 된다한들 내기를 하고서 너를 속일쏘냐?"

한참을 이렇게 얘기를 나누는 동안 신관 사또와 구관 사또는 인수 인계를 모두 마치고 새 사또가 도임하였다.

사또의 도임 절차가 끝나고 각자가 정해진 처소로 돌아갔을 때는 이미 해가 지고 동녘에 달이 차오르면서 맑은 바람이 부니 평온한 기상이 완연하였다.

모든 비장들이 기생들을 골라 정하니 방마다 노래소리와 비파소리 가 서로 어울려 달밤에 퍼지는 소리는 듣기 좋고 처량하였다.

이때 배비장은 마음이 울적하여 남과 같이 놀고 싶었으나 이미 정한 내기가 있으니, 장부일언(丈夫一言)은 중천금(重千金)이라, 어찌 마음을 바꿀 수 있겠는가.

남이 노는 것을 비웃고 앉았을 때 여러 비장 동료들이 배비장에게 권하여 전갈하기를,

"방자야, 너의 예방(禮房) 나으리께 가서 '미색(美色)의 고장인 이곳에 오셔서 수심에 싸이시니 웬 일이시나이까? 고향 생각 너무 마시옵고 미인(美人)을 골라 수청들게 하시고 동료와 정담을 나누 는 것이 장부의 소일거리이오니 나오셔서 놀다 가사이다'하고 여쭈 어라."

방자는 분부를 받들고 예방 나으리께 전갈을 드렸다. 배비장은 방자를 통해 회답하는 전갈을 보냈다.

"먼저 물어 주시오니 대단히 감사하옵니다. 모처럼의 호의를 거절 함은 자못 당돌한 일이오나 저는 성질이 원래 옹졸하여 기악(妓

樂)은 즐기지 않사오니 이를 용서하시옵고 여러 동관께서나 재미
있게 노시기 바라나이다."

하더니, 갑자기 무슨 급한 일이라도 있는 듯이 다시 방자를 불렀다.

"지금 나의 기생 차지가 누구냐?"

"행수(기생의 우두머리)인줄 아옵니다."

배비장이 딱 잘라 분부하였다.

"네가 만일 이후로 기생년을 내 눈 앞에 비쳤다가는 엄한 매를
맞으리라."

이러한 분부를 할 때 사또가 잠깐 듣고 그 곡절을 아신 후에 일등
명기를 모두 불러내었다.

"너희 가운데 배비장을 흐뭇하게 하여 웃게 하는 자가 있으면 그
상을 내릴 것이니 그렇게 할 기생이 있느냐?"

그 중에서 애랑이 년이 나섰다.

"소녀가 우민하오나 사또는 분부대로 하겠나이다."

그러자 사또가 말하였다.

"네가 만약 배비장의 절의(節意)를 꺾을 수 있는 재주가 있다면
마땅히 기생 중에 으뜸이 되리라."

애랑이 말하였다.

"지금이 한창 좋은 봄철이오니 내일 한라산에서 꽃놀이를 하옵시
면 계교를 써서 배비장을 홀리겠나이다."

사또는 각 방의 비장들과 의논을 한 후 새벽녘에 발령하여 한라산
으로 꽃놀이를 갔다.

산 속으로 들어간즉 온갖 꽃들이 저마다 자취를 다투며 피어 있고
온갖 새들이 합창하여 마치 아름다운 풍악을 펼친 것 같았다.

사또와 여러 비장들이 기생과 어울려 술을 마시며 봄바람에 겨워 흥을 이기지 못하여 놀고 있을 때, 배비장은 저 혼자 깨끗하고 고고한 체하며 노송 밑에서 외면하고 앉아 남의 노는 모양을 비웃으며 글을 읊고 있었다.

그러던 중 우연히 고개를 들어 한 곳을 바라보니 한 절세 미인이 어릴락 비칠락한 차림으로 백만 가지 교태를 다 부리면서 봄빛을 희롱하고 있는 것이 아닌가. 그리고는 갑자기 위 아래 옷을 훨훨 벗어 던지고 숲 속 개울물 속으로 풍덩 뛰어드는 것이 아닌가.

그러더니 물장구를 치며 온갖 장난을 다 치며 손도 씻고 발도 씻고 가슴도 씻고 젖도 씻고 예도 씻고 게도 씻고 삳도 씻고 이렇게 한창 목욕을 하고 있었다.

배비장은 그 거동을 잠깐 보고 있으려니 어깨가 들먹거려지고 정신이 몽롱해졌다.

드디어 구대정남(九代貞男) 간데 없고 오히려 음남(淫男)이 되어 눈을 모로뜨고 도둑 나무 하다가 쫓긴 듯이 숨을 헐떡거리며 그 여자의 근본을 알고 싶어 하였다.

"어 / 저 여인이 누구인지는 모르겠으나 사람 여럿 녹였겠구나."

그러나 누구에게 물어보지도 못하고 다만 군침만 꿀꺽 삼키며 스스로 탄식할 뿐이었다.

이윽고 하루 해가 저무니 사또 나리 관으로 들어가려고 재촉하였다.

여러 비장과 기생들, 그리고 하인들도 일제히 길을 떠날 때였다.

배비장은 딴 마음을 먹고 꾀병으로 배를 앓는 체하였다.

여러 비장들은 그의 눈치를 채고는,

"벌써 홀딱 빠졌구나."

하고, 수군덕대며 겉으로만 인사를 하였다.

"예방께서는 급곽란(急霍亂)인가 싶으니 침이나 한 대 맞으시오."

이 말을 들은 배비장은 깜짝 놀라,

"아니요, 천만에요. 병이 아니오니 조금 진정하면 나을 것이오."

하고, 대답했다.

비장들은 웃음을 참고 방자를 불러 일렀다.

"너의 나으리의 병환은 별로 대단치 않다 하시니 진정되거든 잘 모시고 오도록 하여라."

그리고는 배비장에게 말하였다.

"이대로 사또께 잘 말씀을 드릴 것이니 마음 푹 놓고 진정한 후에 오시오."

"동관들께서 이렇게 잘 염려해 주시니 감사합니다. 사또께 잘 여쭈어 주시기 바랍니다. 아이고 배야!"

그러나 동관 한 사람이 쑥 앞으로 나섰다. 이 사람은 짓궂기가 그지 없는 사람이었다. 배비장을 골려 줄 양으로 이렇게 말하였다.

"그건 너무 염려 마시오. 사또께서는 동관에게 이렇게 때없는 병이 있음을 짐작하시는 것 같습니다. 들으니 배앓는 데는 손으로 문지르면 효험이 있다고 합니다. 기생 한 년을 두고 갈 것이니 잘 문질러 달라고 하시오."

"아니오. 내 배는 다른 이와 달라서 기생을 보기만 하여도 더 아프니 그런 말씀은 다시 하지 마시오."

"참으로 그 배는 이상하군요. 계집 말만 하여도 더 앓는다니 우리가 같은 낙양(洛陽) 사람으로 천 리 밖에 와서 정의가 친형제 같은

데 그처럼 괴로와하는 것을 보고 어찌 혼자 두고 갈 수가 있겠소?
진정된 후에 우리가 같이 가도록 하는 것이 좋겠소이다."

"동관께서는 아마도 나의 성미를 잘 모르시는 것 같습니다. 나는
병이 나면 혼자서 진정을 해야 속히 낫지 만일 형제간일지라도
같이 있게 되면 낫기는 커녕 더 아픕니다. 그러하오니 사람을 살리
려거든 어서 제발 먼저 가 주시오. 아이고 배야, 나 죽겠소!"

"정 그러하시다면 혼자 두고 갈 수밖에 없소이다. 우리가 간 후에
무정한 사람이라고 하지는 마시오."

동관들이 사또와 함께 관으로 들어갈 때 배비장은 그 여인을 서둘
러 보아야겠다는 욕심을 억누를 수가 없었다. 배를 끙끙 앓는 시늉을
하면서,

"애, 방자야! 애고 배야!"

"예?"

"나는 이곳에 온 후 눈 앞이 흐려져서 지척을 분간하지 못하겠다.
애고, 배야!"

"소인도 나으리께서 애를 쓰시는 것을 보니 정신이 없사옵니다."

"우리 사또 가시는 것을 자세히 보아라."

"예, 저기 내려 가십니다."

"아이고 배야! 또 보아라."

"저기 보일락 말락 합니다."

"산회노전(山回路轉)에 불견군(不見君)이라, 이제 내 배가 아프기
를 그만 두었다."

목욕을 하는 그 여자를 보기 위해 배비장은 골짜기 화초 사이의
좁은 길로 몸을 숨겨 가만가만 사뿐 서며 가느다란 소리로 방자를

부르니 방자도 그대로 대답을 하는지라 말 공대는 점점 없어지고 말았다.

"예, 어째서 부르우?"

"너 저 거동 좀 보아라."

"거기 무엇이 있소?"

"얘야, 요란히 굴지 말아라, 조용히 구경하자."

물에 놀고 산에 놀고 백만 교태를 다 부리면서 놀고 있는 그 거동은 금도 같고 옥도 같았다.

배비장이 드디어 방자를 보고 이렇게 말하였다.

"금이냐, 옥이냐?"

방자가 대답하였다.

"저 물이 여수(麗水)가 아니거늘 금이 어찌 놀고 있겠소?"

"그러면 옥이란 말이냐?"

"이곳이 형산(荊山)이 아니거늘 어찌 옥이 있겠습니까?"

"금도 옥도 아니라면 꽃이냐, 방춘기망(芳春欺罔) 매화(梅花)란 말이야?"

"눈 속이 아니거늘 어찌 매화가 피겠소?"

"매화가 아니면 도화(桃花)란 말이냐?"

"무릉춘풍(武陵春風)이 아니거늘 도화가 어찌 피겠소?"

"그러면 해당화(海棠花)가 틀림없구나?"

"명사십리(明沙十里)가 아니거늘 어찌 해당화가 피겠소?"

"그러면 황국단풍(黃菊丹楓) 국화냐?"

"구일용산(九日龍山)이 아니거늘 어찌 국화가 피겠소?"

"꽃이 아니면 용녀 선녀 귀비(貴妃)란 말이냐?"

"오호청풍(五湖淸風)이 아니거늘 어찌 올 수 있으며, 온천수(溫泉水)가 아니거늘 어찌 귀비가 목욕을 하겠소?"

"귀비가 아니면 입안혼미(入眼魂迷) 불여우냐? 여우 아니라 악호(惡狐)라도 사생결단하여 반하겠다. 애고 애고 나를 죽인다, 나를 죽여！"

"나으리, 뭘 보시고 그렇게 미쳤습니까? 소인의 눈에는 아무것도 안 보입니다."

"이놈아！ 저기 저기 저 건너 백포장 속에 목욕하는 저것을 못본단 말이냐?"

"예? 소인은 나으리께서 무엇을 보고 그러시나 하였지요. 저 건너 목욕을 하는 여인을 말씀하시는군요. 그렇지요?"

"옳다. 너도 이젠 보았단 말이구나. 상놈의 눈이라 양반의 눈보다는 많이 무디구나."

"예, 눈은 반상(班常)이 다르니까 소인의 눈이 나으리의 눈보다는 무디어 저런 예(禮)에 어긋나는 것이 안 보입니다. 그러나 마음도 반상이 달라 나으리의 마음은 소인의 마음보다 컴컴하고 음탐(陰貪)하여 남녀유별(男女有別)의 체면도 모르고 규중처녀가 은근히 목욕하는 것을 보고 욕심 내어 눈을 쏘아 구경을 한단 말씀이구려. 요즘 서울 양반들 양반 자세(藉勢)를 하고 계집이라면 체면도 없이 욕심을 낼 데 안낼 데 분간을 하지 못하고 함부로 덤비다가 봉변도 많이 당합니다."

"뭐라고? 이놈이?"

"유부녀가 약수에 목욕을 하면 일가 친척이 은근히 숨었다가 버릇없는 남자가 엿볼라치면 일시에 달려들어 넙다치면 꼼짝 없이 혼만

날 것이니 저런 여자 볼 생각은 꿈에도 마시오."

무안을 당한 배비장이 하는 말이,

"다시는 안 본다. 그러나 그것을 보면 정신이 아득해져 아무리 안 보려고 해도 지남철에 날바늘 달라붙듯 눈이 자꾸 그리로만 가니 어찌 한단 말이냐?"

방자가 배비장을 주시하고 있다가 소리를 쳤다.

"저 눈!"

"나 안 본다!"

배비장은 이렇게 말하면서도 눈은 그 여인에게로만 가는 것이었다.

배비장은 한 가지 꾀를 내어 방자를 불렀다.

"방자야, 저 경치가 참으로 좋구나. 서쪽을 한 번 살펴 보아라. 저 불길같은 일모(日暮)의 경치가 아름답지 않느냐? 그리고 동쪽을 살펴 보아라. 약수 삼천 리에 봄빛이 아득한데 한 쌍의 파랑새가 날아드는구나. 또한 남쪽을 바라보아라. 망망대해의 천리 파도에 대붕(大鵬)이 날다가 지쳐서 앉아 있지 않느냐?"

방자는 거짓으로 속는 체하고 배비장이 가리키는 대로 살펴보고 있자 하니 배비장은 그 동안 여인을 바라보느라 정신 없었다. 배비장이 그 여인을 정신없이 바라보고 있을 때 방자가 느닷없이 소리를 질러 말했다.

"저 눈은 아무래도 일을 낼 눈이로군!"

배비장은 깜짝 놀라 두 손으로 황급히 눈을 가리며 어쩔 줄 몰라했다.

"나 안 본다. 염려 마라."

이때 방자가 갑자기 큰 기침을 한 번 하였다. 그러자 그 여인은 깜짝 놀라는 체하고 몸을 웅크리며 푸닥닥 물 밖으로 뛰어나와 속옷을 안고 백포장 푸른 숲 속으로 재빨리 뛰어들어가는 것이었다.

그 모습은 마치 보름 밤 밝은 달이 구름 속으로 들어가는 것 같았다.

배비장은 그 모양을 넋을 잃고 바라보고 있다가 스스로 탄식하며 방자를 꾸짖는 것이었다.

"이놈, 네 기침 한 번이 낭패로구나. 고얀 놈 같으니 / "

그리고는 한참을 앉았다가 방자를 불러 말하였다.

"얘, 방자야 / "

"예 / "

"너가 저 백포장 밖에 가서 문안을 한 번 드린 후 그 여인에게 전갈을 해라."

방자는 멀거니 배비장을 바라보았다.

"문안을 드리면서 전갈하되, '이 산에 온 나그네가 꽃놀이를 하다가 여행의 피로로 몸이 노곤하고 기갈이 몹시 심하니 혹시 음식이 있으면 기한을 면하게 해 주시면 천만 감사하겠습니다'하고 여쭈고 오너라."

그러자 방자놈이 대답하기를,

"소인은 죽으면 죽었지 그런 전갈은 못하겠나이다. 생면부지에 어떻게 남의 아낙에게 음식을 달라고 하겠나이까? 그러다가는 매맞아 죽기에 꼭 알맞겠소이다."

방자의 말에 배비장이 다시 말하였다.

"방자야 / 만일 매를 맞을 지경이라면 매는 내가 맞을 것이니 너는 달아나 버리면 그만이 아니겠느냐?"

방자가 대답하였다.

"나으리의 딱한 정경을 보니 죽을 때 죽더라도 그렇게 할 도리밖에

더 없겠군요."

하고는, 어슬렁 그 곳으로 걸어 가서 헛절을 한 번 꾸벅 하고 나서

잠시 후에 이렇게 말하였다.

"쉬, 애랑아 ! 배비장이 벌써 너에게 홀딱 했으니 무슨 음식이

있거든 좀 차려 주려므나."

방자의 말을 들은 애랑은 방긋이 웃으면서 온 정성을 다하여 산중

귀물(山中貴物)로 음식상을 정갈하게 꾸몄다.

그리고는 맑은 술까지 자라병에다 가득 넣어 대어 주었다.

"너의 나으리가 무례하지만 기갈이 심하다기에 이 음식을 보내니

그도 먹고 너도 먹고 양인대작 산화개(兩人對酌山花開)라, 한 잔

한 잔 또 한 잔에 두 사람이 포식한 후 어서 빨리 서둘러 가거라."

방자가 애랑의 말을 전갈하고 음식을 올리니 배비장은 희색이 만면

하여 음식을 받아 앞에 놓고 칭찬을 한 후에 물었다.

"내 진즉 이런 줄 알았다만 저 감에 이빨 자국이 나 있으니 이게

어찌된 일이냐?"

방자놈이 대답하기를,

"그 여인이 감꼭지를 이로 물어 떼었습니다."

배비장은 방자의 말을 듣고는 껄껄 웃으면서,

"이 음식은 너 다 먹어라. 나는 감이나 한 개 먹고 말겠다."

이 말을 들은 방자놈은 짓궂게 감을 집어 들었다.

"이빨 자국이 난 것이라 그 여인의 침이 묻어 더러우니 소인이

194

먹겠습니다."

하고 말하니, 배비장이 눈을 크게 뜨고,

"이놈, 어이없는 소리 하지 말고 어서 이리 내어 놓아라."

배비장은 감을 빼앗아 껍질까지 달게 먹은 다음 그 여인에게 방자를 시켜 전갈을 보냈다.

"여인에게 가서 '이처럼 좋은 음식을 보내 주셔서 정말 잘 먹었습니다'하고, 또 '무례한 말씀이오나 하늘에는 양(陽)이 있고 땅에는 음(陰)이 있는데, 이 음과 양이 서로 만나 화합(和合)함은 인생의 누구에게나 있는 일인 바, 방탕한 화류객이 홀연히 산에 올라왔다가 꽃을 찾는 벌나비의 마음을 주체할 수 없으니 이 마음을 헤아려 주옵소서' 하고 전갈하여 여쭈어라."

배비장이 시키는대로 방자는 그 여인에게로 가서 전했다. 그리고 돌아와서 말하기를,

"그 여인이 답례는 듣지도 않고서, 큰 탈 날 것이니 어서 빨리 돌아 가라고 이릅니다."

배비장은 쓸쓸해져서 긴 탄식을 하면서 일어났다.

"할 수 없다. 이제는 내려 가자."

배비장은 침소로 돌아와서도 그 여인을 잊지 못하여 상사(想思)로 신음하는 것이었다.

"한라산 맑은 정기를 제가 모두 타고 나서 그리 곱게 생겼는가? 못 잊어서 한이로다. 동방이 적막한데 임 생각이 그지 없구나. 봄바람에 우는 새는 회포를 머금은 듯 정제(庭際)에 푸는 이별의 눈물을 뿌리는 듯 상사하는 신음병이 뼈 속에 깊이 들어 청춘원혼(靑春冤魂)이 되겠으니 우리 노모(老母), 홍안 처자 다시 보기 어려워

라. 애고 애고 이 일을 어찌할꼬?"

이처럼 애절하게 생각을 거듭하던 배비장은 드디어 굳은 결심을
하였다.

"에라 / 죽기는 마찬가지. 죽더라도 말이나 한 번 건네보고 죽자."

그리고는 일어나서 방자를 불렀다.

"애야, 방자야 / "

"예, 부르셨습니까?"

"어서 이리로 좀 오너라. 내가 또 죽을 병이 들었구나 / "

"무슨 병이 드셨기에 그토록 신음을 하십니까? 패독산(敗毒散)
이나 두어 첩 잡수어 보시지요?"

"아니다. 패독산 정도로 고쳐질 병이 아니다."

"그러면 망령병이 드셨나 보구료. 망령병에는 무슨 약보다 당약이
제일입지요."

"그건 또 무슨 약이냐?"

"홍두깨를 삶은 것을 당약이라고 합니다. 젊은 양반 망령엔 당약이
최고입죠."

"아니다. 내 병에 약은 따로 있다. 하지만 그걸 얻기가 어렵구
나."

"그게 무슨 약이기에 그토록 어렵다고 하십니까? 하늘에 있는
별도 딸려면 딸 수 있지 않겠습니까?"

"방자야, 너의 그 말만 들어도 속이 시원해지는구나. 그렇다면
내가 살고 죽는 건 바로 방자 네 손에 달렸다. 제발 나좀 살려다
오."

"아따 나으리도, 죽긴 왜 죽어요? 어서 말씀이나 하시구려."

"오냐 오냐, 알았다. 빙자야! 어제 한라산 수포동 푸른 숲 속에서 목욕하던 그 여인 말이다. 나의 병은 바로 그 여인으로 하여 얻어졌다. 이거 정말 죽을 지경이로구나. 네가 그 여자를 좀 볼 수 있게 해다오."

"그러십니까? 그러나 그 여자는 규중에 있사오니 만나볼 길은 없을 줄 아옵니다."

방자의 말을 들은 배비장은 더 이상 할 말을 잊어 버렸다. 그러다가 얼마 후 스스로 탄식을 하면서 방자에게 말을 하였다.

"그러면 옛날 이야기 책이나 좀 얻어 오너라, 방자야!"

남원부사(南原府使)의 자제 이도령이 춘향을 생각하면서 글 읽듯이 배비장은 삼국지, 구운몽, 임경업전을 다 팽개치고 숙향전(淑香傳)을 내어 놓고 보아 가는데,

"'숙향아, 숙향아, 불쌍하다' 그 모친 이별할 때, '아가 아가 잘 있거라', '애고 어머니 나도 가세', '아니다 다 던지고 녹림 사이 수포동에 목욕하던 그 여자의 가는 허리 담쏙 안고 놀아 보자.'"

이 모양을 옆에서 바라보고 있던 방자놈은,

"나으리! 저는 그것이 숙향전인 줄로 알았더니 상포동 수포동전이로군요."

하였다.

"음, 말이 자꾸 그리로만 가는 것을 어찌하느냐?"

배비장은 길게 한숨을 내쉬었다.

"애야, 방자야! 너와 내가 중요한 얘기 좀 하자꾸나. 음식을 차려 보낸 것을 보니 그 여자도 내게 전혀 마음이 없진 않았던가 보더라. 한 번 말이나 해 보아라."

"어디에다가요?"

"그 여인에게 말이다."

"나으리 / 그건 어림도 없는 얘기입니다요. 그 여인의 성깔이 악하기 이를 데 없고 절개가 굳으니 그런 생각은 아예 마십시오."

배비장은 방자를 붙잡고 애걸하다시피 하였다.

"애야, 될른지 안 될른지 일단 편지를 써 줄 테니 전해 보아라. 일만 잘 된다면야 구전으로 삼백 냥을 주마. 어떠냐, 방자야?"

방자놈은 구전을 많이 준다는 소리에 군침이 당겼다. 그러나 관 (官)에서 구렁이가 다된 놈이므로 돈냥이나 더 얻어볼 생각으로 은근히 잡아떼는 척하였다.

"소인은 그 편지 가지고 가지 못하겠소이다."

"그게 무슨 말이냐, 방자야? 내가 천 리밖 타향에 와서 통정(通情)하고 지내는 하인이 너 밖에 없잖느냐? 내 마음을 네가 몰라주고 가지 않는다면 누가 간단 말이냐? 그리하니 방자야 잘 생각해서 나의 이 답답한 마음 풀어다오. 제발 부탁이다, 방자야 / "

"나으리 / 소인이 나으리와의 정의를 생각한다면 물불 가리지 않고 뛰어들겠사오나, 그러지 못할 사정이 있습니다요."

"그게 무슨 사정이냐? 어서 말해 보려므나."

"소인으로 말할 것 같으면 세 살 때 아비가 죽어 늙은 어미 손에서 자라 열 살 되던 해부터 방자 노릇을 해 왔는데 한 달에 관가에서 주는 돈이라고는 겨우 두 냥 뿐입니다. 그러니 온갖 심부름 다하고 나면 신발 값이나 되겠습니까? 먹고 사는 것으로 말씀드릴 것 같으면, 각방 나으리께서 잡수시다 버리는 밥이나 얻어서 어미와 함께 그날 그날 연명해 가는 형편입니다."

198

한숨을 쉬고 나서 방자는 계속 말을 이었다.

"소인의 사정이 이러하오니 일이 뜻과 같지 않아 소인이 병신이 되어 나으리도 모실 수 없고 늙은 어미 먹을 수 없게 되면 소인의 신세는 어찌 되겠습니까? 그러므로 그렇게 위태로운 곳엔 갈 수 없습니다. 부디 나으리께서 살펴 주십시오."

"그런 일이라면 염려 푹 놓아라. 만일 매를 맞게 되면 네 상처가 낫도록 해줄 것이며, 네 어미는 내가 먹여 살릴 터이니 아무 염려 말고 어서 이거나 갖다 주어라."

배비장은 얼굴에 미소를 머금고 궤문을 덜컥 열더니 돈 일백 냥을 내주는 것이었다.

"약소하지만 우선 네 어미에게 갖다 주어 양식이나 팔아 먹도록 하여라."

방자는 그제서야 못 이기는 척하고 응락을 하였다.

"정 그러하시다면 편지를 써 주십시오."

"일이 잘 되고 못 되는 것은 오로지 네 수단에 달려 있으니 부디 눈치껏 잘해라."

방자는 배비장이 건네준 편지를 가지고 가서 애랑에게 전하였다. 그 편지는 대략 이러한 내용이었다.

〈삼가 두려운 마음으로 편지 한 통을 보내오니 부디 낭자께서는 양찰하여 주시옵기 바라오. 슬프도다. 이 몸이 공명을 이루지 못하여 수천 리 떨어진 타향에 와서 남의 편비(扁裨)로 있는지라 애초부터 물색에 뜻이 없고 기암절승을 눈아래로 희롱하더니, 어제 놀러 나가 한라산 꽃놀이와 녹림 사이 돌아오는 길에 낭자의 옥안을 잠깐 보고 눈이 혼미하여 집으로 돌아왔으나 욕망이 난망이요,

낭자에 대한 생각을 잊어버릴 수가 없구려 밥을 먹어도 그 맛을
알지 못하고 밤에 잠을 잘 수가 없어서 마침내 뼛속 깊이 병이
드니 깊은 탄식에 간장이 끊어지는 듯한 신음 소리가 병을 더욱
깊게 만드는 듯 하다오. 활짝 핀 꽃과도 같은 낭자의 아름다운
몸매도 오랫동안 젊어 있을까? 어쩔 수 없이 제아무리 아름다운
몸도 저절로 늙어 아름다운 얼굴이 하얀 머리가 되면 때는 다시는
찾아오지 않으리오. 임 그리는 번뇌로 말미암아 깊이 든 병인지
라, 신농씨(神農氏)의 백초약(百草藥)이 아무런 쓸모가 없구려.
수절하고 고고한 척하여도 다 부질없는 짓이며, 부지런히 사람을
만나 덕을 쌓는 일이 무엇보다 으뜸가는 일이니 모름지기 장부의
죽고 삶은 낭자에게 달려 있으니 장부의 죽고 삶을 결정하소서.
만 가지 슬픈 생각을 어찌 붓 한 자루로 다 적을 수 있으리오. 경황
없이 잠시 적는 글이오니 낱낱이 검토하시어 정상을 참작하시고
부디 답장하여 주시옵기를 애걸 복걸 다시 한 번 복걸하나이다.〉
애랑이 편지를 다 읽고 나자 방자가 애랑을 보고 말하였다.
"답장을 하되 허수히 하지 말고 애가 타게 하여라."
애랑은 답장을 써서 방자에게 주었다.
배비장은 방자로부터 전해받은 애랑의 편지를 받아 들었다.
배비장은 마치 사서오경(四書五經)이나 읽는 것처럼 두 손으로
공손히 받들고 무릎을 꿇고 앉아 여러 번 진퇴하여 목소리를 가다듬
은 후에 드디어 읽기를 시작하는 것이었다.
그 편지의 내용인즉 이러하였다.
〈슬픈 가운데 신첩은 답서 한장을 제막(濟幕) 휘하에 부치나니
한 번도 보지도 알지도 못한 차제에 편지로 뜻을 전함이 가히 우스

200

운 일이로다. 욕망을 참지 못한다는 것이 괴이하고 상대방은 아랑
곳 없이 혼자서만 상사(想思)하는 것이 가소롭도다. 병환을 모르는
데 병에 드는 약을 어찌 알며 보신탕을 내가 알 게 뭣인가? 탁문군
(卓文君)을 희롱하오니 가히 미친 호걸이로다. 군자는 신하된 사람
으로서 옛 글도 모르시오? 임금에게 충성하는 일과 부군(지아비)
에게 절개를 지키는 일이야말로 천지 간에 으뜸가는 법도이거늘,
이제 남의 정절 빼앗으려고 하니 충절이 있고 없고를 이제 가히
알리로다. 특히 유부녀를 생각하는 일은 천하에 못된 행위로다.
미친 소리 하지 말고 마음을 바로 잡고 물러가라.〉
　배비장은 편지를 읽어내려 가다가 '물러가라'는 말에 깜짝 놀라
입을 다물고 말았다.
　이제 다 읽어 무엇하랴?
　"애고, 이 일을 어찌 할꼬? 섬 가운데 원통한 귀신이 되었구나."
　그러자 방자가 옆에서 재촉했다.
　"여보, 나으리. 실심 마시고 그 아래를 더 읽어 보십시오, 연(然)
자가 있습니다."
　배비장은 다시 보아 가다가,
　"옳지, 이제 연자(然字)의 뜻을 알았다 / "
하고 무릎을 탁 치면서 다시 읽어 내려가는 것이었다.
　〈연(然)이나(하지만) 장부의 귀한 몸이 나로 인하여 병을 얻었다
하시니 어찌 가엾지 않으리오? 나는 규중 여자의 몸으로 출입을
마음대로 할 수 없어 만나 뵙기 어려우니 달이 진 깊은 밤에 벽헌
당(碧軒堂)을 찾아와서 슬쩍 안으로 들어 오신다면 한 이불 속에
서 잘 수 있으려니와 만약 실수하신다면 그 몸의 생사는 위태할

것입니다. 만일 오시려거든 집안이 번거롭고 닭과 개가 많으니 북창 현틈으로 살살 가볍게 걸어 오십시오.〉

4

배비장의 눈은 갑자기 휘둥그래졌다.

그토록 못견디게 정신이 희미하고 온몸이 들쑤시던 병도 어느새 감쪽같이 나았다.

천 리 먼 곳 타향에서 졸지에 병이 들어 덧없이 죽겠더니 낭자의 회답이 하늘처럼 반가왔다.

기다리고 기다리던 밤이 되자 배비장은 방자를 입시(入侍) 보내고 빈 방안에서 문을 닫고 그 여자에게 잘 보이려고 다시금 의관을 단정히 했다.

배비장은 외울망건에 정주 탕건을 쓰고 쾌자 전립을 입은 후, 광대띠에 패동개를 하고 빈 방 안에서 우뚝 서서 도깨비처럼 혼자 중얼거리며 연습을 하였다.

"살금살금 걸어가서 여자 문 앞에 들어서며 기침을 한 번 가만히 하면 그 여인이 알아듣고 문을 사르륵 열었다. 걸음을 한번 점잖게 대학지도(大學之道)로 요렇게 걸어가서 악수를 한 후에 하늘의 명(命)을 기다렸다 하니 여자에게 한 번 군례(軍禮)를 보이리라."

한창 이렇듯이 혼자서 연습을 하고 있을 때 느닷없이 방자놈이 문을 펄쩍 열어 젖히면서,

"나으리, 무엇을 하시오?"

하였다. 배비장은 소스라치게 놀라서,

"너 벌써 왔느냐?"

하였다.

"네, 군례(軍禮) 전에 이미 대령하였나이다."

"이놈, 내 깜짝 놀라서 진땀이 다 나는구나."

하면서, 패동개를 한 채로 썩 나서서 걸어가니, 방자놈이 참견하고 나서는 것이었다.

"나으리, 참 소견도 없소. 밤중에 부녀를 통간하시면서 비단옷을 입고 가다가는 안될 것이오이다. 그 의관 모두 벗으시오."

"벗으면 너무 초라하지 않느냐?"

"초라하게 생각이 드시오면 가지 마십시오."

"애야 요란스럽게 굴지 마라. 내 벗겠다."

배비장은 방자의 말을 따라 의관을 모두 훌훌 벗어 버렸다.

"애야, 알몸으로 어찌하란 말이냐?"

"그것이 좋습니다. 그러나 누가 보면 한라산 매 사냥꾼으로 알겠으니 제주 복색 차림을 하십시오."

"제주 복색 차림은 어떤 것이냐?"

"개가죽 두루마기에 노벙거지로 하십시오."

"애야, 그건 너무 초라하지 않느냐?"

"초라하게 생각이 들거들랑 가시지 마십시오."

"아니다 방자야. 네가 입으라면 개가죽이 아니라 도야지 가죽이라도 뒤집어 쓰마."

배비장은 개가죽 두루마기를 입고 노벙거지를 썼다.

"애야, 범이 보면 개로 알겠다. 총 한 자루만 꺼내 들고 가자. 그래야 안전하지 않겠느냐?"

"그렇게도 겁이 나고 무섭거든 차라리 가지 마십시오."

"애야, 네 정성이 그러한 줄 미처 나는 몰랐구나. 네가 못갈 것 같으면 내가 업고라도 가마. 어서 가자 방자야! 어서 어서."

배비장은 방자의 뒤를 따라가면서 연신 중얼거렸다.

"사랑을 기약한 여자, 어서 가서 반겨 보자!"

높은 담 구멍 찾아가서 방자가 먼저 기어들면서,

"쉬! 나으리. 잘못하다가는 큰일 날 터이니 두 발을 한데 모아 묘리있게 들이 미시오."

배비장이 두발을 모으고 들이밀자 방자놈이 안에서 배비장의 두 발목을 모아 쥐고 힘껏 잡아 당기니 가뜩이나 부른 배가 담구멍에 걸려서 들어가지도 뒤로 빠지지도 못하였다.

배비장은 곧 죽을 듯이 두 눈을 홉뜨고 뽀드득 이를 갈았다.

"애야, 조금만 놓아다오."

방자가 갑자기 다리를 탁 놓자 배비장은 순식간에 뒤로 곤두박질하고는 다시 일어나 앉으면서 하는 말이,

"매사가 순조롭게 되지 않으니 낭패로구나. 산모의 해산법을 보더라도 아이를 머리부터 낳아야 순산(順産)이라 한다. 그러하니 상투를 조심해서 잘 잡고 안으로 끌어들여라."

방자놈은 배비장의 상투를 움켜쥐고 노벙거지째 와락 잡아당겼다. 한참 동안 실랑이를 벌이다가 드디어 펑 하고 들어갔다.

"저기 불 켠 방으로 들어가서 욕심껏 얼른 놀다가 날 새기 전에 나오십시오."

하고 나서 방자는 몸을 숨기고 배비장의 거동을 엿보았다.

　살금살금 소리없이 들어가서 문 앞에 서서 손가락에 침을 발라 문구멍을 뚫고 한 눈으로 안을 들여다 본 배비장은 정신이 혼미하여졌다.

　등불 밑에 앉아있는 여인의 태도가 마치 천상의 선녀처럼 보여졌기 때문이다. 그런데 그 선녀가 피우는 담배연기가 문구멍으로 풍겨왔다.

　배비장은 담배 연기를 맡고는 자기도 모르게 그만 재채기를 하고 말았다. 그러자 여인은 놀란 듯이 문을 활짝 열어 젖히면서 소리를 질렀다.

　"도둑이야！"

　배비장은 겁이 더럭나서 부들부들 떨면서 숨 넘어가는 소리로 겨우 말하였다.

　"문안 드리오."

　여인이 배비장의 꼴을 보다가 말하기를,

　"범을 그리려다 강아지를 그린 그림이로군. 아마도 뉘집 미친개가
　　길을 잘못든 게로군."

하고는 나무조각을 들어 배비장을 사정없이 한 번 내리쳤다. 더욱 놀라 혼이 반 쯤 나간 배비장이 황급히 말하였다.

　"나 개 아니요."

　"그럼 뭐냐?"

　"배(裵)요."

　계집은 배비장의 꼴을 보고는 깔깔대고 웃고나서,

　"이밤 기약에 님이 왔네. 손을 잡고 어서 가서 자리에 들어 불을
　　끄세."

하면서 배비장의 손목을 잡고 방으로 들어갔다. 들어가서 정담을
나눈 후에 불을 막 끄고 나니, 방자놈이 밖에서 소리를 변하여 고함을
질렀다.

"불 켜놓고 문 열어라."

여인은 깜짝 놀라는 체하고 온 몸을 바들바들 떨며 당황해 할 때
방자놈은 다시 언성을 변하여 크게 말하기를,

"요기롭고 고얀 년, 내 몸 하나 옴짝하면 문 앞의 신 네 짝이 떠날
날이 없으니 어느 놈과 미쳐서 또 두런거리고 있느냐? 이 연놈을
한 주먹에 뼈를 박살내어 부수리라."

배비장은 그만 혼비백산하여 바둥거렸으나 외문집이 되어 도망갈
구멍도 없었다. 배비장은 엉겁결에 알몸으로 이불을 뒤집어 쓰고
여자에게 하는 말이 곧 죽어도 문자는 쓰는 것이었다.

"야장과반(夜將過半)에 내호개문(來呼開門)하니 호령자(號令者)
는 수야(誰也)오?"

"오가출두천(吾家出頭天)이요."

하였다. 배비장은 계속해서 물었다.

"그것이 본 남편이오? 성품은 어떻소?"

"성품이 매우 악독합니다. 미련하기는 도척같고 기운은 항우장사
요, 술을 매우 좋아하고 화가 나면 대낮에도 칼을 뽑아 피보기를
예사로 합니다."

계집의 말을 들은 배비장은 더욱 놀라 애걸복걸 하면서 여인에게
매달렸다.

"낭자, 제발 덕분 나좀 살려 주게."

계집은 언제 준비해 두었던지 커다란 자루 하나를 꺼내 가지고

와서는,

"어서 이리 들어가시오."

배비장은 너무나 이상하고 또한 겁에 질려서 덜덜 떨리는 음성으로 물었다.

"거기엔 왜 들어가라고 하시오?"

"들어가면 살 수가 있으니 어서 들어가시오."

배비장이 자루 속으로 들어가자 계집은 자루끈을 모아 상투에 잡아 매고 등잔 뒤 방 구석에 세워 놓고 불을 켰다.

이때 방자놈이 문을 왈칵 열고 성큼 들어서며 사방을 둘러 보았다.

"저 방 구석에 세워놓은 자루는 웬 것이냐?"

"그건 알아서 무엇하시겠어요?"

계집은 간드러지게 말하였다.

"이년아, 내가 묻는데 대답이나 할 일이지 무슨 말대꾸냐? 이년이 주리방망이 맛을 보고 싶으냐? 맛을 보고 싶다면 당장 보여 주마."

계집의 음성이 더욱 간사해지는 것 같았다.

"거문고에 새 줄을 달아서 세워놓은 것입니다."

"음, 거문고라면 좀 타보지."

하고는 대꼬챙이로 볼록해진 등을 탁탁 쳤다. 배비장은 아파서 참을 길이 없었으나, 그렇다고 꿈틀거릴 수도 없는 노릇이었다. 배비장은 아픔을 꾹 참고 대꼬챙이로 때릴 때마다 자루 속에서,

"둥덩 둥덩 ! "

하고 거문고 소리를 냈다.

"음, 그놈의 거문고 소리가 참 웅장하구나. 대현(大絃)을 또 쳐봐야겠군."

하고, 이번에는 코를 세게 탁 쳤다.

"둥덩 둥덩 / "

"음 / 그놈의 거문고가 참 이상도 하구나. 아래를 쳐도 윗쪽에서 소리가 나고 위를 쳐도 역시 윗쪽에서 소리가 나니 말이다. 이것이 도대체 어떻게 된 놈의 거문고냐?"

그러자 계집이 대답했다.

"무식한 말씀 하시지도 마시오. 옛날 여와씨(女媧氏) 때에 생황오음육률(笙簧五音六律)을 내실 적에 궁상각치우(宮商角徵羽)를 청탁으로 울리니 상청음(上清音)도 화답하였다 합디다."

이때 계집의 얘기를 그대로 믿는 듯이 매우 말투가 부드러워졌다.

"네 말도 일리가 있다. 세상일은 거문고 소리와 같고 인생은 한 잔 술과 같으니 서정강상월(西亭江上月)이요, 동각설중매(東閣雪中梅)라, 나에게 술이나 한 잔 권하고 거문고를 켜라. 오늘밤에 한 번 놀아 보자. 내 소피 좀 하고 오겠다."

하고 나서는 방자란 놈 문 밖에 나와 서서 기척없이 귀를 기울이고 엿들었다.

자루 속에서 놀란 토끼같은 배비장의 말소리가 들려왔다.

"여보, 그 자가 거문고를 꺼내어 볼 것 같으니 다른 곳으로 나를 이사시켜 주오."

그러자 계집은 윗목에 놓인 피나무 상자를 열고는,

"이 곳으로 얼른 들어 가시오."

하였다.

배비장은 상자를 보고는 그래도 문자는 잊시 않고 또 써먹는 것이었다.

"체대궤소(體大机小)하니 하이은신(何以隱身)할까?"

이 말을 들은 계집은 언성을 높이며 재촉했다.

"이 상자는 겉으로 보기는 작아 보이지만 속이 넓어 숨어있을 만한 곳이니 잔말 말고 비삐 들어 가시오."

배비장은 할 수 없이 상자 뚜껑을 열고 두 눈을 지긋이 감은 채 상자 속으로 들어갔다.

그 속에 들어가고 보니 굽지도 못하고 접지도 못하여 몸을 옹송그리고 앉아서 생각하니 자신의 처지가 한심스럽기 그지없었다. 그러나 그것이 모두 자기가 믿고 데리고 있는 방자 녀석의 계교라는 것을 어찌 알 것인가?

계집이 상자 뚜껑을 닫고 쇠를 덜커덕 채우니 이제는 함정에 빠진 범이요 독 안에 갇힌 쥐였다.

배비장은 점점 숨이 가빠왔다.

이때 나갔던 놈이 다시 들어오면서 말하는 소리가 들려왔다.

"내가 이제 아무것도 기분 내고 있을 정신이 없다. 아까 눈이 저절로 감기어 잠깐 꿈을 꾸니 백발 노인이 나타나 나를 불러 이르기를, 네 집에 거문고와 피나무 상자가 있느냐고 묻기에 내가 그렇다고 대답한즉, 그 백발 노인은 말하기를, 그 나무 상자에 액신이 붙어 장난을 하므로 집안 여자가 바람을 피워 집안을 망하게 할 징조라고 하였다. 그러니 저 상자를 불에 태워버려라. 어서 짚 한 단을 가지고 가서 불을 놓아라!"

이때 상자 속에서 배비장은 그 말을 듣고 탄식을 하였다.

"이제는 바로 화장을 하는구나. 이 일을 어찌한단 말인가? 뛰쳐나가지도 못하고."

이때 계집이 악쓰는 소리가 들려왔다.

"조상 대대로 전하여 내려온 업귀신(業鬼神)이 들어 있는 업상자인데 그것을 불사르라니 그건 안돼요."

계집의 말을 듣고 그놈은 화를 벌컥 내었다.

"이년아, 나는 이제 너하고 못 살겠다. 나는 이 업이 붙은 상자를 가지고 나가겠다. 이제는 집안 물건도 중하지 않고 잘난 마누라도 필요없다. 업이 붙은 이 상자 하나 가지고 가면 어디서든 밥 못 먹고 살랴?"

하고, 상자를 덜컥 어깨에 걸쳐메고 밖으로 나가려 하자 계집이 붙잡고 늘어졌다.

"당신이 이 상자를 가지고 가면 나는 망하란 말이오? 이 상자는 죽어도 못 놓겠소."

"그렇다면 서로가 가난치 않게 이 상자 한 가운데다 먹줄을 그어 자를테니 나 한 토막 너 한 토막 가지기로 하자. 그러면 서로가 공평하지 않느냐?"

하고는 대뜸 커다란 톱을 가지고 와서 상자 위에 올려 놓고는 말하였다.

"자, 어서 톱을 마주 잡고 당기자. 이 상자를 갈라 윗토막은 네가 갖고 아래 토막은 내가 갖자. 그리하면 너는 대부(大富)되고 나는 소부(小富)되어 분복대로 각기 살자. 이 톱을 바삐 당기어라."

배비장은 더 이상 참지 못하고 엉겁결에 그만 소리를 꽥 질렀다.

"여보소, 미련도 하오. 하룻밤을 자도 만리장성을 쌓는다고 하지 않소? 데리고 살던 계집에게 상자를 다 주구려. 도막을 내면 못쓰게 되지 않소?"

그러자 그놈은 톱을 내던지면서 말하였다.

"아뿔싸! 업상자에 붙은 귀신이 되살아 인사가 되었으니 불침으로 찌르자."

하고는 끝이 뾰족한 송곳을 불에 달구어 쑥 찌르니 배비장의 왼편 눈으로 내려왔다. 일이 이 지경에 이르고 보니 배비장은 기가 막히어,

"어허, 이제는 통제사를 지내는구나. 이제는 정말 옴짝 달싹 못하고 죽었구나."

하고는 비장한 결심을 하고서 악이라도 한 번 써보자고 하였다.

"여보, 아무리 무식하기로서니 눈이 보물인 줄 모르시오?"

이렇게 소리를 꽥 지르니 그놈은 불침을 버리면서 놀란 소리로 말하였다.

"에그! 업귀신(業鬼神)이 저 상할 줄 미리 알고 애걸하니 정상이 가엾구나. 그 몸 상하지 않도록 상자를 가져다가 물에나 던져야겠다."

그놈은 끈을 묶어 상자를 지고 밖으로 나가는 것이었다. 이처럼 지고 한참을 가노라니, 어디서 한 사람이 쑥 나서면서 물었다.

"네가 지고가는 것이 무엇이냐?"

"업상자요!"

"그 상자를 나한테 팔아라."

"이건 사다가 뭣에 쓰시려고요?"

"업상자의 신자가 장질병에 약이 된다 하니 그것을 사다가 신자만

빼어 팔고 상자는 집에 놓고 쓰겠노라."

배비장은 상자 안에서 혼자 생각 하기를, '밑천은 없어도 목숨만이라도 건진다면 얼마나 다행이냐'하고는 느닷없이 소리를 질러 말을 하였다.

"여보 / 그 뉘신지는 모르오나 그 흥정 놓치지 마시오. 사례는 내가 하리다."

이놈은 상자를 쪄다가 사또가 있는 동헌 마당에 내려놓고 물에다 던지려는 듯이 말하였다.

"상자 속의 귀신아, 너는 듣거라 / 너의 죄는 만 번 죽어도 싸다. 이 파도 가운데 띄울 것이니 천 리 길을 떠나거라."

그놈은 찬물을 떠다놓고 상자 틈으로 물을 부으면서 흔들흔들 정신이 혼미해지도록 요동을 했다. 놀란 토끼 배비장은 생각하였다.

"어허, 벌써 상자가 물 위에 떴구나. 물이 차들어오면 틀림없이 가라앉을 터이니 이제는 영락없이 죽었구나."

그런데 잠시 후에 배 지나가는 소리가 들리는 것이었다.

"어기어차 / 어기어차……"

그 소리를 듣고 배비장은 생각하기를,

"옳지, 삐드득 하는 소리는 닻 감는 소리요, 철썩 철썩하는 소리는 노 젓는 소리로구나 / "

하고는 있는 힘을 다하여 소리를 질렀다.

"거기 가는 배는 어디로 가는 배요?"

"제주로 가는 배요."

"무얼 싣고 가시오?"

"미역, 전복, 해삼 등을 잔뜩 실었네."

"가지 말고 잠깐 내말 좀 들으시오."

"무슨 말?"

"어렵겠지만 이 상자 좀 실어다가 죽을 사람 살려주오."

"상자 속에서 소리가 나다니 그것 참 이상하다. 우리 배에 부정 탈라. 상앗대로 떠 밀어 버리자!"

"나는 잡것이 아니요. 사람이니 부디 살려 주시오."

"어디 사는 누구이냐?"

"제주 사는 배가요!"

"제주라는 곳이 원래 미색(美色)의 땅이거늘, 분명히 유부녀 통간 갔다가 그 꼴이 되었구나."

"예, 옳소이다. 뉘신지 모르오나 제 신세를 바로 맞추었소이다"

"우리 배에는 부정이 탈까 못 신겠고, 상자문이나 열어 줄테니 헤엄을 쳐서 가거라."

"그것은 염려마오. 내가 한강 다리 밑에서 왕년에 개헤엄 배운 사람이오."

"이 물은 짠 물이니 눈에 들어가면 눈이 멀 것인즉 눈을 감고 헤엄 을 쳐라."

"두 눈이 부엉새 눈이 될지라도 목숨이나 건지고 싶소. 어서 좀 살려 주오."

"그렇다면 눈이 멀지라도 나 원망은 하지 말라."

이렇게 말하고 상자 열쇠를 덜커덕 열어 놓으니, 배비장은 알몸으로 쑥 나서면서 그래도 소경이 되고 싶지는 않았는지 두 눈을 질끈 감고 이를 악물고 왈칵 두 손을 짚으면서 허우적거렸다.

한참을 이 모양으로 헤엄쳐 나가다가 동헌 댓돌에다 대가리를 부딪

치니 두 눈에서 불이 번쩍 나서 두 눈을 번쩍 떴다.

자세히 살펴보니 동헌에 사또가 앉아 있고 전후 좌우에 육방 관속과 기생, 노비들이 늘어앉아 웃음을 참느라고 두 손으로 입을 틀어막고 있었다.

이때 사또가 웃으면서 물었다.

"자네, 그 꼴이 웬일인고?"

배비장은 어이가 없어 얼굴이 홍당무가 된 채로 고개를 푹 수그렸다.

옹고집전
雍 固 執 傳

◇작품 해설◇

　이 작품은 불교적인 설화를 주제로 하여 인과응보와 권선징악에 대한 불교 사상을 다루고 있는 한글로 쓰여진 풍자소설이다.

　진짜 인물 옹고집과 이를 빼어 닮은 가짜 인물 옹고집과의 텃세 대결이 박진감있게 펼쳐진다. 황당하고 근거없는 이야기이지만 상상을 현실로 끌어올린 작자의 탁월한 문장에 의해 독자의 입장에서는 결코 어색하거나 지리한 느낌을 받지 않는다. 인과응보와 권선징악을 크게 내세웠으나 처음부터 익살로 시작되어 읽는 이로 하여금 흥미를 느끼게 하고 있다.

　심술이 사납고 부모에게 불효하고 적선(積善)하기를 싫어하는 옹고집의 버릇을 고쳐주고자 도술이 뛰어난 학대사는 허수아비로 가짜 옹고집을 만들어 낸다. 머리끝에서 발끝까지 흡사한 두 옹고집이 서로 다투며 자기가 진짜임을 주장하나 곁에서 보는 사람들은 도무지 가려낼 수가 없다. 할 수 없이 관가로 가서 송사(訟事)하기에 이르렀으나 언변이 좋지 않은 진짜 옹고집은 가짜 옹고집에게 패소(敗訴)하여 쫓겨나게 된다. 그 후 자신의 잘못을 뉘우치며 거지가 되어 방랑하다가 자살을 결심할 때 학대사가 나타나 구원해 주고, 도술로 가짜 옹고집을 허수아비로 만든다. 그후 진짜 옹고집은 개과천선하여 좋은 사람이 된다는 이야기이다.

　첫머리부터 줄곧 긴박감이 넘치는 문장으로 일관되어 독자로 하여금 단숨에 읽어내려갈 수 있도록 흥미롭게 쓰여진 소설이다.

옹고집전(雍固執傳)

옹달샘(雍井)과 옹달못(雍淵)이 있는 옹진골(雍堂村)에 한 사람이 있었으니, 성(姓)은 옹(雍)이요, 이름은 고집(固執)이었다.

성격이 매우 괴팍하여 시절 좋은 것을 싫어하고, 심술이 또한 사납고 인색하여 모든 일을 고집 하나로 버티었다.

살아가는 형편을 살펴볼라치면, 석숭(石崇)의 재물도 그만 못하였고 도공주의 드날린 이름이나 위세 또한 부러워할 것이 못되었다.

앞마당에는 노적이 쌓여 있고 뒤안(뒷마당)에는 담장이 높직한데, 그 담장 아래에는 석가산이 우뚝하였다.

석가산 위에다 아담한 초당(草堂)을 지었으되, 네 귀에는 풍경을 달아 바람 한점 불어올 적마다 댕그렁 맑은 소리 뜰 안 가득 울려오며, 연못 안의 금붕어는 물결을 따라 뛰놀았다.

동쪽 화단의 모란꽃은 봉오리가 반쯤 벌어지고, 활짝 피어 자태를 자랑하던 왜 철쭉과 진달래는 춘삼월 모진 바람에 소소하니 떨어지고, 서쪽 화단 앵두꽃은 담장 밑에 곱게 피고, 영산홍 자산홍은 지금

이 바로 한창 때요, 매화꽃 복사꽃도 철을 맞추어 활짝 피니 사랑치레가 그야말로 찬란하기 그지없었다.

팔작집(八作家) 기와 지붕에 어간대청 널찍한 마루에 삼층 난간 둘려있고, 세살창의 들장지와 영창(映窓)에는 구리로 만든 안팎 걸쇠가 위엄스레 달려 있되, 쌍룡을 새긴 손잡이는 자태도 의연하게 반공중에 늘떠 있다.

방안을 한 번 들여다 보면 팔첩 병풍이 벽앞닫이로 막아서 있고, 한 편으로는 놋요강, 놋대야가 주인 행색을 살피고 있었다.

며느리는 비단을 짜고 딸아이는 수를 놓으며, 곰배팔이 머슴놈은 삿자리를 엮고 있고 앉은뱅이 머슴놈은 방아 찧느라 세월가는 줄 모르는데, 당년 팔십 늙은 모친은 병이 들어 누워 있으나 불효가 막심커늘 천하 심술 옹고집은 닭 한 마리, 약 한 첩도 봉양을 아니하고 아침 저녁 겨우 죽을 끓여 올려 남의 구설만 모면하고 있었다.

불기없어 차가운 방에 홀로 누운 늙은 모친 섧게 울며 탄식하여 이르기를,

"너를 기를 때엔 애지중지 보살피며, 금지옥엽 보석같이 귀히 아껴 어르면서 하는 말이 '은자동아, 금자동아, 고이 기른 백옥동아, 하늘같이 어질거라. 금을 준들 너를 사며 은을 준들 너를 구하랴. 하늘과 땅 인간 세상 값주고 못살 보배는 오직 너 뿐인가 하노라'하며 너하나 사랑하며 길렀거늘, 하늘 아래 이러한 어미 공을 너가 어찌 모른단 말이냐? 옛날 효자 왕상(王祥)은 얼음 속의 잉어를 낚아다가 병든 모친 보살폈거늘, 너는 그만 못할 망정 불효는 또 웬말이냐?"

불효막심한 고집이놈, 모친 말에 대꾸하기를,

"천하에 다시없는 진시황 같은 이도 만리 장성 높이 쌓고, 아방궁을 이룩하여 삼천 궁녀 두루 찾으며 천 년 만 년 살고자 하였으나, 그도 또한 이산(離山) 분총(墳塚) 한 무덤 속에 죽어 있고, 천하 영웅 초패왕도 오강(烏江)에서 스스로 목숨을 끊었고, 현학사 안연(顔淵) 같은 이도 불과 서른 살에 요절하였거늘 이 세상 오래 살아 무엇 하리오? 옛 성현이 말하기를 '인간 칠십 고래희(古來希)'라 하였으니 팔십 다 된 우리 모친 더 살아서 무엇하랴? '오래 살면 욕심 많아진다'하니, 우리 모친 그 뉘라서 단명하다 할 것인가? 도척같이 못된 놈도 만고에 이름이 남았거늘, 어찌 나를 나쁘다 할 것이리요?"

이놈의 심통이 이러한 가운데에, 또한 불교를 깔보고 죄없는 중을 보면, 사지를 묶고 귀 뚫기와 어깨를 타고 뜸질 하기가 취미중의 취미였다.

이놈의 심사가 이러한즉, 옹가집 근처에는 동냥중도 아예 피해다닐 정도였다.

이 때에, 저 멀리 월출봉 취암사(翠庵寺)에 도통한 스님이 한 분 있었으니, 그의 뛰어난 술법은 귀신도 감히 흉내낼 수 없는 경지에 이르러 있었다.

하루는 도사 스님이 학대사를 불러 말하기를,

"내가 듣기로, 옹진골에 사는 옹좌수(雍座首)라 하는 놈이 불도를 깔보고 중을 보면 원수 보듯 한다 하니 너가 그놈을 찾아가서 꾸짖고 돌아오라."

도사 스님의 분부 받고 학대사가 나섰것다. 헌 굴갓 찾아 깊이 눌러쓰고 삼베 장삼 걸쳐 입고, 백팔 염주 목에 걸고 육환장(六環

杖)을 휘젓으며 허위적 허위적 내려올 제, 계화(桂花) 가득 만발하고 산새 들새 슬피 울어 학대사 가는 길을 재촉한다.

하루 해 서산에 걸려 노을지는 석양녘에 옹가집에 도착하니, 팔작집 너른 처마 네 귀에 풍경 달고, 안팎 중문 솟을대문이 양옆으로 활짝 열려 있기로 목탁을 탁탁 두드리며 권선문(勸善文)을 펼쳐 놓고 염불하여 배례할 때에,

"천수천안 관자재보살, 주상 전하 만만세, 시주 많이 하시오면 극락세계 가오리다. 아미타불 관세음 보살⋯⋯"

중대문에 기대어서서 이 모양을 보던 할미종이 넌지시 다가와 이르는 말이,

"스님 스님, 여보 스님, 소문도 못들었소? 우리 댁 주인 어른 춘곤을 못이기시어 초당에서 낮잠이 드셨는데, 만일 잠에서 깨어나시면 동냥은 커녕 귀 뚫리고 갈 것이니 어서 바삐 도망가소서."

학대사가 대답하여 가로되,

"어간대청 고루거각 큰 집에서 중의 대접이 어찌 이리 서운할까? '적악지가(積惡之家)에 필유여앙(必有如殃)이요, 적선지가(積善之家)에 필유여경(必有如慶)이라' 하였소이다. 소승은 영암 월출봉 취암사에 기거하옵는데, 법당이 오래되어 낡았기로 천 리 길을 멀다않고 귀댁에 왔사오니 황금 일천 냥만 시주하여 주옵소서."

합장배례한 후 다시 목탁을 두드리니, 옹좌수가 잠을 깨어 벌떡 일어나 밀창문을 드르륵 밀치면서 소리치기를,

"어찌 그리 시끄럽냐?"

종놈이 조심조심 나아가 여쭈기를,

"대문 밖에 웬 중이 와서 동냥을 달라 하나이다."

옹좌수 발끈 화를 내며 성난 눈알을 부라리며 소리 외쳐 꾸짖기를,

"괘씸하다 이 중놈아, 그래 시주하면 어쩐다더냐?"

학대사는 이 말을 듣고 육환장을 눈위로 높이 들어 합장 배례하며 대답하여 가로되,

"황금 일천 냥만 시주하여 주옵시면 소승이 절에 가서 수륙제를 올릴 때에, 아무 면 아무 고을 아무개라 외우면서 축수하여 드리오면 소원대로 되오리이다."

옹좌수가 한 걸음 앞으로 나앉으며 냉큼 쏘아 붙이되,

"허허, 거참, 네놈 말이 가소롭기 그지없구나. 하늘이 만백성을 만들어낼 때, 부귀빈천, 자손유무, 복불복(福不福)을 저마다 가려 만드셨거늘, 너 말대로 한다면 이 세상에 가난할 이 뉘 있으며, 자식없는 이 뉘 있겠느냐? 네가 바로 속세에서 말하는 인중(人中) 마른 중이렷다. 네놈 마음 괴팍하여 부모 은혜 배반하고, 머리 깎고 중이 되어 부처님 제자인 양, 아미타불 거짓 공부하는 척 어른 보면 동냥 달라, 아이 보면 가자 하니 불충불효 막심하며, 괘씸한 네 행실을 내가 이미 알았으니 동냥주면 무엇할고?"

학대사는 못들은 척 합장배례 하며 다시금 공손히 하는 말이,

"청룡사에 축원하여 만고 영웅 소대성을 낳아 충성보국하였으며 천수경(千手經)을 공부하여 주상전하께옵서 만수무강 하시기를 조석으로 비오니 이것이 어찌 충성보국이 아니오며, 부모은혜 보답하는 것이 아니오리까? 그런 말씀일랑 아예 하지 말으소서."

이말 듣고 옹좌수 하는 말이,

"네가 무엇을 배웠기로 그렇게 말하느냐? 지식이 있다며는 나의

관상 한 번 보아 다오."

학대사가 그 놈의 관상을 보고 이르기를,

"좌수님의 상을 살피옵건대, 눈썹이 길고 미간이 넓으시니 이름을 드날리겠사오나, 누당이 곤하시니 자손이 부족하며, 얼굴이 좁으시니 남의 말을 믿지 아니하고, 손발이 작으시니 비명횡사도 할 듯하고, 말년에 몹쓸 병을 얻어 고생하다 죽겠사오이다."

학대사의 말이 끝나기가 무섭게 옹좌수가 성이 한껏 솟아올라 열띤 소리로 종놈들을 불러댔다.

"여봐라, 돌쇠, 몽치, 깡쇠야 / 저 중놈을 어서 잡아내라 / "

종놈들이 한꺼번에 달려들어 학대사의 양 팔을 붙들고 굴갓을 벗겨 던진 후에 휘휘 돌려 뜨락 위로 내동댕이 치니 옹좌수가 다시 호령하되,

"이 미련한 중놈아, 들어보라. 진도남 같은 이도 중 되기 어렵다 하고 운림처사(雲林處士)가 되었거늘, 너같은 어리석은 중놈이 거짓으로 불도를 핑계하여 남의 재산 턱없이 달라하니, 너같은 놈을 내 어찌 그냥 두랴 / "

종놈에게 호령하여, 꼬챙이로 귀를 뚫고 곤장 사십 대를 호되게 때려서 내 쫓았다. 그러나 학대사는 술법이 뛰어난지라. 끄덕없이 돌아서서 절(寺)로 돌아오니 여러 중이 뛰어나와 맞이하며 영문을 캐물으니, 학대사는 아무 일 없었다는 듯이 가볍게 대답하기를,

"여차저차하였느니라."

그러자 중 하나가 썩 나서며,

"스승의 높은 술법으로 염라대왕께 전갈하여 강임도령 차사를 보내 옹고집을 잡아다가 지옥 속에 가두어 두고, 세상에 영영 나오

지 못하게 하시옵소서."

학대사가 대답하되,

"그렇게는 할 수 없다."

또 한 중이 나서면서,

"그러하오시다면 해동청 보라매가 되어 푸른 하늘 구름 사이 높게 떠서 서산에 머물렀다가 잽싸게 달려들어 옹가놈 대갈통을 두 발로 힘껏 쥐고 두 눈알을 꼭지 떨어진 수박 파듯 하시오이다."

학대사는 흠칫 놀라며 대답하되,

"아서라, 아서라 / 그 일도 못하겠다."

그러자 다른 중이 또 나서며,

"그러하오시다면 울울청산 맹호가 되어 야삼경 깊은 밤에 담장을 뛰어넘어 옹가놈을 물어다가 인적없는 험산 외진 골짜기에서 뼈까지 먹으사이다."

학대사는 여전하게,

"그 일도 또한 못할지고."

다시 한 중이 썩 나서며,

"그러하오시면 신미산 여우가 되어 분단장 곱게 하고 비단옷 맵시 내어 여색 좋아하는 옹고집 품에 안겨 붉은 입술 하얀 잇빨 벙긋 벌려 갖은 아양 교태 섞어 옹고집을 속일 때에, '첩은 원래 월궁항 아이옵는데, 옥황상제께 죄를 지어 인간 세계로 내쫓으시매 갈 곳을 몰랐더니, 산신님이 불러들여 좌수님과 연분이 있다 하여 가서 모시라고 지시하옵기로 이에 찾아왔사옵니다'하며 꼬리를 치면, 여색 좋아하는 그 놈인즉 결국에는 폭삭 빠져, 등 어루고 배 만지며 온갖 희롱 진탕하다가 촉풍상한 덧들게 하여 말라죽게 하옵소서."

학대사가 벌떡 일어서며 가로되,

"아서라, 그 일도 못하겠다."

워낙 술법이 높은 학대사인지라 괴이한 꾀 생각나서, 동자 시켜 짚 한단을 가져오게 하여 허수아비에 부적을 써붙이니 이놈의 화상, 말대가리 주걱턱에 어디로 보나 틀림없는 옹가였다.

허수아비가 거드럭거드럭 옹가집을 찾아가서 사랑문을 드르륵 열어 제끼며 분부를 하는데,

"여봐라, 늙은 종 돌쇠야, 젊은 종 몽치, 깡쇠야, 어찌 그리 방자하
고 게으르냐? 어서 빨리 말 콩 주고 여물 썰어라 / 춘단이 년도
바삐 나와 방 쓸거라."

하며 천연덕스럽게 앉아 있으니, 이리 보나 저리 보나 영락없는 옹좌수였다.

이때 진짜 옹가(雍哥)가 들어서며 말하기를,

"어떠한 손(客)이 왔기로 이처럼 사랑채가 시끄럽냐?"

가짜 옹가가 이 말을 듣고 나앉으며

"그대는 도대체 어떤 사람이기로 예도 없이 남의 집에 들어와 주인
인 체 하느냐?"

진짜 옹가가 성을 버럭 내며 호령하기를,

"네놈이 나의 가산이 유족함을 듣고 재물을 빼앗고자 집안으로
당돌하게 들어왔으니 내 어찌 가만 둘 소냐 / 여봐라, 깡쇠야, 이놈
을 잡아내라."

노복들이 이도 보고 저도 보고 기가 차고 얼이 빠져, 이리 보나
저리 보나 이옹 저옹이 같잖은가? 두 옹이 아옹다옹 맞다투니 그

옹이 그 옹이라, 백운심처, 백주당상 이 방안에 우리 댁 좌수님 찾을
길이 도무지 없어, 입 다물고 말이 없더니 안채로 들어 가서 마님께
여쭙기를,

"일이 났소, 일이 났소 / 아씨님, 일이 났소 / 우리 댁 좌수님이
둘이 되었으니 이건 정말 보던 중 처음이오. 집안에 이런 괴변이
이 세상에 또 있으리까?"

이말 들은 옹가집 마님 크게 놀라 실색(失色)하는 말이,

"애고 애고, 그게 웬 말이냐? 좌수님이 중만 보면 그 자리에 묶어
놓고 별난 형벌 마구하여 불도를 깔보며, 당년 팔십 늙은 모친
박대한 죄 어찌 적을까 보냐? 지신(地神)이 발동하고 부처님이
도술 부려 하늘이 내리신 죄, 사람 힘으로 어찌하랴?"

마나님은 대성통곡하며 춘단어미를 불러들여 분부하되,

"어서 나가 네가 진위를 가려 보라."

춘단 어미 분부받고 사랑채로 바삐 나가, 문틈으로 요리 조리 엿보
는데, '네가 옹가냐? 내가 옹가다' 하고 서로 내세우며 호령 호령하거
늘, 그 말투와 몸놀림이 똑같은 데다가 이목구비도 두 좌수가 흡사한
지라, 춘단어미 기가 막혀 하는 말이,

'까마귀 암수를 뉘라서 알리요?'하더니, '이렇듯 흡사하니 뉘라서
어찌 두 좌수의 진위를 가를손가?'

춘단어미 크게 놀라 안으로 뛰어들어오며,

"마님, 마님 / 사랑채에 계신 두 좌수님 모두가 똑같은지라 소비
(小婢)는 도무지 알아볼 수 없나이다."

마나님이 갑자기 생각난 듯이 하는 말이,

"우리집 좌수님은 새로 좌수가 되어 도포를 성급히 다리다가 불똥

226

이 떨어져서 안자락이 타서 구멍이 나 있으니 그것을 찾아보면
쉽게 가릴 수 있을 것이라, 다시 나가 알아보라."

춘단어미 분부받고 다시 나와 사랑문을 열어 제치면서,

"알아볼 일이 있사오니 도포를 보여 주사이다. 우리 댁 좌수님은
안자락에 불똥 구멍이 있나이다."

진짜 옹가가 나앉으며 도포자락을 펼쳐보이니, 구멍이 또렷할 사
우리댁 좌수님이 분명하것다. 가짜 옹가도 뒤따라 나앉으며,

"예라 이년! 요망하고, 가소롭구나! 남산 위에 봉화 올릴 때
종각 인경 땡땡 치고, 사대문을 활짝 열 때 순라꾼이 제격이라
그만한 표시는 나도 있다."

가짜 옹가가 앞자락을 펼쳐보이니 그것도 또한 뚜렷하였다. 알길이
묘연한지라, 속 답답한 춘단어미 안으로 뛰어들며 마님 불러 아뢰기
를,

"애고, 마님, 이게 웬 변이라우? 맞춘 듯이 똑같이 불구멍이 두
좌수께 다 있으니 소비는 도무지 알 수 없나이다. 마님께서 친히
나가 보시소서."

마님께서 이말 듣고 얼굴색이 흐려지며 탄식하여 말하기를,

"애고애고, 우리 둘이 만났을 적에 '여필종부 본을 받아 서산으로
지는 해를 긴 밧줄로 잡아 매고 영원 복락 누리면서 살아서는 이별
말고 죽더라도 한 날 죽자' 하고 천지신명께 맹세하고 해와 달도
보았거늘, 이런 괴변이 뜻밖에 나니 꿈인가 생시인가? 도대체 이
일이 웬일일꼬? 성인군자 공부자도 양호(陽虎; 공자와 얼굴이
닮았던 인물)의 화액을 당하였다가 다시 풀려 성인이 되셨으니,
자고로 성인들도 한 때는 곤궁에 처하거니와 이런 괴변이 또 있을

꼬? 내 행실 가지기를 송백처럼 곧게 하였거늘, 두 낭군을 차마 어찌 섬기리요?"

이처럼 탄식할 때 며느리가 말하기를,

"집안에 난 데 없는 변을 만나매 체모가 아니 서니 이 몸이 나아가 밝히겠나이다."

사랑방문을 활짝 열고 들어간즉, 가짜 옹가가 나앉으며 이르는말,

"며눌아가, 게 앉아 자세히 들어봐라. 창원 땅 마산포에서 너의 신행 하여 올 때, 십여필마 바리로 온갖 기물 실어 놓고 내가 뒤에 서서 따라올 때, 상사병든 말 한 놈이 암말 보고 날뛰다가 뒤뚱거려 실은 것을 마구 밟아 버려 놓고, 놋동이는 한 복판이 구멍 나서 못쓰게 되었기에 벽장 안에 넣었거늘, 이래도 또한 헛말이냐? 너의 시아버지는 바로 나니라."

듣고 보니 기가 막힌 진짜 옹가가 앞으로 나앉으며,

"애고, 저놈 보소. 내 할말 지가 하니, 이 아니 원통한가? 며눌아가, 내 얼굴 한 번 자세히 봐라 / 내가 바로 네 시아버지가 아니냐?"

이리 보고 저리 보고, 며느리가 공손히 여쭙기를,

"우리 아버님은 머리 위에 금이 있고, 그 금 가운데 흰 머리가 있사오니 이를 보면 알 수 있사오리다."

진짜 옹가가 얼른 나앉으며 머리를 풀고 골통을 뵈니, 그 골통 차돌같아 바늘로 찔러본들 물 한 점 피 한 방울 안나올 것 같았다.

가짜 옹가 역시 한 자락 나앉으며 요술 부려 그 흰털 뽑아다가 제 머리에 붙인지라, 진짜 옹가의 표적이 분명하것다.

"며눌아가, 내 머리 한 번 자세히 봐라."

하거늘, 며느리가 살펴 보고,

"영락없는 우리 시아버님이요."

진짜 옹가는 그저 복통할 노릇이라, 주먹 쥐고 가슴 치며 머리지끈 두드리며,

"애고 애고, 기막혀 나 죽겠네. 가짜 옹가는 아비 삼고 진짜 옹가를 구박하니, 내 마음에 맺힌 설움 누구 보고 사정하랴?"

종놈들 거동을 보아하니, 남문 밖 사정(射亭)으로 걸음아 날 살려라 서방님을 찾아간다.

"가오소서, 가오소서. 서방님 어서 바삐 가오소서. 일이 났소, 변괴 났소. 우리 댁 좌수님이 두 분이 되셨다오."

이 말을 들은 서방님이 대경실색 놀라더니, 화살전통 둘러멘 채 허겁지겁 집에 와서 사랑으로 들어가니, 가짜 옹가가 태연하게 나앉 으며,

"저 건너 최서방이 소작료 열 냥 가져 왔더냐? 네게 주라고 일렀는 데, 네가 받아 두었거든 그 돈 가운데 한 냥 내어 어서 가서 술 한 되 사 오너라. 원통하고 분통 터진다. 저 작자가 우리 재산 앗아 가려 이리 한다!"

진짜 옹가가 나앉으며 탄식하여 이르되,

"애고 애고, 저놈 보소. 내 할말 지가 하네."

아들놈도 어리둥절, 맥맥상간(脈脈相看) 살펴보나 이도 같고 저도 같아 도무지 알 길이 없는지라 멍청하니 서 있것다. 가짜 옹가가 나앉 으며 진짜 옹가의 아들 불러 화급다투어 이르기를,

"너의 어머니께 알아보게 좀 나오라 하여라! 이와 같은 가변(家 變) 중에 내외 할 것 뭐 있느냐?"

하므로, 진짜 옹가의 아들놈이 안으로 들어가서 여쭙기를,

"어머님, 어머님, 사랑방에 괴변 나서 아버님이 둘 되었으니, 어서 나가 한 번 살펴 보소서."

내외 불구하고 마나님이 사랑채에 썩 나아가니, 가짜 옹가가 진짜 옹가의 아내더러 앞질러 하는 말이,

"여보 임자! 내 말 한 번 들어보소. 우리 둘이 첫날 밤 신방에 들었을 때, 내가 먼저 껴안자고 하였더니 언짢은 기색으로 임자가 돌아앉기에, 내 다시 타이르며 좋은 말로 임자를 구슬릴 적에 '이처럼 좋은 밤은 일생에 한 번 있을 뿐이거늘 어찌 서로 시간을 낭비하려 하오?'하니 그때에야 임자가 순응하여 서로 껴안았으니 그런 기억을 되살려서 진위를 가려 주오."

진짜 옹가의 아내가 곰곰이 생각해 보니, 과연 그 말이 딱 들어맞는지라, 가짜 옹가더러 '여보!'하고 일컬으니, 진짜 옹가는 기가 막혀 복장을 콱콱 치나 눈에서 천불만 날 뿐 어쩔 도리 없으렸다.

진짜 옹가의 아내가 측은하여 하는 말이,

"두 분이 흡사하니, 소첩인들 어이 알겠소? 애통하오, 애통하오!"

안으로 들어가도 마음이 안 놓이니 죄없을손 팔자 한탄만 요란하다.

"애고 애고 내 팔자야! 여필종부 옛말 따라 한 낭군만 섬겼거늘, 이제 와서 이도 같고 저도 같은 두 낭군이 웬 변인가? 전생에 무슨 죄를 지었기로 이년의 드센 팔자 이렇듯이 애통한가? 애고 애고, 이 내 팔자야!"

바로 이때 구불촌 김별감이 찾아왔것다.

"옹좌수 게 있는가?"

하거늘, 가짜 옹가가 썩 나서면서,

"게 뉘신가? 허허, 이거 김별감 아닌가? 달포를 못보았거늘, 그간
댁내 무고하신가? 나는 요새 집안에 변괴가 있어 편치도 못하다
네. 어디서 떨어져 내린 누구인지는 몰라도 말투와 몸놀림과 생김
새가 나와 똑같은 자가 들어와서, 옹좌수라 자처하며 나의 재물을
앗고자 갖은 비계(祕計) 다 부리면서 나인 체 하고 가산을 분별하
니 이런 변이 어디 또 있겠는가? '그의 아내는 알지 못하여도 그의
벗은 알리라'하였으니, 자네 나를 모를 손가? 나와 자네는 지기상
통(志氣相通)하는 사이라, 우리의 뜻을 분명하게 가려내어 저 몹쓸
놈을 내쫓아 주게."

진짜 옹가는 이 말을 듣고 가슴을 쾅쾅 치며 소리 질러 호령하기
를,

"애고 애고, 저놈 보소. 지가 난체 태연히 들어앉아 좋은 말로 저와
같이 늘어놓네 ! 이놈, 천하에 육실할 놈아, 네가 옹가냐? 내가
옹가제 ! "

이처럼 두 옹가가 아옹다옹 다투는지라, 김별감은 이리 보고 저리
보고 기가 막혀 하는 말이,

"두 옹이 옹옹하니 이옹이 저옹 같고 저옹이 이옹 같아 두 옹이
똑같으니 나 역시도 분별치 못하겠네. 사실이 이같으니 관가에
급히 가서 송사나 하여 보게."

두 옹이 이 말을 옳게 여겨, 서로 부여 잡고 관가에 달려가서 송사
를 아뢰었것다. 사또가 나앉으며 두 옹을 살피는데, 얼굴도 한 판이고
옷치레도 한 가지라, 형방에게 분부하기를,

"저 두 놈 옷을 벗겨 가려 보라."

하거늘, 형방이 앞으로 나가 두 옹을 발가벗기었다.

차돌같은 대갈통이 하나도 안틀리거니와, 가슴, 팔뚝, 다리, 발이 모두 똑같고 불알마저 흡사하니, 뉘라서 그 진위를 가릴손가?

진짜 옹가가 먼저 나서서 아뢰기를,

"소인이 조상 대대로 옹진골에 사옵는데, 천만뜻밖에 생면부지 모를 자가 소인과 차림새를 같이하고 태연히 들어와서, 소인의 집을 자기 집이라 하고, 또 소인의 가솔을 자기 가솔이라 이르오니 세상에 이런 괴변이 또 어디 있겠나이까? 현명하옵신 사또께서 저 놈을 엄히 문초하시어 가려 주시옵소서."

가짜 옹가도 또한 아뢰기를,

"소인이 사뢰고자 하던 것을 저 놈이 다 아뢰므로 소인은 새삼 사뢸 말씀이 없사오니, 명철하신 사또께옵서 낱낱이 살피시와 진위를 밝혀 가려 주시옵소서. 이제는 죽는다 하여도 여한이 없겠나이다."

사또가 엄히 꾸짖어 두 옹의 입을 다물게 한 후, 육방의 아전과 내빈 행객을 불러내어 두 옹가를 살펴보게 하였으나, 진짜 옹이 가짜 옹 같고 가짜 옹이 진짜 옹 같은지라 전혀 알 수 없어 형방이 아뢰기를,

"두 옹가의 호적을 거슬러 조사해 보사이다."

사또는,

"허허, 그 말이 옳도다."

하고 호적색(戶籍色)을 불러 앉히고, 두 옹의 호적을 신문(訊問)할 적에, 진짜 옹가가 나앉으며 아뢰기를,

"소인의 부친 이름은 옹송이옵고 할아버지는 만송이옵니다."

사또 나리 이 말 듣고 하는 말이,

"허허, 그놈의 호적은 옹송망송하여 도무지 알 수 없으니, 다음 옹가 아뢰어라."

이때 가짜 옹가 나앉으며 아뢰는데,

"자하골 김등네 좌정하였을 때에, 소인의 부친께서 좌수로 거행하며 백성을 가련히 여겨 도와주신 공으로 인하여 온갖 부역삭감하였기로 관내에서도 유명하오니, 옹돌면(雍乭面) 제일호 유생 옹고집이요, 고집의 나이 삼십 칠세요, 선친께서는 옹송이온데 절충장군(折衝將軍)이옵고, 할아버지는 상이오나 오위장(五衛將)을 지내옵고, 고조부님은 맹송이요, 본이 해주이오며, 아내는 진주 최씨요, 자식놈은 골이온데 나이는 십 구세 무인생이오, 하인으로는 천비소생 돌쇠가 있나이다. 다시 소인의 세간을 아뢰겠나이다. 전답 곡식 합하여 이천 백석이요, 마굿간에 말이 여섯 필 있사오며, 암수 돼지 합하여 스물 두 마리요, 암탉 장닭 합하여 육십 마리요, 기물 등속으로는 안성 방자 유기 열 벌이요, 앞닫이 반닫이에, 이층장롱, 화류문갑, 용장, 봉장, 가께수리, 산수 병풍과 연화(蓮花)병풍 다 있사옵고, 모란 그린 병풍 한 벌은 소인의 자식 혼사시에 매화 그린 폭이 없어져 고치기 위해 다락 위에 따로 올려놓았사오니 그것으로도 아오실 것이오며, 책자로 말할 것 같으면 천자문, 추구, 당음, 당률, 사략, 통감, 소학, 대학, 논어, 맹자, 시전, 서전, 주역, 춘추, 예기, 주벽, 총목까지 쌓아 두었나이다. 또한 은가락지가 이십걸이, 금반지가 한 죽이요, 비단을 헤일라치면 청색, 홍색, 자색을 합쳐 열 세 필이요, 모시가 서른 통이요, 명주가 마흔 통이었사온데 한 필은 소인의 큰 딸아이가 첫 몸을 보았삽기에 개짐을 명주

통에 끼웠더니 피가 조금 묻었기로, 이것을 보더라도 대낮같이
알 것이요, 진신, 마른신이 석 죽이요, 쌍코 줄변자가 여섯 켤레
중 한 켤레는 이 달 초사흗날 밤에 쥐가 코를 갉아먹었기로 신지
못하옵고 벽장 안에 넣어 두었으니 이것도 알아 보시어 하나라도
틀리오면 곤장 태장에 목숨이 끊어져도 할 말이 없사오나, 저 놈이
소인의 재산이 이처럼 넉넉한 것을 알고 욕심을 내어 관청을 요란
케 하였사오니, 저처럼 무도한 놈을 처치하시어 타인으로 하여금
경계하게 하소서."

사또가 듣기를 마친 후에 이르기를,

"그 옹가가 참 옹좌수로다."

하고 당상으로 올려앉히며 기생을 불러들여 이르기를,

"이 양반께 술을 올리거라."

하거늘, 월궁항아 동생 같은 그 기생 술을 들고 권주가를 부르는데,

"드사이다, 드사이다. 이 술 한 잔 드사이다. 이 술 한 잔 드시오면
천 년 만 년 사시오리. 이는 분명 술이 아니오라, 한무제가 승로반
에 이슬 받은 것이오니 쓰나 다나 드사이다."

흥이 나는 가짜 옹좌수가 술잔을 받아들고 화답하여 가라사대,

"하마터면 아까운 재산 저놈한테 다 빼앗기고, 이러한 월궁항아
동생같은 일등 미색의 이처럼 맛난 술을 못 마실 뻔 하였구나!
하지만 사또께옵서 흑백을 가려 주시오니, 그 은혜는 백골난망이로
소이다. 틈을 내시어 한 번 소인의 집에 나오소서. 막걸리로 한
잔 술 대접하오리다."

"저놈은 염려 말게. 내 처치하여 줌세."

뜰 아래 꿇어앉은 진짜 옹가를 불러 분부하여 가로되,

"네놈은 몹쓸 인간으로서, 엉큼한 뜻을 두고 남의 재산 빼앗고자 하였은즉, 죄를 보아 마땅히 참할 것이로되, 가볍게 처벌할 것이니 어서 끌어내어 물리쳐라."

큰 곤장 삼십 대를 마구 친 후, 죄상을 엄히 문초하되,

"네 이놈, 이후에도 옹가라 하겠느뇨?"

진짜 옹가는 이리 저리 생각해 보니 만일 다시 옹가라 우긴다넌 필시 곤장 맞아 죽을 것 같아,

"예, 옹가가 아니오니, 처분대로 따르겠나이다."

아전이 호령하기를,

"머리채를 뒤흔들어 저놈을 내쫓아라."

하거늘, 사령들이 벌떼같이 한꺼번에 달려들어 옹가놈의 상투를 휘어 잡고 휘휘 둘러 내쫓으니, 진짜 옹가는 어쩔 수 없이 걸인 신세가 되고 말았다.

고향산천 뒤로 하고 동서남북 빌어먹을 제, 가슴을 탁탁 치며 크게 울며 하는 말이,

"답답할손 내 신세야! 이것이 꿈이냐? 생시냐? 어찌하면 좋단 말인가? 이것이 바로 낙미지액(落眉之厄)이로다."

무지막지한 그 고집놈 어느 덧 잘못을 뉘우치고 애통복통 탄식하여 말하는데,

"나는 죽어 싼 놈이로다. 하지만 허허백발 우리 모친 새롭게 봉양 하고 싶고, 백옥같은 우리 아내 월하의 인연 맺어 해와 달로 맹세 하고 천지간에 닻을 세워 백년 종사 하렸더니, 독수공방 적막한 속에서 임도 없이 혼자 누워, 이리 뒤척 잠못 들어 수심으로 지내 는고? 목하에 어린 자식 금지옥엽 사랑하여 어를때에 '설마둥둥

내 사랑아! 후루룩후루룩, 엄마 아빠 눈에 암만' 애고애고, 나 죽
네, 나 죽어! 이 일이 필경 생시 아니로다. 아마도 꿈일러니, 꿈이
어든 어서 빨리 깨어나라!"

이때 가짜 옹가의 거동 좀 보소. 송사에 이기고 나서 돌아올 때
그 의기양양하는 거동, 그것이야말로 제법이것다. 얼씨구나 좋을시
구! 손춤을 휘저으며 노래 가락 좋을시구! 이리 팔딱 저리 뛰며 조롱
하여 하는 말이,

"허허, 불측한 놈 다 보것네. 하마터면 고운 우리 마누라 빼앗길
뻔 하였네!"

하고 희색이 만면하여 집으로 들어서는지라, 온 집안 가솔들이 송사
에 이겼다는 소식 듣고 서로 반겨 영접하는데, 진짜 옹가의 마누라가
펄떡 뛰쳐 내달아오며 가짜 옹가의 손을 잡고 다시금 묻는 말이,

"그래 당신이 정말 송사에 이겼나이까?"

"허허 그랬다네. 그 동안 별일 없이 잘 있었는가? 재산은 둘째
치고 하마터면 자네까지 놓칠 뻔 하였네 그려. 사또께서 밝히 가려
주시매, 자네 얼굴 다시 보니 이런 경사 또 있을손가? 불행 중 다행
일세 그려."

그렁저렁 날이 저물기로, 가짜 옹가는 진짜 옹가의 아내와 긴긴
밤을 희희낙낙 거리다가 원앙금침 펼쳐 놓고 한 이불 속에 누웠으
니, 두 사람의 마음 속 깊은 정을 새삼 일러 무엇하랴?

이처럼 즐기다가 다시 잠이 들어 진짜 옹가의 아내가 꿈을 꾸는데
하늘에서 웬 허수아비가 무수히 떨어지는지라 퍼뜩 놀라 눈을 뜨니
한 순간 짧은 꿈이라. 가짜 옹가한테 꿈 이야기를 하니 가짜 옹가가
고개를 끄덕이며,

"그 꿈이 틀림없다면 아마 태기가 있을 모양이나, 꿈과 같을 것이니 허수아비를 낳을 것 같네만은, 앞으로 내 두고 보리라."

이리하여 열 달이 지나매 진짜 옹가의 아내 몸이 고단하여 자리에 누워 몸을 푸는데 진양(晋陽) 성 안 논봇물에 개구리 알을 까듯, 돼지가 새끼 낳듯 수없이 퍼낳는데 하나 둘 셋 넷 부지기수라. 이와같이 해산하고 본즉 듣던 바 처음이요 보던 바 처음이다.

진짜 옹가의 마누라는 자식 많아 좋을시고 온갖 괴롬 다 잊으며 주렁주렁 길러 냈것다.

이처럼 즐겁게 지내는데, 한편 진짜 옹가는 어쩔 수 없이 재산, 가솔 모조리 빼앗기고 팔자에 희박한 곤장 태장 맞고 쫓겨난즉, 세상에 다시 살아 무엇하랴? '애고 애고 내 팔자야. 죽장망혜 첨표자로 만첩청산 들어갈제 산은 높아 천봉이요, 골은 깊어 만학이라. 인적은 간 데 없고 수목은 울창한데 때는 마침 봄철일레. 출림비조(出林飛鳥) 산새들은 쌍쌍이 들고날 제, 슬피 우는 저 두견새 이내 설움 자아내어 꽃떨기에 눈물 뿌려 알알이 맺어두고, 불여귀는 또 일삼아 우니 이 아니 슬프랴, 이런 첩산 텅 빈 곳에서는 아무리 철석같은 간장이라도 아니 울고는 못배기리.'

스스로 목숨 끊어 한 많은 이 세상 하직하려 슬피 우는데, 마침 한 곳을 쳐다보니 층암 절벽 벼랑 위에 웬 백발 도사 높이 앉아 청려장을 높이 끼고 청솔가지 휘어 잡고 노래 불러 하는 말이,

"이제는 뉘우쳐도 어찌할 수 없느니라. 하늘이 주신 죄일진대 누구를 원망하며 누구를 탓하려 하느뇨?"

진짜 옹가는 이 말을 듣고 난 후 어찌할 줄 몰라 하며, 도사 앞에 급히 나아가 합장배례하며 애원하기를,

"소인의 죄 돌이켜 생각하면 천 번 만 번 죽사와도 아깝지 아니하오나, 명명(明明)하신 도덕 아래 제발 덕분 살려 주사이다. 소인의 늙은 모친, 규중의 어린 처자, 죽기 전에 다시 보게 하옵소서. 이 소원 풀고 나면 언제 죽어도 여한이 없을 줄로 아옵니다. 제발 덕분 살려 주사이다."

갖은 정성 다 기울여 애걸하고 복걸한즉, 백발 도사 소리 높여 꾸짖기를,

"천지간에 불측한 놈아! 앞으로도 당년 팔십 늙은 모친 구박하여 불기없는 냉돌방에 두려느냐? 앞으로도 불도를 깔보고 못된 짓 혼자 맡아 하려느냐? 너같은 천하에 흉측한 놈은 죽여 마땅하되, 정상이 가련하고 죄없는 네 처자 불쌍하기로 풀어 주겠으니 되돌아가 개과천선하렷다!"

백발 도사가 부적 한 장을 써 주며 이르기를,

"이 부적 잘 간직하고 네 집에 돌아가면 괴이한 일이 생기리라."

하고 말한 후에, 진짜 옹가가 바라보니 도사는 사라지고 만첩 산중엔 저 혼자라.

기꺼운 마음으로 고향에 돌아와서 제집 앞에 다다르니, 어간대청 넓은 집에 청파명월 맑은 경치는 이미 눈에 익은 자취로다. 집안 뜨락 홍련화는 주인을 반기는 듯 활짝 웃어 만발하니, 영산홍아 잘 있었느냐? 자산홍아 무사하냐? 옛일을 돌이키매 오늘이 옳으며 어제는 그릇됨을 깨닫고 정든 옛집 다시 찾아오니 이젠 죽을 마음 전혀 없다.

"가소롭도다, 가짜 옹가야! 이제 와서도 네가 옹가라고 고집할 것이냐?"

늙은 하인 문전으로 내달으며,

"애고 애고 좌수님, 저 놈이 또 왔소이다. 천살 맞았는지 또 와서 지랄이니 이 일을 어찌하올까요?"

이때, 방 안에 있던 옹가는 사라지고, 난데 없는 짚 한 단이 놓여있을 따름이요, 가짜 옹가의 무수한 자식들도 갑자기 허수아비로 변하므로, 온 집안이 그제서야 깨닫고는 박장대소하였다.

옹좌수가 부인에게 하는 말이,

"여보 마누라, 그 동안 허수아비 자식을 저렇게 무수히 낳았으니, 그놈과 더불어 얼마나 좋아하였을꼬? 한상에서 밥도 같이 먹었는가?"

혼이 빠진 부인은 아무 말도 못하고서, 방방을 돌아가며 가짜 옹가의 자식들을 살펴보니, 이놈을 보아도 허수아비요, 저놈을 보아도 허수아비라, 눈을 비비고 다시 보아도 틀림없는 허수아비 무더기인지라, 부인은 진짜 옹가를 맞이하여 반갑기 이를 데 없으나 한 편 지난 일을 생각하고는 몹시 부끄러워 하였다.

도승의 술법에 탄복한 옹좌수는 그 후부터 모친께 효도하고 지성으로 봉양하며, 불도를 공경하여 지난 잘못 뉘우치며 개과천선하여 착한 일 많이 하는지라, 세상 사람이 모두들 그의 어진 마음을 두고 칭송하였다.

어우야담
於于野談

◇작품 해설◇

　　이 작품은 유몽인(柳夢寅)이 지은 것으로 주로 야담(野談)을 집성(集成)하여 교훈적으로 꾸민 것이다. 유몽인은 이조 선조(宣祖)에서 광해군(光海君) 대에 걸친 대문장가(大文章家)이며, 「어우야담(於于野談)」이라는 제목(題目)을 붙인 것은 그의 호(號)가 어우당(於于堂)이기 때문이다.

　　원래 이 작품은 모두 12권 138편으로 되어 있으나, 여기에서는 그 첫부분인 3편 만을 소개하였다.

어우야담(於于野談)

1

　김응하(金應河) 장군의 자(字)는 경희(景羲)라, 그는 본디 강원도 철원(鐵原)사람이었다.

　조선 선조(宣祖) 삼십 팔 년에 무과(武科)에 합격하여 선전관 (宣傳官)을 거쳐 경원(慶源) 판관(判官)이 되었는데 함북(咸北) 육진(六鎭)은 가족이 함께 못가는고로 어떤 사람이 와서 말하기를,

　"우리 집에 딸이 있는데 나이가 젊고 얼굴이 고와서 가히 점복 (占卜)이 있으므로 첩(妾)으로 삼으시면 좋을 것이오이다."

하므로, 장군이 크게 놀라 사양하여 말하기를,

　"나의 집이 가난하니 귀댁의 딸을 데려다가 첩을 삼기가 쉽지 아니 한지라, 대접하기를 아내같이 하면 명분이 문란해질 것이고, 그냥 천하게 첩으로 대접하면 반드시 싫어할 것이라. 대체로 사람의 복(福)이란 옷감에 폭수(幅數) 척촌(尺寸)이 있는 것과 같아서

242

한정(限定)되어 있는지라 첩으로 말미암아 부귀영화를 누림은
결코 장부의 사람다운 일이 아니로다."
하였다.

광해군 구 년에 열병(熱病)을 앓아 곧 죽게 되니 그의 벗이 냉약
(冷藥)을 가지고 와서 크게 불러 말하기를,

"그대 일찍기 나라의 일에 죽기를 자처하더니 이제 병(病) 하나로
말미암아 쓸쓸하게 죽는다면 어느 누가 알 자(者) 있으리오?"

그러자 장군이 두 눈을 부릅 뜨고 냉약 세 사발을 다 마시므로
마침내 살아났다.

광해군 십 년에 병조판서(兵曹判書) 박승종(朴承宗)이 친상(親
喪)을 당하였는데 장군은 그 인척(姻戚)이었다. 고양(高陽) 땅에서
지내는 장례에 참례(參禮)하였는데 궁중에서 내시(內侍)를 보내어
호상(護喪)하니 어떤 사람이 장군에게 권하여 '접대하라' 말하기를,

"중관(中官 ; 內侍)이 그대의 풍채가 좋은 것을 보면 반드시 궁중
안에서 기리리라."

"바라는 것이 있다 하여 고자(內侍)를 정성껏 대접하는 것이 사대
부(士大夫 ; 선비)의 할 일이 아닌지라 부끄러울 뿐이리라."
하니, 모든 사람들이 다 이상하게 여기었다.

가을에 건주(建州) 오랑캐 누르하치가 명(明)나라를 침노하니
우리 나라 군사를 부르는지라 장군이 조방장(助防將)으로서 또한
선천(宣川) 군수(郡守)가 되어 가게 된지라 출발하기에 앞서 군관
(軍官) 오헌(吳憲)에게 일러 말하되,

"밤에 꿈을 꾼 즉 내 머리가 도적에게 베이었는지라 내 마땅히
도적을 많이 죽이고 헛되이 죽지 아니할 것이니 그리 알라."

하고는, 활 둘과 화살 백 개를 차고 떠나가니 모든 장수가 다 겁이
많다고 일러 말하였다.

광해군 십 일년 삼월 삼일에 명나라 군사 삼만이 오랑캐 땅 심하
(深河)지방에 이르러 부락의 전군(全軍)이 죽고 우리 군사 좌우영
(左右營)이 아울러 차례로 패배하니 교유격(喬遊擊)의 한 명의 기병
(騎兵)이 진(陣) 위에서 장군의 싸움을 보고 손뼉을 치며 탄식하며
말하되,

"평지(平地)의 보군(步軍)으로서 내 철갑을 입힌 기병을 견디어
내기를 이렇게 하니, 귀국 군사는 강하고 또한 용감하기 이를 데
없도다."

하고, 일컫기를 수없이 하더니, 얼마 안되어 큰 바람이 갑자기 일어
나, 총과 화약이 흩어져 철포를 쏘지 못하니 적병이 이 기회를 타서
우리 군사를 크게 무찌르니 장군이 말에서 내려 홀로 버드나무 아래
에 의지하여 활을 쏘면 반드시 도적을 맞히는지라, 활 시위에 따라
다 거꾸러지는데 몸이 무거운 갑옷을 입었는데도 살을 고슴도치 털
같이 많이 맞고는 결국 움직이지 않았다. 살이 이미 다 떨어지자 장검
(長劍)을 가지고 도적을 베인 바가 허다하여, 칼 자루가 세 번이나
부러지므로 세 번을 바꾸어 치는데 갑자기 한 도적이 뒤에서 쫓아와
창으로 찔러 땅에 고꾸라지는데, 칼이 아직 손에 있었다.

그 후에 사로잡혀 포로가 되었다 도망 오는 사람들이 말하기를,

"오랑캐들이 서로가 이야기하기를 '버드나무 아래에 있는 한 장군
의 웅용(雄勇)이 무쌍하여 조선에 만일 이런 사람이 두엇만 있으
면 감히 대적하지 못하리라'하더라."

하고 또한 말하기를,

"오랑캐 장수가 명나라 군사와 조선 군사의 죽은 자들을 거두어 묻는데 날이 오래되지 않았는데도 주검이 다 썩었는데 오직 버드나무 아래에 있는 한 주검이 안색(顏色)이 살아있는 듯하고, 오른손에 칼을 쥐고 있는데 빼어낼 길이 없으니, 곧 장군이라. 오랑캐가 그 주검을 쳐다보아 눈을 맞히니, 이는 곧 장군이 오랑캐 군사를 많이 죽인 것을 한탄함이라."

하였다. 이보다 먼저 강홍립(姜弘立)이 오랑캐 역관(譯官) 하세국(河世國)을 호국(胡國) 진영(陣營)으로 보내었는데 이에 호병(胡兵)이 통역(通譯)을 불러 그 싸움을 그치고 홍립을 시켜 항복하게 하니 장군이 듣고는 더욱 노하여 적병 죽이기를 여전히 하였다.

조정(朝廷)에서 그 절개와 충의(忠義)를 아름답게 여기어, 병조판서로 추증(追贈 ; 죽은 후에 벼슬을 내림)하시고 명나라와 조선 사람들이 오가는 거리에 사당(祠堂)을 지으니, 그곳에 기록하되, '크고 아름답구나, 장군의 충의(忠義)여! 큰 도적이 영(진영)을 친즉 그 많고 적음이 너무나 차이가 나거늘 조용히 진을 펴고 기를 날리며 싸움을 서두르니 한 가지 기특(奇特)함이요, 오랑캐 군사가 통역을 불러 화해하였으나, 못들은 척하고 끝까지 힘써 적을 무찌르니 두 가지 기특함이요, 말에서 내려 나무에 의지하여 반드시 죽기를 각오하고 수천 군사와 혈전(血戰)하여 결코 항복하지 아니함이 세 가지 기특함이요, 손에 쥔 장검을 죽어도 놓지 아니하고 다시 일어나 도적을 무찌를 듯하니 네 가지 기특함이요, 늦은 봄 더운 날에 죽은 살이 썩지 아니하여 노한 기분이 가시지 않아 마치 살아있는 듯함이 다섯 가지 기특함이라.' 영상(領相) 박승종이 그의 전기(傳記)를 지어 후세에 알리었다.

2

월정(月汀) 윤근수(尹根壽)는 중국 말을 익혀 알더니 일찍 연경
(燕京 : 중국 서울)에 조회(朝會)하러 갔다가 천문(天文) 운기(雲
氣)를 보고 길흉을 점치는 자들을 만나 물어보기를,

"점(占)을 치는 것도 또한 배워야 아느냐?"

그러자 점치는 자가 말하되,

"배워야만 잘할 수 있느니라."

근수가 가로되,

"어떻게 하느냐?"

그가 이르되,

"흙으로 집을 짓되 동쪽과 서쪽과 북쪽과 그 위를 막고 나머지는
열어 두었다가 다시 짓기를 전과 같이 하되 이번에는 북쪽을 열어
두고 남쪽을 막고, 또 다시 짓기를 전과 같이 하되 동쪽을 열어
두고 북쪽을 막고, 또 다시 짓되 이번에는 위를 열어 두어, 항상
그 중 네 군데는 막아 두고 그 중 한 군데는 열어 두며, 그 안이
침침하여 밤과 낮을 가리지 못하는지라 밤낮을 졸지 아니하고 이와
같이 하여 오십 일이 지나면 다섯 겹 집 안에서 보이는 물건이
대낮같아서, 옷에 꿰맨 실자국을 능히 셀 수가 있는지라. 그런 다음
에 밖으로 나와서 보면 천기(天氣) 오색(五色) 기운(氣運)이 눈
앞에 환히 나타나 가히 수백 리 밖을 볼 수 있게 되오. 그러므로
길흉을 점치면 백 가운데 하나도 틀리는 일이 없으니이다."

학관(學官) 이재영(李再榮)이 연경으로 가던 중 동악묘(東嶽廟)
에 이르니 묘 안에 도사(道士)가 많았다. 그 가운데 한 도사가 있는

데 토실(土室) 안에서 퉁소를 부는지라 들어가려고 하는데 문이 없어
서 물으니 도사가 토실 속에 앉아 네 벽(四壁)을 막고, 오직 작은
구멍을 통하여 식사를 한다고 하였다.

　삼 년 만에 밖으로 나오니 벼슬의 품수(品數 : 계급)와 녹(祿 : 봉
급)이 두터우므로 최근에 술사(術士) 박상의(朴尙義)가 또한 이
방법을 배워 네 겹 집을 만들어 오십 일 만에 나와 능히 사람의 관상
도 보고 운세도 살피었다. 그러던 중 어느 날 한 손님을 보고 말하
되,

　"그대는 이미 상(喪)을 당하였도다. 흰 기운이 그대 머리 위에
　떴도다."

하는데, 그의 모친이 멀리 떨어져 있어 이미 세상을 떠났으나 아직
알지 못하였는데 며칠 후 부음(訃音)이 와서 알게 되었다.

　참판(參判) 정기원(鄭期遠)이 상의(尙義)를 마주하고 앉았다 나오
다가 갑자기 다시 되돌아가 그 바지에 오줌을 묻히고 상의 앞에 앉거
늘, 상의가 웃으며 이르되,

　"공(公)께서는 어찌 오줌을 쌌나이까?"

하니, 기원이 크게 놀랐다.

　상의가 담양(潭陽)에 있을 때, 한 관가(官家)의 기생을 가까이
하였는데 그 기생이 교만하고 불순하여 여러 번 도망하여 몸을 깊이
숨겼으나 상의가 곧바로 앉아서 그곳을 알아내므로, 열 번 숨어도
열 번 다 알아 맞히고 찾아내었다.

　하루는 손님과 함께 자다가 나와 바라보고는 크게 놀라 말하기를,

　"어느 한 곳 방위(方位)에 기운(氣運)이 있기로 보아하니 매우
　사나운지라, 반드시 불역하여 사람을 죽이는 큰 변이 순망(旬望

: 십일과 십 오일)사이에 있을 것이니 그대가 그것을 기록하라."

손님이 눈을 씻고 보았으나, 그 기운이 보이지 않으므로 말하기를 '미친 말이오' 하더니, 그 후 이십일에 그곳에 과연 모친을 죽이고 감옥에 갇히는 사건이 일어났다.

상의가 나이 팔십이 되어도 능히 이빨로 호도 열매와 그 껍질을 깨물고 사발을 깨물어 가루로 만들어 먹는지라 모든 사람이 다 이상하게 여기었다. 상의가 일찌기 말하기를,

"네 겹으로 된 집에 들어가 오십 일 동안을 졸지않고 큰 걸음으로 성큼성큼 걷고 이를 딱딱 마주치는 것을 쉬지 않으면 반드시 망기법(望氣法)을 배우게 될 것이요, 만약 그렇지 못하면 마음에 병이 들어 미쳐버리게 될 것이니 참으로 무서운 일이다."

하였다.

3

내가 일찌기 겪어보니 고양이가 닭을 둥우리 아래에서 지키니 닭이 스스로 둥우리에서 떨어지고, 쥐를 구멍 밖에서 지키니 쥐가 스스로 기어나오는지라, 이는 대개 독한 기운에 눈이 어지러워 그러한 것이라.

항상 괴이(怪異)하게 생각하였는데, 그 당시 김영남(金穎男)이 전라도사(全羅都事)가 되어 중의 집에 들어 자다가, 밤에 변소에를 가는데 갑자기 정신이 아득하여져 땅에 쓰러져 숨이 끊어졌는데, 종자(從者)가 업고 들어오니 얼마 후에 깨어났다.

　이튿날 변소 밖을 살펴보니, 범이 쭈그리고 앉았던 곳이 있고 땅을 쓸어도 그곳에는 티끌이 없었다.

　이것을 보고 범의 독(毒)에 쏘여 그렇게 된 것을 깨달았다.

　동지중추부사(同知中樞府事) 권희(權憘)가 묘지기로 있었는데 밤에 밖에 나가 변소에를 가다가 정신이 갑자기 아득하여져 땅에 쓰러져 깨어나지 못하는지라 종이 부축하고 들어와 한참 후에 기운을 되찾았다. 그 이유를 몰랐는데, 아침이 되어 살펴보니 눈속에 범이 허위적거리고 쭈그려 앉아 꼬리 두른 자국이 있는지라 범의 독이 그처럼 보지 못하고 알지 못하는 가운데 기를 빼앗고 정신을 죽이니, 산에 있으나 들에 있으나 가장 걱정될 것이 이와 같은 것이 없을 것이다.

권
사
유
판
본
소

박씨부인전

2022년 1월 20일 재판
2022년 1월 30일 발행

엮은이|황 국 산
펴낸이|최 원 준

펴낸곳|태 을 출 판 사
서울특별시 중구 다산로 38길 59(동아빌딩내)
등 록|1973. 1. 10(제1-10호)

ⓒ 2009. TAE-EUL publishing Co.,printed in Korea

※잘못된 책은 구입하신 곳에서 교환해 드립니다.

■ **주문 및 연락처**
우편번호 04584
서울특별시 중구 다산로 38길 59(동아빌딩내)
전화 : (02)2237-5577 팩스 : (02)2233-6166

ISBN 978-89-493-0655-1   03810